中国少数民族
文学之星丛书

简直像春天

陈克海 著

作家出版社

编委会名单

以民族的情意，打造文学的星辰

——“中国少数民族文学之星”丛书总序

邱华栋　彭学明

“中国少数民族文学之星”丛书是中国作家协会少数民族文学发展工程的一个新项目，于2018年开始实施，由中国作家协会创作联络部具体组织落实。出版“中国少数民族文学之星”丛书的目的，是重点培养少数民族文学中青年作家，打造少数民族文学精品，为那些已经在少数民族文学界和全国文学界成绩斐然、广有影响的少数民族中青年作家再助一力，再送一程，从而把少数民族文学最优秀的中青年作家集结在一起，以最整齐的队伍、最有力的步伐、最亮丽的身影，走向文学的新高地，迈向文学的高峰，让少数民族文学的星空星光灿烂，少数民族文学的长河奔流不息。以文学的初心，繁荣民族的事业；以民族的情意，打造文学的星辰。

入选“中国少数民族文学之星”丛书的作家，必须是年龄在50岁以下的、在少数民族文学界和全国文学界广有影响的少数民族作家。不管是否出版过文学书籍，只要其作品经过本人申请申报、各团体会员单位推荐报送、专家评审论证和中国作协书记处审批而入选的，中国作协将在出版前为其召开改稿会，请专家为其作品望闻问切，以修改作品存在的不足，减少作品出版后无法弥补的遗憾。待其作品修改好后，由中国作协统一安排出版，并进行广泛的宣传推广。

中国是一个多民族的大家庭。每一个民族都沐浴着党的民族政策的光辉、感受着党的民族政策的温暖，都在党的民族政策关怀下，蓬勃发展，欣欣向荣。在这个伟大的新时代，我们正创造着中华民族的新辉煌。每一个民族的发展与巨变，每一个民族的气象与品质，都给我们提供了生生不息的创作源泉。我们每一个民族作家，都应该以一种民族自豪感，去拥抱我们的民族；以一种民族责任感，为我们的民族奉献。用崇高的文学理想，去书写民族的幸福与荣光、讴歌民族的伟大与高尚；以文学的民族情怀，去观照民族的人心与人生、传递民族的精神与力量。

我们期待每一位少数民族作家，都能够到火热的生活中去，到广大的人民中去，立心，扎根，有为，为初心千回百转，为文学千锤百炼，写出拿得出、立得住、走得远、留得下的文学精品。不负时代。不负民族。不负使命。

2019年5月18日

目 录

序

黄德海

每个人都有向上的愿望，可在这扰攘的人世间，并非每个人都能顺利而直接地实现自己的愿望。对大部分未必自觉的人来说，向上愿望的起起落落，就变形成了人生的坎坎坷坷。

如果我没有看错，陈克海《简直像春天》里的六个小说，写的就是向上愿望在人间崎岖起伏的样子。说得更确切些，陈克海这个小说集里的人们，都面临着人生第二次向上的可能。

一个年轻的学生从校园走向社会，一个机关女性开始厌倦重复的日常，一对几乎被生计淹没的夫妇企图挣扎出来，一个科员盼望着中年变法，一个丧妻者注视着年轻女性的温情，一个功成名就的男人无意识做着改变……没有什么了不起，不过是些不纯粹的爱情，不彻底的表白，不干脆的决断，不真诚的话语，不得已的分别……瞥眼看过去，差不多都是沉入深水区前的无意义挣扎，做不得数，也当不得真——不过，似乎也并不是毫无用处。尽管可能在挣扎中陷入得越来越深，可挣扎本身，好像又带来了那么一点不同，跟完全忘记了向上愿望的人，有了那么一丝不太说得明白的差异。

小说中的人物，经历的都不过是平常的人生，每个人都有些愿意或不愿意跟人提起的故事——那个年轻的女孩，“运气不好，竟然招惹上了满嘴是蜜的老男人。一来二去，习惯了，竟多了份贪恋”。那个坐久了机关的女性，“不知不觉就变成了她曾经讨厌的那一类人，自以为是，爱给人说教，显摆似是而非的人生看法，好像如此一来，就能证明她的人生不是那么苍白”。那看不到生活尽头的两口子，“他那么拼命地亲着她，无意义地重复着无数次的接吻，就像人们在绝望的时候，并不知道绝望，只是不断地把香烟放在嘴上吸”。那个丧妻的男人，“开着那辆浑身是泥的212在东山上转来转去，也不拍照片，更不想什么转行，他就是感觉憋屈，想到更高的地方透透气”。那个外人看起来成功的男性，觉得自己“陷在这乏味的生活中，就像流水线上分拣的土豆，由着机器筛选”。尽管生活的洪流在绵延的掩盖下似乎消除了凶险，可那能把人卷进漩涡的力量没有丝毫减弱，猛兽般的獠牙每每在人喘息之间闪现出来。

就是在这样日渐疲沓下去的人生当中，人不断骗取着自己的信任，做着绝望的挣扎，付出无奈的爱意，乞求善意的安慰，涌起挫败的嫉妒……虽然时刻准备着从平庸的生活中一点点挣扎出来，却不过是芜杂繁琐生活中卑微的人生。哪一点挣扎的力量有用吗？似乎有那么一点。从此后发生的种种来看，尽管生活仍然古井不波，但总归有一点什么发生了。

这些疲累无助、畏葸不前的人们，起码在挣扎中慢慢认识清楚了一些问题，看清楚了一点自己——“她想起之前的懦弱，委曲求全，竟然把那么多时间用在埋怨，用在指望男人身上，长吁了一口气。”“好些中午，就她一个人在满是亮光的室内机械重复。她也不觉得枯燥。汗液顺着脊背流下，好像经年累月淤积的毒素也排出来了。”“挣多少钱是个够？她是挣了些钱，可得到的却是一身的疾病和伤痛。什么样的日子不是往下过？或许是想通了这一点，她对接下来的生活又多了些期待。”“想着三三两两的人在水波里自在起伏，完全可以游到精疲力竭，游到他尽兴，爱怎么扑腾就怎么扑腾，他连抓鼠标的手都濡湿了。”“也是做着这些琐碎的事情，他才一点一点平静下来。好像厨房成了他的教堂，只有这里，才有足够的肚量可以容纳他那些模棱两可的忏悔。”“洗完手，他抬头看了看镜子里的自己。他嘴唇抿得紧紧的，猛一看，隐约露出一股女相。”

这微乎其微的变化，清除了一点儿淤积，驱走了一点儿无奈，带来了一点儿心劲儿，疏通了一点儿道理，甚至改变了一点儿容貌，都说不上是值得提起的事情，甚至在这之前，向上的愿望带来的是更多的艰辛，人突破了很多原本不必突破的底线，陷入了更为可怕的困局。但生活没有因此而停顿，人终于借助这困局明白了些什么，此前的种种也就不完全是徒劳，人在这艰难中一点点活出了自己的样子。

有意或者无意，陈克海这本小说集中的人物，都有着或深或浅的关联，一个小说中的配角成了另一个小说的主角，一个小说中的主要情节成了另一个小说的引子，一个小说里的意外成了另一个小说里的必然。就这样，《简直像春天》差不多编织出一个属于中年人的命运共同体，虽然挣扎之后，他们也“不过完成了普通的生活”，可他们付出了自己的努力，显现了向上的愿望——这是属人的卑微，也毫无疑问是属人的骄傲；这是小说的卑微，也毫无疑问是小说的骄傲。

没想到这园子竟有那么大

一

有一阵子，卫中正一进办公室，就讲他昨天都干了些什么，不是见了什么大人物，就是跟哪个厅局的哥们儿喝酒，一喝就喝多，连喝酒吐了几次，吐在什么位置，吐完了如何抱着马桶不放，也要形容出来。那时候，薛珊刚上班，还不明白这个同事为什么要对着她说这些，待到次数多了，才意识到，这个男人是在和她分享刚刚过去的激动时光呢。她感觉自己的日常生活好像也变得丰富起来，准确地说，是她对这份工作更多了份期待，也许有一天，她也会见识更多的人闯进，或者，就像艾丽丝掉进兔子洞里一样，能看到完全不一样的世界。是的，她当时就是这么想的。一个大学都没毕业的人都能混得风生水起，何况她还是山西大学英语系的。到了后来，她除了随声附和，也会试着说点自己的情况。她说她父母都是从云南搬过来的，虽然母亲是八十年代的大学生，也只是在郊区给小孩子教教语文数学。她这么说的潜台词是，生活中事事都只能靠她自己。偶尔，她还会说起她母亲失败的婚姻，说起她两个调皮的弟弟妹妹。她说她一点也不喜欢小孩子，顺便表露了她对婚姻的恐惧。那时，她和李强的恋爱到了胶着期，动不动就闹别扭，生闷气。唯独说到婚姻，卫中正的话少了。薛珊只知道，他和妻子两地分居多年。他总是承诺，给他一点时间，他迟早会在太原买下车和房，可这都过去多少年了，他还是租住在后北屯。不到二十平米的房间里，除了破破烂烂的书越堆越多，工资卡上的数字却没有增加多少。时不时地，他还要面红脖子粗地质问，过去那个写诗，和他有共同爱好的女人，怎么一下子变得这么现实？怎么可以？

薛珊本是来看他的藏书，哪里知道他还怄着一肚子牢骚呢？原来，他并不像他声称的那般洒脱。好在还有一个同事会插科打诨，几句话，就把卫中正的抱怨消解了。可卫中正呢，显然是真受了刺激，好几回，下午上班，一进门就要和薛珊说起跟女人的龃龉。薛珊能闻到他满口乱牙中，腐烂的白菜叶子味道。她起身打开窗户，回过身来，也没坐下去，就靠在橡木桌子上，双手抱着胸，又谈了些母亲的事。

她现在和母亲完全无法沟通了。“我娘倒是什么都看开了。千里迢迢跑到山西，就为了找个能说得到一起的人。结果呢，来了，就生了俩孩子。跟你说说我娘的日常生活吧，早上起来做饭，等我弟弟妹妹上学，她洗了锅去买菜，做中午饭，睡到下午三四点，又开始做饭，然后散会儿步，睡觉，一觉醒来，又是从头开始。”她神经质地笑了起来，“她完全忘了最初的想法。稍微闲下来，还要拿管教小孩子的那一套教育我，说我不管做什么都得上点心。她那样一副口气，好像早就知道我做什么都不用心似的。我是真不明白女人都在想些什么。”

她这么说话的时候，显然没有把自己包括在女人之内。她总是想着，自己才二十五岁呢，有的是工夫折腾，有的是时间做自己想做的事。她有什么可焦虑的呢？她和这些饱受日常生活折磨的女人大不一样。她可不想知道那么多大道理。她就是想活自己。她在太原，远离了母亲的唠叨，最主要的是，她终于有了一份工作，一份堪称体面的工作。她以为自己摆脱了过去的生活。看起来确实不错，天天和新闻打交道，满城市跑来跑去，成天都像是有大事在她身边发生。她以为这就是她想要的生活。她应该保持这样的精神头，积极地活下去才对。可谁能想到，才过了半年，她就受不了了。和卫中正说起这些职场的困惑，本是期待男人附和两句，谁知道他却开始了旁敲侧击。

“卡夫卡的《变形记》，你不会没看过吧？”

她当然看过。问题是，这个时候，她可不需要他给她上一堂文学的象征隐喻课。甚至，她有些烦他这么说话的方式。他为什么喜欢用反问句呢？她看了他一眼，想说什么，又忍住了。她到底是怕自己的沉默有失礼貌，像是自言自语地，又来了一句：

“真想不通大家都在敷衍谁。”

“契诃夫《带叭儿狗的女人》你总该有印象吧？”

什么人啊？难道他看不出来她都快疯了吗？她总以为自己的痛苦是独一无二的，哪里想到不过是在重复别人？她怎么可能会和那个因为男人一副奴才相就想出轨的女人一样？她难过的可不是什么困境中的婚姻生活。难道他以为多看了几本书，就能用小说中的人物处境来安慰她，说她并不是独自一人在痛苦中挣扎？她还看过克莱尔·吉根的《南极》呢，一个富裕的女人渴望冒险，结果被一个陌生男人绑在了床上。都是些什么乱七八糟啊。她对卫中正动不动就拿小说来对比人生，非常恼火。做人怎么能这样？

她以为凭着一腔热血，还有理想，即便改变不了大的环境，至少也可以让自己活得舒坦些。她一直以为在这样一个单位待着，再不起眼，总能混出头。可是现在，她心乱如麻。她想不明白，卫中正怎么能在这样一个地方待上十几年甘受蹂躏。

这个时候，卫中正才开始说起他的经历。他确实坎坷。出生在偏远的武陵山里倒也没什么可煽情的，那个年代谁不穷？周围都是差不多的人。他也从来没觉得自己比别人更可怜。大学期间，别人去网吧，只有他，没钱，老老实实待在图书馆。也没别的爱好，就喜欢背古诗词。毕业了，别人要么去北京，要么去广州，他没勇气离开，害怕好不容易得到的农转非户口，又被打回原籍。听说这单位能落户，他毫不犹豫就来了。就连父亲也支持他，说能吃财政饭不错。只是到了现在，他偶尔也困惑，说起来他也是个念了十几年书的人，最后怎么相信一个中学生、一个老农民的判断？

七月的雨下个没完，卫中正挑挑拣拣说了半天，薛珊一边点着鼠标在网上闲逛，一边配合着说两句话。等到从电脑跟前抬头，才发现院子里空无人声，只有空调单调的声响。满墙爬山虎在微光里摇曳，天色暗了。

之后发生的事，就好像有人拿着涂满颜料的铁丝，哧哧啦啦地，在她的脑子里写字。铁丝能写成什么字呢？最终，她脑仁生疼，好像整个脑浆都被搅烂了，留在她印象里的，也只有那些暧昧不清，又无法启齿的斑痕。空气燠热，她本来只是盼着雨早点停下来，谁知道灯却突然灭了。她还没反应过来，一张濡湿的嘴就堵到了她的眼前。她对这个比她大十来岁的男人从来没有防备之心，根本没有想到他会如此野蛮地对待她。她瞪大眼睛看着他，都忘了反抗。事情怎么会发展成这样呢？这个都过了英语专业八级的女大学生，满脸通红，呼哧呼哧地喘着粗气。看上去，卫中正也被自己的举动吓坏了。他只是死命地抱着她，一看见她准备说话，就一遍又一遍地凑到她跟前，好像这样就能把她的话堵回去。

手机的响动救了她。他松开了手，却也没有打开灯。薛珊拢了拢散乱的头发，才接通手机。是李强。他问她在哪里。她说在单位加班。他说来接她。她说不用。他问她几点回去。她说还得过一会儿。挂了电话，薛珊才想起来要生气。

“卫老师，你怎么可以这样？”

卫中正呢，像个溺水者，又伸过手来准备搂她。薛珊躲开了。她拉开门匆匆就往外跑。她跑了一阵，以为卫中正会追上来。连个鬼影都没有。冷风吹来，激起她一身鸡皮疙瘩。土腥味不依不饶地钻进她的鼻孔。卧在墙根下的狗好像被这个惊慌失措的女人吓着了，跳起来，夹着尾巴，一个倒退，还扭过头来琢磨了她一眼。街上的人走来走去，根本意识不到她刚刚遭遇了什么。她的手汗津津的。手机又响了起来，是卫中正，她直接摁掉了。卫中正不知道是慌了，还是不死心，一直不停地打。她只好回过去一条信息：

“求你了，别打了。”

后来，薛珊一直无法原谅自己，明明是这个老男人错了，为什么她表现得如此懦弱，感觉倒像是她做了什么见不得人的事。

那段时间，她过得很恍惚。倒不全是卫中正影响了她什么，而是她对自己目前的状态不满，又苦于找不到应对的办法。每天去了单位，也不再和人闲聊，进门出门都低着头，锁着眉头，好像在思考什么重大的事情。丈夫李强应该觉察到了她的变化。有一天，他从宣纸上抬起头，扶了扶眼镜，若有所思地来了一句：“卫中正最近在忙什么呢？”

“什么？”

“感觉你有一阵儿没提起他了。”

“别和我提他。”许是意识到自己反应太过激烈了些，她又低下声来，像是这才发现他为人的拙劣，来了一番提纲挈领的评价，“他就是一个牛皮客。天天翻来覆去就那么些事儿，说得我头都大了。”

李强感慨了几句，又低下头，接着画他的鸟。

薛珊更窝火的是，到了后来，连卫中正都辞职去了一个待遇更好的单位，而她竟然还在这个地方窝着。她甚至还学会了自嘲。待到新来的孩子实习，她会举自己的遭遇作例子。

“你们千万别以为从此就有了铁饭碗。你们以为我就想在这里待着？起初，我可能和你们抱有一样的想法，有份稳定工作，嫁个好男人。等到工作了几年，发现这样的地方真不是人待的。我考过研，考上了，可也只有这么一个文凭。一个文科生，想离开这个地方，恐怕也只有考博。问题是，年纪都这么大了，我根本没有心思再从头开始。但你们不一样，还年轻，有的是机会，能走就走，别在这里浪费大好年华。”

她不知不觉就变成了她曾经讨厌的那一类人，自以为是，爱给人说教，显摆似是而非的人生看法，好像如此一来，就能证明她的人生不是那么苍白。有时候站在办公室，对着一帮年轻孩子口吐白沫，而他们还抱着双手，唯唯诺诺地站在那里，心不在焉地敷衍她，她就更加生气。没有人听她说话，她好像是对着空气练习抱怨。大家都已经习惯了她的歇斯底里。她接受不了自己的生活变得如此混乱，却又无能为力。按照正常的逻辑，事情不应该变成这个样子，怎么就偏偏成了个这呢？她想不明白。

周围的朋友能说些什么呢？她的闺蜜，孟惠，说是去了北京，其实呢，住在中关村附近的地下室。杨芹倒是出了国，还是以严谨著称的德国，但好几回打起电话来，话里话外的那份辛苦，还有寂寞，也只有她自己明白。偶尔，她想到自己只能拿这些虚妄的对比安慰自己，更是彻夜难眠。

她和李强结婚七年了，还没要上孩子。过去她嫌孩子麻烦，现在她想要，却偏偏不遂人愿。偶尔有同事开玩笑，说三十好几的人了，怎么还不知道着急，不怕到时候成了高龄产妇？她也只能旁顾左右，底气不足地解释：

“我老公不想要，我们就想做个丁克。”

她一副没有玩够的样子。好像为了自由，完全可以不用顾忌家人的感受。说完了，她就后悔得要死。她怎么从来就不知道面对真相呢？连这样的事情都要把责任推在丈夫身上。她现在仍像从前那样，上班下班都会给李强打个电话，可是见了面，又毫不掩饰对他的不耐烦。过去她喜欢他的安静，有自己的小天地，现在呢，她看不惯他的做派。他的热爱，他的精神世界，什么书籍、唱片、玩偶、雕塑，对她来说，都太过抽象。她更喜欢脚踏实地的生活，比如衣物品牌、家具选择、汽车更换，她想着也许占有越来越多的东西，就能将李强的精神挤出家门。她这么做的目的倒不是出于坏心，她就是想活得更接地气点。人人都在努力扩展自己的世界，她一个外地人都还有上进心，为什么他李强一个老太原，竟然这么沉得住气？她说，“你就不能过点更朝气的生活吗？”她一直以为自己的想法是为他好。就像李强偶尔埋怨的那样，你总是对的，和你生活了这么多年，你从来就没有给我说过一回“对不起”。一想到自己在男人的心目中是如此蛮横的模样，她就更加生自己的气。她不明白自己为什么对外人那么懦弱，对家人却如此冷漠。

二

单位搞了个活动，组织人去高平闲转，薛珊也跟着去了。住的地方在荒郊野岭，连个小超市都没有，每天就是坐着大车，在山里一些断墙残垣边吊古抒怀。景点虽没什么名气，几天下来，倒也给她一些强烈的冲击，好像那么长的时间都摆在了跟前，她的那一点小纠结，在时间的长河里又算些什么呢？太不足挂齿了。在一些快要倒塌的老宅子跟前，她看别人站在废墟边跟满脸皱纹的老头老太太合影，也凑过去站在旁边。偶尔听同行的人说些赤裸裸的段子，她也跟着哈哈大笑。只是笑完了，她的脸就有些僵。简直是匪夷所思，萍水相逢的人，靠了这么一些虚头巴脑的话，竟然能很快熟悉起来。直到去了一个养兔场，她的兴致才高了些。看着那些毛茸茸的兔子，她心里软乎得快要化了。她向兔场的工作人员打听了半天喂兔的经验，最后忍不住，提了个冒昧的要求：

“能不能送我一只兔子？”

家里养了只兔子，终于有了点声色。她上网，查资料，看别人如何与兔子相处。原先她半夜睡，十点才磨磨蹭蹭地起，现在呢，不管睡得多晚，到了凌晨五点半，准时出门，去菜市场买最新鲜的胡萝卜和青菜。那段时间，李强的笔下，不再是模棱两可的山水，出现了兔子，还有喂兔子的女人。变化最大的是，两个人好像又都找到了共同爱好。下班了，回到家里，不再是拿起手机各玩各的，喂兔子成了饭后最有意思的消遣。她和他都没想到，当他们试着从兔子的眼里回望自己，竟然可以找到那么多有趣的话题。她和他都感到惊讶，自从家里有了这么一个小东西，他们好久都没有扔过手机摔过碗了。

就像商量好了似的，先是李强给兔子喂开了肉。看见兔子居然吃肉，两个人又惊叹了一番，好像这样的情形又把他们之前的生物常识全推翻了。到了后来，他们吃什么，就给兔子喂什么。兔子的口味也重，居然爱吃榴莲酥。直到有一天，薛珊发现，当初那个宽敞的笼子已经放不下它了。它得弓着腰，趴在那里。

能怎么办呢？只好把它放了出来。放了出来，它倒也挺乖，从不乱跑，吃喝拉撒都知道去该去的地方。有一天，李强突然和她说：

“天天把它一个人扔在家里，是不是太不人道了些？”

“什么意思？”

“我们是不是得给它找个媳妇？”

“你不知道兔子的繁殖能力太强？你不怕你家成了个养兔场？”好像这个想法实在有意思得不行，她不由得大笑起来。

“那咱们可以给它买个布娃娃，就像有的男人靠充气娃娃也能满足。”

薛珊当时的头一个反应是骂男人太邪恶，她嫌他操心太多。可过了两天，她又想，男人的话是对的。不知道是营养太好，还是生活在城里不习惯，兔子的眼神越来越抑郁了。那个开始和她玩得不亦乐乎，活蹦乱跳的兔子，现在像是得了神经官能症，常常双眼通红地蹲在角落里。不知为什么，看见兔子的样子，她一下子就想起了曾经的自己：一个人独处会不停地叹气，和李强在一起时又变着法子找他的麻烦，在他跟前流泪。她都崩溃成这样了，而男人还是一副纳闷的模样，好像她真是不知足。房子也有，车子也有，甚至她渴望的精神生活，他不也在给她提供吗？去北美新天地看电影，去星巴克闲坐，她到底还想要什么呢？到了最后，他把她的痛苦当成无理取闹。而她，想不明白，这个声称爱她的男人，怎么总能找到忽视她感受的理由。他有那么忙吗？他为什么要对她想要的生活那么不友好？她真的像他认为的那样，不过是在伪装，是在逃避？她想起那段时间，一个人窝在家里翻来覆去地掂量这辈子的积怨，到最后，也没琢磨出个所以然，还是这只兔子把她带出了深渊。而现在，兔子又活成了这副模样，她怎么能对它不管不顾呢？

她和他都没想到，兔子会如此疯狂。一个毛绒玩具兔，它竟然一天能玩上百次。而且，只要看见她和李强的目光，小东西更加兴奋。每一天，吃东西，玩毛绒兔，睡，吃东西，玩毛绒兔……没完没了。

那段时间连李强也像是受了刺激，看她的眼神也不对了。碰到这样的时候，她更喜欢一个人开车遛遛。有一天，出去买菜，路过一个小区，看见一群人在那里拉着横幅，她站在那里看了半天，原来又是维权的。这些人不知道跟谁学成了这习惯，一不高兴就把路拦住，好像这样就能解决问题。她堵在车流里，想掉头却又没有空间。先还想着戴上耳机听听音乐，到后来，索性熄了火，上前打问真相。这才知道是他们的房子因为尾款拖欠了一段时间，就被无良开发商转卖给了他人。她听得心慌意乱，后来又有些庆幸，她住的房子虽然旧了些，好赖是李强父母的，不用受这样的窝囊气。进门时，她本想说说这些不平事，结果李强赤裸着从屋里跑出来，嘴里还像芝麻开门那样配着背景音。他双手叉腰倚在门口。任是怎么吸气，那个肥大的肚子还是往外鼓着。

薛珊一时没反应过来，手里的半斤韭菜差点掉在地上。她看了他一眼，继续往厨房走。李强跑过来，仍然一只脚斜搭在另一只上，倚墙而立，昂首挺胸地来了一句："你真的什么都没发现吗？"

"发现了，你有病，一个人自导自演开门大吉。"

"什么呀？你不觉得把毛都剃了，整个人都像个婴儿了？"

"李强。"

薛珊眉毛一竖，好像被李强折磨得够呛。好几回，见李强不停地抠着裆部，都会不怀好意地看他两眼。李强不停地挠头，说，"正长毛呢"。薛珊又瞪了他一眼，说，"用你解释了？"吃饭前，看着昏昏欲睡的兔子，薛珊拿筷子敲了下碗沿，说：

"你说动物不懂得节制，为什么你作为人，也要表现得这么低级？"

李强没有接话。他好像早就习惯了女人的指责和抱怨。他讪讪地笑着说，"还以为这样能让你高兴一下"。这样就能让我高兴了？你把我当什么了？她说现在能让她感觉到快乐的东西不多了，倒是听到别人的郁闷能让她振奋一下。等话一出口，她才像是惊醒过来。多少时候，听到别人的挫败，她才暂时忘了先前的焦虑。问题是，幸灾乐祸能解决什么问题呢？

尽管这些事情无法启齿，到了单位，她还是像打了鸡血般，直接讲开了兔子的疯狂。她本来不是要讲一个色情故事，但听得人哈哈狂笑，似乎都明白了她想要表达的深长意味。等到一个人坐在桌前，她就开始抓狂。她曾经以为她想要的生活大不一样，甚至当朋友们知道她和一个画画的男人走到一起时，还表达过类似的祝福。是啊，她一心想过她艳羡的精神生活。精神生活，她苦心经营，甚至和李强百般折腾的就是为了个这？她活生生把自己搞得和之前讨厌的那些人一样了。她就像李强手中的笔，本以为能画出一幅简约别致的古典山水，结果硬生生地涂成了现代泼墨意象画。有时候她想，或许真是命中注定，要不然她怎么活在这灰蒙蒙的城市里还能自得其乐呢？她一直认为自己还年轻，比新来的孩子们也大不了几岁，平时穿衣打扮也还是像个小姑娘，但和办公室里的人聊起天来，她才惊恐地意识到，她真是老大不小了。包括她无意中说出的话，抱怨，唠叨，闲言，无论出于什么样的名义，暴露的都是她的贫瘠，兴许还有那么几丝变态。她感觉自己还没反应过来，就一跟斗栽进了中年。

三

去郊区找房子时，薛珊还有过担心。两个年轻人，好端端的，不在城里打拼，怎么跑到乡下来了呢？说她和爱人都有一份养老般的工作，恐怕也没多少人理解。既然都养老了，在城里生活岂不更好？好在也没有谁无聊到非要她说出个一二三四。大包小包堆在角落里，她也没有想着倒腾出来。打包的东西散乱地堆着，完全看不出是刚搬来，还是准备马上走人。或许，她对要在这样一个地方待下去，待多久，还没有完全考虑好。

得闲了，李强不再像从前吃完饭就窝在沙发上不动，他会陪着她出去遛兔子，甚至，也不全是遛兔子，他说他也要减肥了。他声称他要跑步，干的头一件事就是网购了一双耐克跑步鞋，还让厂家把自己的名字绣在了鞋子上。他买了一堆关于户外的装备，就是没有想着早点起床出门。只是和他们做过的所有事情一样，开头热情满满，到了后来，又被新的事情中断。偶尔，看到蒙尘的耐克跑鞋，她想说男人几句，转念一想，又把话头咽了回去。不靠谱的事，她和他一起干得还少吗？再说了，要坚持十点上床五点起来跑步，太难了。还能怎样呢？她以为这辈子也就这样了。

邀了几个同事来家里吃饭，晚饭是麻辣香锅。大家说，吃了那么多香锅，数这回特别。话题的中心免不了要再夸夸李强。李强站在不远处烧烤，时不时地过来招呼大家喝酒。不知谁来了一句，说什么好事儿都让薛珊摊上了，她还能有什么不满意的呢？薛珊听得一愣，是啊，按大家的分析，这个家里钱是李强挣得多，母亲生病住院，也是李强前前后后地跑，找各种关系。都没让她做过一回饭，甚至是看到她洗碗，男人都要拦下来。

说到洗碗，李强的话更多了。他说薛珊喜欢做饭，却不愿意洗碗，他是不会做饭，但更讨厌洗碗，他的那双手怎么能天天在油腻腻的汤汤水水里搅来拌去呢？大家说，饭哪有会不会做一说，就看有没有那个心。这么一分析，好像又显得李强心机太深了。李强就那么说开了他们家关于洗碗的故事。既然都不洗碗，总不能老扔碗，李强就说要买一个洗碗机。薛珊也只是在美国电影里看到过这种情形，哪想到李强真会给厨房装个洗碗机呢？薛珊没少跑商场，一家一家地看，一家一家地比较，甚至还为此去过两趟北京。半年下来，她拿定了主意，只是没想到买回来的洗碗机个头儿还不小。两口子平时也不怎么在家里吃饭，有了洗碗机，想着总不能让它闲着，就天天在家里对付，可就是再加两个菜，也仍然只有那么几个碗。都是全自动，一套程序下来，得一个多小时。起初两人新鲜，听着洗碗机转动的声音，还会搂在一起，到了后来，洗碗机开始出故障，不是碗不合适，就是筷子的长短不对。前后也就开了几次机，就不了了之了。这么一件东西，想扔又舍不得，放在家里，两个人时不时地瞅上一眼，又硌得心里难受，薛珊没少抱怨过。好在李强心理能力强，现在会自我调侃了。大家听完他的事故，也没有幸灾乐祸，反而说，这么好的男人事事依她，感情也真诚，她还有什么不满意的呢？完全没有道理嘛。独薛珊听得别扭，来了一句，“就光说我的洗碗机，你不是买了双耐克跑鞋，不也没跑一天步吗？”都喝了酒，李强的一段故事又助了兴，明灭不定的灯光里，没人注意到薛珊脸上肌肉的抽动。李强像是没听见妻子的不满，他兴致高得不行，又来了两句：

“媳妇，给大家讲讲你准备考博的事儿吧。”

“说说嘛。说说你那些朋友考博的经历。”

薛珊没想到男人口无遮拦，说了夫妻间的腌臜事儿不算，这个时候又要她把朋友们的苦闷历程抖搂出来，之前她是把这些事儿当成笑话讲过，不过那也只是枕头边的闲话。而现在呢，李强却让她当众暴露她的心机，她感觉苦心营造的形象都被李强毁掉了。接下来的半夜，她只盼着他们吃完了快些走。可李强呢，真像是个热情的主人，吃完了烧烤，又带大家去看他的画室，好像吃饱喝足了，还得品尝一番精神食粮。薛珊是压着满肚子火的，可到了后来，送走客人，她竟然忘了争吵，就在沙发上睡着了。半夜起来，听见满院子槐叶窸窣，又看了眼横卧在地下的李强，试着把他往床上拖，使了把劲，也没薅动，就拿了床毯子盖在男人身上。关了窗，她又睡了过去。

这一觉，睡得地老天荒，直到中午才起来。去厨房拾掇了半天，也没找见能吃的东西，却看见李强跟一个披着军大衣的人站在路口聊了半天。薛珊探出窗户，听了半天，可惜到处都是麻雀叽叽喳喳地叫，听得并不真切。等到李强进屋，她切菜的刀也剁得越来越响了。

“逮住个人就要说上半天，你和我在一起有那么苦闷吗？”

“他就是问我做什么工作，怎么不用坐班。”

“那能说那么久？”

薛珊没说出来的话是，一起这么多年了，也没见他跟她说过那么多话。李强放下电脑包，就拣起自来水管去浇花。要是不喊他，他可以拿着管子在那里冲一天。搬到乡下来，本想着是换个环境，亲近自然，尤其是有足够大的一个院子够她忙活，她就不会成天胡思乱想了。她只是没想到乡下也有人，而且他们的好奇心还挺重。有一天，住在隔壁的人过来，送了她几颗鸡蛋，说都是自家养的，又问她要不要鸡粪。她看着邻居满是泥巴的裤子，还是把她让进了屋。女人的嗓门儿很大，像是在自家院子逡巡，不停地东张西望，说她把那么大一块地全用来种开不了几天的花，太不划算了。话里话外，好像她实在是个不会过日子的人。

“这地，种点辣椒茄子西红柿，多好。”

话音落地，就往花丛里啐了口痰。薛珊当下就没按捺住厌恶，她不停地看着自己种的花，仿佛是要记住那该死的痰在什么位置。去超市买菜就不是过日子的人了？她住在乡下，可没说要和城里的生活脱节。她最爱干的一件事就是，开着车先去北美新天地逛一圈，到好利来吃块甜点，顺路拐到沃尔玛买些时令蔬菜。她说她想住个宽敞的地方，并没说她就是喜欢乡下。不是她瞧不起周围的人，而是她实在提不起兴致和他们说些家长里短。她和他们有什么好交流的呢？她解决不了他们的困苦，他们也理解不了她的不甘心。

她和李强之间，早就有了问题。她明白，他也清楚。虽然两个人都没挑明，但问题一直梗在那里。可能他们都以为换个大房子，重新装修一次家，一起合力做点事情，或许可以转移开两个人的注意力。不过现在很难说清楚他们当初有没有这么期盼过。他们都没有什么争吵，准确地说，不是她不想吵，而是和李强根本就吵不起来。就像卫中正形容的那样，你家李强真是个儒雅的人。一个儒雅的人，显然大吼大闹不符合他的气质。有时她气不过，就去掐他，迫切地想跟他打一架。可他还是一副饱受欺凌的可怜相，只是眼巴巴地望着她，她怎么就下得了手呢？好几回，他抬起满是淤青的胳膊，好像是举着得胜回朝的旌旗，笑着问她：

“你下回能不能轻点？”

说得好像他就知道她还会掐他似的。到了后来，她不犟了，跟着他一起，学画画，大幅山水不好把握，她就照着《芥子园画谱》画小人儿。乡下的院子是大，但也难免碰到一起，挨着了，两个人都像是知道自己越界了，马上分开。她和他，客气得很，真是相敬如宾了。

参加同事婚宴，薛珊破例把李强也带上了。她只是没想到会在婚宴上碰见卫中正。更没想到的是，李强还和卫中正聊得挺投机，握着他的手说个没完没了。薛珊看了一眼，低下头嗑了几颗瓜子，又看了一眼。这个卫中正，几年没见，梳着中分，穿着黑色中山装，竟然有些派头了。后面还跟着两个跟班，也是一身中山装，哈着腰，帮他提包，点烟倒茶。婚礼快开始，李强才夹着根烟坐过来。

“把烟掐了。”

李强却像是没看出来女人的鄙夷，依然兴奋得很：“这个卫中正，现在闹得大了。”

李强滔滔不绝。照他的转述，这个大学都没毕业的家伙，靠着死记硬背的一点唐诗宋词，竟然研究开了国学。研究开了国学也没什么，竟然还搞开了国学传播公司。整得跟个明星似的，到处走穴。社会上都是这么一些人到处忽悠，你还能看到什么希望？尽管薛珊也是这么想的，但听到男人最后的落脚点回到了学历上，还是有些泄气。学历高能证明什么呢？她和李强，学历不低了，自以为过得也还行，这些年混下来，就像被温水煮的青蛙，早没了奋斗的动力，就是想图谋点什么，也是力不从心。

婚宴上的热闹，薛珊都不记得了。回到家，李强仗着喝了点酒，进门就搂她。薛珊紧紧握住他的手腕，问：

“你真的爱我吗？”

“当然爱。”

“哟，这个时候不说什么天天爱不爱的，爱情又不是大白菜了？”

“什么人啊？”

“你说说我是什么人？”她一把甩开李强的双手，好像是迫不及待要甩掉什么脏东西，“你去给我好好洗洗手。”

李强洗了一下，想接着搂她，可她呢，反复让李强洗手，用了洗手液，又用洗衣粉，用了肥皂，又用香皂，好像他的手沾染了什么不该沾染的晦气东西。她也不是嫌男人握了卫中正的手，而是他表现得如此兴奋，好像他刚刚参与了什么历史大事件。她实在是见不得男人前倨后恭的态度，一点城府都没有。过去她真以为男人什么都不在乎，可现在看来，李强说是追求古典世界，其实呢，想的也无非是追名逐利那一套。一想到自己活了这么多年才看明白，她不由怒从心起。

到了十月，家家户户都烧开了小锅炉，蓝色的煤烟从房顶上飘起来，远远地在阳光底下看，她还走了一截神，好像唐诗的意境隔着几千年穿越过来了。不过，等到烟雾飘进房间，她呛得眼泪直流，才意识到，要在这里挨过剩下的冬天，得多么漫长，痛苦。

四

埋掉兔子，薛珊彻底松了一口气。李强还没有意识到薛珊的情绪有什么不对，看见风吹乱了女人的头发，还过去抱了一下。

“好了，好了。我们别养兔子了，我们怀个自己的孩子吧。”

薛珊的表情谈不上悲伤，也看不出喜悦，反而有种苦尽甘来的放松。她往耳后拢了下头发，没有说话。还生什么孩子呢？她是盼过生孩子，可现在她脑子里想的都是母亲一心扑在孩子身上的画面。她可没看出什么母爱的牺牲和伟大，她从来就没想过做那样的女人，何况李强也没给她这个机会。都什么时候了，他竟然用生个孩子来安慰她。说得好像生个孩子就能把她打发了。她长吁一口气，想把心里掂量来掂量去的话说出来：这么多年了，她过得并不快乐。她才三十出头，她还想赌一把。无意中扫了眼李强，见男人一脸忧戚，她又硬生生把到嘴边的话按住了。再说，这荒郊野外的，实在不是正经谈话的地方。一路上，她都在想着，什么样的时机说这番话，李强就不会太激动，她甚至把李强听到后可能爆发的反应都考虑到了，唯一没有想到的是，李强听了她的话，竟然有些无动于衷。他好像是终于等到了这个结果。

“如果你都想好了，如果这样能让你更开心一点……”李强都没正眼看他，“问题是我们能不能先不要对别人说，你看，我妈都快七十了。”

薛珊又看了眼李强，马上就没有老婆了，他一心在乎的居然还是他妈的感受。和他妈有什么关系呢？是啊，他妈确实不容易，生了一儿一女，都不省心。女儿倒是生了个孩子，却像是给老太太生的，才一岁多，就扔到了娘家。偶尔，薛珊看不过去，跟李强说，李强也不吭声，好像他的姐姐也是完全没有办法。薛珊头一回见到世上还有这样的母亲。能说些什么呢？偶尔她和同事说起这本经，听的人也犯难，跟着叹气。现在的儿女到底是什么样的铁石心肠？薛珊见过婆婆带小孩子的情形。她见婆婆逗玩小孩子，不知怎么就想起了自己跟兔子消磨的时光。有些煎熬，只有她，能感同身受。

“她迟早都会知道的，再过两年，要是她发现你在骗她，不是更难受吗？”

“这是我们俩的事情。也许过两年，你又回心转意了呢？”他又补充了一句，“我不想让人看见我们的难堪。”

他到底还是更在乎自己的面子。

“问题是你妈很快就会知道，离婚了，我不可能还跟你住在一起。”

李强本来双手绞在一起，好像生怕一松手，有些东西就再也把握不住了。“要不你去跟她解释一下，就说你要去国外再念一段书？”

别人的离婚不说伤筋动骨，至少也要脱一层皮，薛珊没有想到自己的离婚，竟来得如此容易。李强以为薛珊什么都已想好，甚至看见她慌里慌张往外搬东西，还说：

“怎么他没过来帮你？”

“什么？”

“和我离婚不是因为你在外面找到了更合适的男人？”

窝在后北屯的简陋宿舍里，薛珊双脚搁在窗台上，和远在北京的孟惠说起李强的反应迟钝，还是情绪激动。

“难道所有的离婚都是因为先在外面有了人？”

孟惠笑了起来，好像这个问题实在算不上问题。“李强的反应也正常啊。你就是现在没有别的男人，马上就会有别的男人填补这段空白。难道你离婚就不是为了再找一个更好的男人？”

薛珊没有想到所有的人都是这么看待她离婚的动机。一个女人主动要求离婚，除了渴望找到更好的男人，还能有更合理的解释吗？薛珊也无法辩解。刚搬出来的那两天，李强还时不时地给她打个电话，似乎没了她，日子真是不习惯。原先他不会做的事，好像失去了，一下子就顿悟了。薛珊也接，只是兴致不高。她总是在男人啰里啰嗦地交待时，说：

“行了，行了。”

单位的人知道她离婚了，好像生怕她一个人熬不过去，隔三差五，总有人叫她去吃饭。饭桌上自然也有酒。不喝酒，气氛怎么上来呢？她经不住激将，也跟着喝了几杯。她酒量好的名声就这么传出去了。起初，她跟着一帮人喝酒，瞎侃，并没有什么感觉。就是酒醒后有些懊恼。她可不是因为离了婚，伤了心，所以沉溺于酒精。次数一多，难免要反省，暗示自己，不能再这么下去了。可她不懂得如何去拒绝。叫她去场面上应付的人，都是单位的些小头目，是看得起她，才去叫她呢。

单位搞元旦联欢，同事们这才发现，薛珊还有跳舞的特长。自然免不了又有人恭维，夸她漂亮，身材好。这样的话，也是半真半假，不过，她还是爱听。她努着劲儿，想配合着热闹的氛围。许是想法多了些，再次喝酒，难免心不在焉。结果别人认为她喝得不到位，一个劲儿地给她倒酒。趁着酒劲，男人还说，她挺不错，要是能听他的建议，会进步得更快。旁边的人就起哄，让她再敬酒。许是女人天生的虚荣心吧，都这把岁数了，还有男人愿意奉承她，她免不了心底发飘。这种感觉就像头一回上班，卫中正冷不丁对她说了一句，“一看见你，就对你印象可好了”。她当时高兴了好几天。无意中听到他和别的女生也是这么搭讪时，她才反应过来，并不是她有多么特别。都是男人的套路。只是现在是在酒桌上，一桌子人，这个戴着假发的男人也没必要专门来讨好她，兴许他说的，还真是心里话。她双手握着酒杯，好像是在拿捏，又像是等待他探过身来再次和她碰杯。

就是这样，她给喝多了。喝多了，男人又把她叫到办公室去喝茶。她去了，才发现就她和他。她当时还是清醒的，想着这茶是没法儿喝了，得走。酒，还有茶，都是老一套了。老一套没什么不好，这些形式创造出来，就是为了消磨尴尬，或者说是谈点心里话的背景。她不小了，应该意识到即将面临的危险。她脑子清醒，身体却不由她。更没想到的是，男人竟然如此直接。他一把薅住她，湿滑的舌头硬生生顶开了她的牙关，卷住了她的舌头。

到了后来，她记不清是怎么跑出来的。她出了办公室，死活找不见楼梯，就倚着栏杆在那儿流泪。她想不明白自己怎么就成了这副模样。有人在楼下朝她打招呼，问她需不需要送她回去。她顾不上回答。

男人走出来，又将她牵回了办公室。也可能是喝了点茶，男人清醒了些，没再对她动手动脚。他像是什么都没有发生似的，递给她一碗茶，就自顾自地打开了电话。他满口脏话，说得那么兴奋，还掀起了衣服，白生生的赘肉触目惊心地晃到了她的眼前。她再次哭了起来。男人按住电话，像是有些不高兴：

“别像个傻逼娘们儿似的，不要再哭啦。”

薛珊吓蒙了，看见男人嫌恶的表情，不由自主地打了个嗝。从来没有人这样说过她，就连她妈也没这么骂过她。她冲过去抢他的手机，一个劲儿地喊：

“你说什么？你凭什么骂我？你得给我道歉。你得给我道歉。”

她疯狂地抓挠，把男人的假发也掀到了地下。男人着急忙慌捡起来，重又戴在头上。然后才像是被她的举动吓坏了，不停地摸着她的背，说：“好了，好了。我傻逼行了吧？我是个大傻逼行了吧？”

回到后北屯，她一个人在浴室里待了很久。她痛恨的都不是男人对她的不尊重。老实说，男女间的那点破事儿，她早就看开了。她只是想不明白，既然有心思做那件事情，为什么要趁着醉酒？就不嫌脏吗？

那盒放了几个月的女士烟，她终于把它点燃了。香烟的味道并不好闻，呛得她眼泪直流。她打开手机，想找个人说说话，竟然不知该打给谁。最后还是拨通了李强的手机。李强那头乱糟糟的，像是在酒吧。

“在哪里呢？”她的语气还是那么冲，好像她还可以像从前那般管教他：这么晚了竟然还不回家，还是个好男人吗？

李强不知道是真没听见，还是不方便，喂了几声，就挂了电话。等她再打过去，竟然关机了。薛珊摁灭烟头，自言自语地又说了句：“傻逼娘儿们。”泡完澡，她就想明白一个问题，这鬼地方，不能再待下去了。

第二天，到了单位，还没去给领导说辞职的事，就听人们在议论，说隔壁一个处长昨天喝多了。喝多了也不算什么，他经常喝多。问题是，他这回竟然让打扫卫生的小王去扔床。好端端的，扔什么床呢？据打扫卫生的小王讲，扔了床，顺便帮着打扫了一下，结果从床底下看到了些不该看到的东西。说得人兴奋得不行。薛珊听了一会儿，越发颇烦，就走开了。走在楼道里，好像每个办公室都有人在看她，她甚至能感受到那些幸灾乐祸的眼光。他们看到她走过来，马上就闭嘴，假装在忙什么正经事。薛珊本来窝着肩，像是做了什么亏心事，不知为什么，却又突然挺直了腰。她整了整衣衫，擂鼓一般敲响了集团老总的房门。

五

去西藏前，李强打来电话，说是他妈满七十岁，她到时候能不能出现一下。薛珊说，“哟，这会儿想起我了？”李强仍是讷讷地解释。薛珊说，“别讲那么多没用的”。李强说，“你去养老院看望孤寡老人也是个看，何况你还和我妈一起生活过几年”。一句话倒把薛珊将住了。薛珊说，“到时候看时间吧”。真的到了那一天，李强来接，薛珊也没想着要再找借口。

看得出来，李强确实为他妈的生日做了精心准备。除了邀请彼此都熟悉的亲朋好友，李强还和中正国学传播公司合作了一把。那是薛珊头一回见李强弹古琴。身着青色长衫的卫中正，有板有眼地主持仪式，据说完全是再现纯正的汉唐古礼。说得再玄乎，薛珊还是感觉太拿腔捏调了些。倒是李强坐在那里拨弄琴弦的样子让她有些心慌。她不是没见过男人安静的样子，只是这回好像又不太一样。她拿不准是怕李强出丑露乖，还是隔得太久没见，因为新鲜，心底的某个角落被触摸到了。也是这个时候，她才意识到，说是两个人同一张床上睡过这么多年，她到底没有走进他的世界，或者说，她一直都只是在乎自己的感受。古琴余韵袅袅，久久盘旋不去。

回到后北屯，薛珊先是泡了个澡，抽完两支烟，起来用毛巾一裹就坐到了窗前。窗外万家灯火，凝神细看，还能见到云朵，棉花糖一般，柔软。她拿起 iPhone，在 QQ 音乐里搜古琴，平沙落雁，梁祝大全，一曲曲听下来，本来还有点睡意，到了后来，她忍不住在空中不停地拨弄，好像在空气中摸来摸去，就能感觉到李强的手。她这样玩了一会儿，发现胳膊再酸，还是不想停下来。七弦古琴的声音如此简单，好像全世界的孤独都压到了她的胸口。这是二〇一四年，朋友圈满屏都在秀恩爱，爱你一世，而她只记得自己已经三十一岁，没有工作，没有丈夫，没有孩子。

她只是想出去走一走。去了北京也有些失魂落魄。站在地铁车厢，乱糟糟的车厢全成了背景。她先是感觉有个老外在看她。老外是真老，头发都掉得只剩一圈了。好在他也只是看了她一眼，又低头看书去了。他看她的时候，其实笑了一下。她不太把握得准他笑，是因为被旁边小孩的说话声逗乐了，还是在对她致意。在这样的场合被人注意到，她还是有些不自在。老外左手拿着杯咖啡。他喝了口咖啡，又看了眼她。这回是先看她的脚。薛珊光脚穿了双回力鞋，搭的也是麻布长裙。他对她又笑了一下。薛珊也笑了下，不自然地并紧了双脚。等老外的眼光归了位，她往耳后拢了拢头发，又对着玻璃挺了挺胸，往下拽了拽胸前的衣服。窗外黑漆一片，时不时闪过几丝光亮。

也是那个时候，她匆忙做了个决定，先不回太原了，直接坐高铁，去青藏高原。许是阳光猛烈，也可能是因为缺氧，接下来的日子她脑子迟钝了。她根本没有想到，在拉萨会遇见杨武。小伙子跟一帮朋友骑行，走 318 国道，边走边卖唱。人晒得黑黑的，健康，一笑就露出稍微有点外凸的白牙。她不知怎么就认定他是对自己生活有把握的人。她纯粹是被他说话的样子给迷住了。

“想想我们骑行的事，其实挺痛苦。不说你们旁外人了，就是我们自己，搁到现在回过头看，也挺二的。屁股都肿了。”兴许是说到了身体，薛珊还正了正腰。“真是没法儿解释为什么要骑这一段路，你去 318 国道上打听一下，看看那些骑行的，有几个人能说得出个一二三四？就是年轻，找不到事干，又蠢，又冲动。”

年轻人虽是这么评价自己，薛珊却还是感觉特别好。年轻的生命自有他动人的地方，饱满，有活力，完全不用顾忌别人。这话说得好像她也年轻过似的。她年轻时完全不一样。她可从没想过要天南海北地跑，或者说她那会儿的年轻人还没有想到要这么干。没有勇气是一方面，主要是她对外面的世界不确定，满怀恐惧。而这个年轻人说起路上的经历，两眼透着亮光。

“年纪越来越大，我还是躁动不安，兴许将来还会干些出格的事，不过可能再也不可能像之前干得那么好了。”

才多大的孩子啊，竟然敢在她面前提什么年纪。她定定地看着他，好像是在琢磨他还会干出什么更出格的事。也许还有那么些着急吧，到最后，她竟然想开解他。还是年轻人脑子转得快，懂得礼貌，问她要电话。薛珊本不想给，见他也没恶意，想着怕什么呢。只是他拨过来的号，她忘了记。

回到太原，薛珊在楼下电信交电话费，碰见老板。先前她来，和他也就说个一句半句话，这回她还没开腔，男人就说起了他的苦恼，原本以为把店开在这里，附近的楼盘一交房，生意就会好起来，哪里知道一拖就是好几年。他嫌这里的租金贵，一年七八万，还不如他在高速口新租的房子，院子大，还便宜。再坚持一段时间，不行到了夏天就卖西瓜。当时她晕头晕脑听了半天，附和着说两句话。等到回到家，她像是开了窍似的，心想，别人都敢想敢干，为什么她就不能呢？昏天黑地琢磨了半天，在柳巷附近开个茶舍的念头就出来了。店名都想好了：有间茶舍。

开业的那天，李强也来坐了坐。他说他早就看出来她不是个安分守己的女人。这么说，并非质疑她的人品，而是说她为人处事有自己的一套想法。薛珊笑了笑，好像这个前夫并不是像她想的那么不懂她。她有那么固执吗？她心底还是赌着一口气，只是现在，她学会隐忍了。

杨芹从德国回来，本来约好在茶店见面，后来又说她正好路过后北屯，问能不能上去坐一坐。薛珊说家里乱得很，杨芹说，“我又不是来跟你过日子，你担心什么？”进了门，杨芹看见连客厅都晾着衣服，还是有些惊讶。

“这么说，你是净身出户？”

薛珊没说话。她从没想过还要靠着别人生活。杨芹又问了一句："你早年那个同事呢？就是搂过你的那个老男人？"这话把薛珊听得怔了一下。她脑子过了一遍单位的几个老男人，在想自己是什么时候给她说过这些事。"就是那个后来搞国学的啊。他不是也住在后北屯吗？"

"什么啊，人家早在滨河路上买了河景房了。"

"还以为你搬到后北屯是因为他呢。好像你说过他也住在这里。"

这话又把薛珊震了一下。听起来，感觉是一个被卫中正抛弃的地方，却又被她薛珊接手了。薛珊眼皮跳了一下，干咳一声，说隔壁还住着一对年轻夫妻，声音小一点。杨芹站了起来，问她：

"你就从来没觉得不方便吗？"

"什么？"

"那么多人挤在一起。"

"我只是想着和人合租能沾点人气儿。"

"原先你不是这样的。"

"如果我说是想近距离看看别人是怎么生活的，你会不会认为我疯了？"

有些话她没法儿说出口。房子最早是她租下来的。住进来了，总感觉哪里不对劲。后来才意识到是房子太空了。她没少买东西，可还是占不满三室两厅，这才想着要合租。起初她的要求挺高，得单身，爱干净，最后还是妥协了。她就是想家里有点动静，免得一个人天马行空地胡思乱想。

"这个我倒没想到，就是在想，你就不怕受刺激？"

"你是说怕听到他们做爱吗？"

好像经了朋友的提醒，薛珊才意识到这也会成为一个问题。努力回想，她完全不记得曾听到过男女之事的声响。她倒是听到过他们为一些鸡毛蒜皮的小事争吵过。在这样的环境里生活，还会有这些欲望吗？就像她自己，有过好几回失眠，但没有一回是因为想男人而睡不着。她想要做的事情太多了，哪顾得上这些儿女之情呢？事实上，经见了几个男人，她对这个物种都产生了怀疑。

这话还是过于决绝。接到杨武的电话时，她还是走了一截神。回过神来，才掏出口红补妆。补完妆又嫌亚麻的衣服太素，索性穿了件紫花长裙。她怕 hold 不住，外面又套了件黑色小西装。杨武过了半天才来，还不是一个人，还带了两个朋友。那天晚上，他对她都说了些什么，她全忘了。另外两个孩子，借口提前离开了，她还托着腮，听杨武说话。杨武的专业是唱歌，可他的心思好像也不在唱歌上，至少从他的话里面，听不出来他对这一行的敬畏。尽管他说的话多数都没有超出她的判断，她还是喜欢看着他，好像他上下翻动的嘴唇时刻都会闪出奇思妙想。她在想，她这个年纪都干了些什么。她就记得刚上大学，一个班跑去当群众演员，在灰黄的山村里待了两天，别人为一天能挣五十块钱还包一份盒饭而兴高采烈，只有她紧盯着摄像机，幻想着导演能注意到她的与众不同。甚至等到拿到剪完的片子，她还和家人一起坐在电视跟前寻找她在什么位置。她要不是这么虚荣，怎么解释她快毕业时跑到横店做群演？枯着眉眼回想了半天，这些年一路上做下的事，好像也不过是扮演面目模糊的群众演员。

“成天天南海北地跑，你爸妈就不担心吗？”

“担心？怎么不担心？不过，他们给我凑够了首付。只是我还不确定待在哪里。”

“这么大了，还好意思继续找父母要钱？”

“那怎么办？要不我来你这里打工？”杨武的眼神突然就黏上了她，烙得她心底抖了好几下。

“你这种人，我怎么养得起？”

“我是什么人啊？”

“你是什么人你自己还不清楚吗？”

这话有批评的意思了，好像是在责怪他的轻浮，又像是在暗示些什么。杨武只是直直地看着她。她有些羡慕他的年轻，连眼神都那么干干净净，一点油浮的沫子都没有。

“我是担心，别好不容易培养成了熟手，你随时都会抬腿走人。”

“开玩笑呢，我可不想在我喜欢的女人手下打工。那样，太没面子了。”

薛珊的脸腾一下就红了，好像身体里的某种东西被点燃了一样。“傻孩子，胡说八道什么啊。”对，她一直认为他还是个孩子。她只是没料到现在的孩子胆子那么大。

杨武握住她的手时，薛珊还说了句违心话。“别这样。”事实上，她浑身都在颤抖，都忘了抗拒一下。完全是半推半就了。她怕一推，男人真的收了手。“我会害了你的。”她能感受到他紧绷绷的屁股，滚烫的屁股像块烙铁。脱衣服时，她有些羞涩。她生怕他看清她大腿上因为肥胖撑开的皮肤裂纹。可他的嘴像个看到米堆的鸡仔，一头埋了进去。她搂着他，好像是做梦一样。事后，他还是抱着她。她说他累了可以睡一会儿。他说他怕梦醒了她就不在了。结果，过了半个小时，他又开始摸她的胸。起初她以为自己可以忍得住，到了最后，她还是紧紧搂住了他。在他漫无边际忙乎的时候，她一直瞪着眼睛，好像生怕漏掉这些最不可思议的细节。

“哦，宝贝。”

“怎么啦？”他把头从她的手掌里挣出来。

她没有回答，再次把他的头摁了下去。“宝贝，你怎么可以这样？”

杨武像是受到了鼓舞，捂住了她的嘴。一晚上，他们都在重复这些最简单的动作。有时累了，杨武还是忍不住要说话。

“我其实做过很多不好的事情。”

“能有多不好呀？比欺负一个老女人更不地道吗？”

杨武说那会儿流行摇微信，他摇到了一个姑娘。其实聊天的过程中，他就知道这个姑娘是在出卖色相，尽管她的借口也太拙劣了些，说是就缺五百块钱。而他呢，仅仅因为她长得还行，就去见了她。见了她，就去开房。只是在干那件事之前，他给她讲了半天人生大道理，说是靠体力活挣钱没错，但不能打着这样的旗号找男人要钱。他甚至还给她指明了一条从良之道。青春饭总有吃不动的时候，活着，还是得要靠脑子，得多读点书。他也不知道自己为什么那样说话，可能说出了那么一番道理，就能缓解他的恐惧。

听了杨武的话，薛珊好像更心疼了。谁年轻时没干过几件糟糕的事呢？她不停地摸着杨武结实的腹部，说：“你真的挺好的，杨武。你不知道你有多好，杨武。”杨武好像这个时候也得说点同样的话，才对得起她的夸赞。他说她也挺好。他说他没想到她这个年龄段的女人身材可以保养得这样好。也是在杨武这样说话的时候，薛珊才有些失落。她不知道是该为自己的身材没有变形感到开心呢，还是为自己都这把年纪了还像个没见过男人的傻逼娘们儿感到沮丧。只是，这些刺刺啦啦的声响，并没有在她的脑海里停留多久。他总是有办法转移她的注意力。他太不老实了，不是手闲不下来，就是舌头闲不下来。他就像一头刚闯进大草原的小牛犊，顾不上吃草，就在那里没头没脑地跑来跑去。

荒唐啊，很多没有和人说过的话，她都说了出来。她好像一点都不害怕他会从她的话里找到什么蛛丝马迹。但她自己明白，她说的那些话是多么字斟句酌，就像台上的一个戏子在那里背台词一样，虚假，做作，目的都不过是维系她可怜的形象，不像他，什么话都和她说了，还说得那么自然，根本不担心她，承不承受得了。

六

杨芹都嫁到了德国，得到了永久居留权，却又回到了太原。问起原因，也简单，就是习惯不了德国人的死脑筋。她到处找工作，所有的单位听说她的国籍是德国，就再也没了下文，好像一涉及国际友人，就害怕引起外交上的纠纷。和薛珊说起来，她简直有些悲愤。

“我本来就是一太原人，口音都没变，为什么人们就那么在乎形式？”

这话把薛珊问住了。她和杨武的恋爱正在水深火热之中，哪里顾得上闺蜜的苦恼。她说：“你要是不嫌弃，也来茶舍帮忙好了。”

“我一个德语系的研究生，天天跟你的小男朋友厮混？”

怎么是厮混呢？男人的有些好处，薛珊也无法和闺蜜分享。她说杨武也不是在给她做事，他说是在给她帮忙，其实，更多的时候，他是在教她唱歌。

“这把年纪了还想上金光大道？”

“什么呀，你就不能想得健康点？”

那段时间，薛珊发现自己不管看到什么东西，都会想起杨武。除了杨武，她没有办法去做别的事情。怎么能这样呢？搞得跟没见过男人似的。她不停地暗示自己，要矜持，不能表现得太过分，太热情，只会适得其反，把他吓跑。更多的时候，她想起的是杨武运动完满是汗味的身体。无意中和朋友分享许多秘密，她都会忍不住，要模棱两可地夸一夸杨武。这个男生，跟她遇到过的男人完全不一样。

好像是生怕杨武多心，每到月底，薛珊都会给杨武的中国银行卡上存一笔钱。像是为了避嫌，她都没有用网银转账，而是去柜台。出了门，就把存根丢进了垃圾桶。她担心自己的好意会被杨武误解。她不想给他造成压力，让他以为自己是个吃软饭的。这些她在心底来来回回琢磨的小心思，也从没和杨芹说起。有什么可说的呢？有些东西说出来就变味了。她总想着和李强一起背过的朱子家训：善欲人见，不是真善；恶恐人知，便是真恶。

过年的时候，薛珊跟杨芹在酒吧喝酒，酒醉了，杨芹怂恿她，说她应该和杨武表白。是啊，都好了这么久，杨武从来没说过爱她，她也没说过爱他。他总是说，你太好了。她也像是怕说出了爱他，就先低他一等。都这把年纪了，怎么好意思说爱呢？平时不好意思，喝了酒，就有些冲动。禁不住杨芹激将，薛珊开口了。在电话里，她大声说：

“杨老师，我爱你。我爱你，你知道吗？我这么爱你，你爱我吗？”

杨武喂了几声，还说了句什么破信号。电话断了。她不依不饶，再拨，电话正在通话中。她再拨，电话就成了忙音。薛珊就对杨芹笑，说，这个杨武，不会又是去山里骑行了吧？杨芹说，我试试。结果，电话又通了。

这个时候，薛珊才明白，杨武把她拉进了黑名单。

那些天，薛珊不知道自己是怎么过来的。她甚至都没想找杨武讨要一个说法。她像是被抽走了脊梁骨，走到哪里，要么躺着，要么卧着。事情怎么突然就变成了这样？其实一点也不突然。只是她当时以为自己的体贴，自己的宽容，能够让他明白谁才是真的对他好。可男人根本就不在乎，他不在乎，他什么都不在乎。而她还像个傻逼娘儿们似的，徒劳地努力，好像非得伤筋动骨地伤感一番，才对得起她的付出，她的真心。她的智商怎么就这么低呢？她使劲掐自己的胸，好像这样就能早些清醒过来。

他很少在后北屯待过一整夜。他没有表露留下来的意思，她也没有挽留。只是好几回过节，她给他打电话，开玩笑似的，问他怎么也不问候她一下。他还是那种哈哈的干笑声，说，“怕过节你和家人在一起，影响到你们呢”。她当时没完全想明白他的话，只是注意到他的笑声有些勉强。现在回过头想，哪里是他怕影响到她，明明是他怕她纠缠他。

在他一点一点冷落她的时候，她还是那么热情。连他出去相亲，她都支持他。他也像是很信任她，每见一个女孩，都会详细地把过程讲出来。有几回，是他自己没看上，有两回，他看上了，说这回遇到的马丽芬不错。问哪里不错，他说她信任他，也支持他的梦想。他的梦想是什么呢？可不单单是唱歌，还要自己创作。他说得那么认真，她感觉要是突然打断他的话都是亵渎。听他讲完和女孩相处的一些细节，薛珊还是不露声色，过了一阵，确定他讲完了，才说，“还没结婚呢，就被管得这么紧，将来你可是有得受了”。他应该也听懂了她的话，果然再问，他连提都不想提了。

她一直以为，这么私密的事，他都和她讲，肯定是出于信任。而今，薛珊明白了，他为了摆脱她，不让她怨恨他，一步步试探，费尽了怎样的心机。一想到他的心机如此之深，她就恨不得戳瞎自己的眼睛。她总是回想起最后一次见面时的情形，他慌里慌张地跳上了公交车，连头都没有回一下。她当时还为他担心，以为他碰上了什么事。她坐在车上，看见路旁走过的行人，一个个那么漠然，没有一个人接住她无处安放的目光。她估算着他回了家，还兴冲冲地给他打电话：

“你最近怎么啦？真的和那个马丽芬好上了？”

“说不清楚。”

“要是你有这方面的苦恼，也许可以和我讲一讲。”

“咱们以后别聊这些好吗？太无聊了。”

他的态度那么明显，而她竟然毫无意识。她还求他下个星期一起去庞泉沟，参加朋友组织的徒步活动。他是怎么回答的呢？他说他不敢确定。而她呢，还是一如既往地兴奋，只是问他：

“就表个态吧，到底来不来？”

她根本没有别的想法，只是想着一起开开心。

现在前前后后一想，她反应过来了。他当时答应她，说去，后来又没去，态度早就表明了。而之前，他着急离去，完全是不想看到她了。他连几句模棱两可的话都没和她交代。常见的桥段中，不是应该还有那么一点温情吗？

现在，她是能想明白了，但并不等于她就咽得下这一口气。过了两个月，她试着拨了他的电话，竟然通了。她问他，她到底做错了什么，竟然如此对待她。她不是想吵架，但因为带着气，声音免不得有些刺耳。

他说家里人知道了他和一个离婚女人相处的事，都在阻拦他。而且，最要命的是，他把马丽芬的肚子搞大了。

他说得那么直白，好像完全不怕伤害到她。难道在他的眼里，就只有那个蠢蠢的马丽芬才是他的女人，而她薛珊不过是一个抽象的符号，一个离婚的女人。她感觉自己好不容易平复的心情又翻江倒海了。她差不多是在质问，做人怎么可以这样？

“我明白你的意思，想找一个谈得来的男人，过自在的生活。我也想和你在一起。只是，光靠希望，什么问题也解决不了。我太穷了。”

“我们可以一起努力啊。”

“这不是努力的问题。我从来没想过要靠女人的接济生活。如果我做什么都要活在你的影子之下，我还是个男人吗？”

这话多么熟悉。当年她不也是这么想的吗？以为摆脱了李强的束缚，她的日子要好过些。谁知道过了这么多年，她不过是从头开始找一个男人。而她好不容易看顺眼的男人，竟然这么轻飘飘地就把她打发了。她为自己过去设想了那么多未来感到羞愧。

七

“以后你就打这个专线。”

过了些天，杨武又打来电话。他说他又办了一个手机号。他是笑着说的。可她却听得别扭，好像她和他做的事，实在见不得人。她突然就明白了，她并不是他唯一的女人。他一直在提醒她，只是她不愿意承认而已。而现在，因为她的执念，竟然逼得男人想出如此愚蠢的办法。怕被马丽芬追查，又想着怕伤害到她薛珊，想不到更好的解决办法，所以就有了这一出。前因后果一分析，她越发觉得自己是正确的。杨武还在那笑，说他只是不想和女人为这些事天天争吵。设黑名单的是他，不设的也是他。薛珊本来没有那么生气，听了杨武的话，忍了那么多天的火气终于爆发了。

“我不会给你这个手机号上打电话。要是你的那个小女朋友马丽芬查出一个手机号全是我们的通话记录你让我怎么解释？我们的事有那么不堪吗？至于要搞得那么偷偷摸摸吗？”

“你到底做了什么让她对你如此没有信任感？”

“她那么做，不允许你跟我打电话也是对的。问题是我们现在也没有什么。你跟她摆明了什么，说我就是你的学生，就是想跟你学学唱歌。她总应该能理解。”

“你倒是说句话啊？”

杨武像是迟早料到了这样的结果。他把声音压得很低。

“我是个没用的男人，只是求你，不要再给我寄钱了。你和我女朋友马丽芬一样。你们是不是认为给我点钱，我就会有愧疚感？”

“你怎么能这样想？我给你钱，都会找各种各样的理由，希望你不会难受。”

“可你的态度不是摆明了吗？”

“我什么态度？杨武，我真是白瞎了眼了。你自己没把事情处理好，倒赖上我了是不是？”

“她不理解，之前为了摆脱她，要跟她分手，我把我们之间的事都告给她了。”

“你说你有没有脑子。你怎么能这么做？你怎么能把我们俩之间的事搞得让第三者也知道？”

“我蠢。我没脑子。”

“你不是蠢，你就是无赖。一而再再而三地让我难受。过年把我拉进黑名单是一出，换专线电话又是一出，现在又说你女朋友马丽芬在查你是一出。你女朋友，你女朋友，开口闭口都是你女朋友。杨武，你没把自己的问题处理好，就告诉我这些，摆明了就是以为我一离婚女人，懦弱好欺负是不是？我跟你说，杨武，我们认识多少年了，你清楚。现在，你因为一个刚认识没多久的女人，就这样对我，你还是个人吗？你怎么可以这样对我？我跟你说，杨武，还没有一个男人这样对待过我。我跟你说，杨武，别把我逼急了，逼急了老娘非把你堵在家门口剁了。”

“你把我剁了你会好受点吗？”

薛珊又歇斯底里说了一大堆。

杨武不再说话。

“你倒是说啊。你不是总是有那么多理由？”

“我不知道该说些什么了。如果我们都没有那么多糟糕的事，如果你不是老给我钱，要不然我们也会相处得更自然一些。”

他说了“如果”“要不然”之类似是而非的话。他好像对俩人最后说了这样几句话感到如释重负。

怎么说得讲究一点，体面一点，也许那样她就不会怨恨他。他本质上就是想做一个好人。都到了这个时候，他在乎的还是这可怜的形式，想着也许能好聚好散。她在乎吗？小白脸。那么自私。还想事事都合他的意，以为搞得精致一点，场面就不会那么难堪了。她怎么可能不怨恨呢？甩她就甩她，用得着这么冠冕堂皇吗，用得着这么铺排吗？好像她实在是个难缠的麻烦。过去她以为他和别的男人不一样，现在她才明白，还是她把有些东西美化了。都说吃一堑，长一智，可她在情感的道路上，从来就没有进化过。

“我跟你说，杨武，我不允许自己瞧不起自己。我不允许自己再懦弱下去。”

她暴跳如雷。从房间里出来，眼泪忍不住掉下来。她不停地走，到最后简直像是在奔跑。只有她自己明白，世道真的变了。只有满脸泪水能看出来，她是在纳闷，像是一个从来没想到会把日子过成这样的女人。

那些天，是她最沮丧的时候，为了暗示自己，她没少想办法，比如改 QQ 签名，每天贴些“真正的强大不是没有恐惧，而是带着恐惧勇往直前”之类的话。她说她再也不给他打电话了，心里却又在盼着他打来电话。她甚至都想好了，如果杨武再给她打电话解释，她会如何回答他。她会听他说完，然后说：

“还有什么要说的吗？没有，以后就不要骚扰我了。”然后再毫不犹豫地挂掉。

这个男人都轻松撤退了，她不允许自己还像个傻逼娘儿们在那里做无谓的思念。她认为自己熬过了一关，就算捡回一条命了。她以为会很难。谁知道她会拿这件事和结婚作对比呢？她意识到，她自以为对杨武好，其实呢，那些起心动念，未必是真对杨武好。那段时间，她跟着一帮朋友天天研读《菩提道次第广论》，虽然读得艰难，到底是熬过来了。一想到自己过去也是在不停地扮演烂好人的角色，她更是多了几分惭愧。

这天倒腾东西，竟然翻见一张百胜的健身卡。那时，和李强刚结婚，路过楼下超市，门口两个学生模样的年轻人，一口一个哥一口一个姐，免不得停住多听了两句。当时，两个人还想要孩子，变着法儿看怎么能提高身体素质。没禁住宣传，就掏了钱。只是去了几回，到底也没有坚持下来。她照着健身卡上的信息拨过去电话，才知道后北屯就有一家分店。只是听说后北屯马上就要搞城中村改造，店面快要搬迁。具体多会儿搬，却也没确切的消息。薛珊问这几天还开门不？接电话的姑娘说，“姐，你就过来吧。我们是要坚持到最后的，只要有顾客上门”。薛珊套上跑鞋，把一塑料袋洗漱衣服放进双肩包里。下楼都懒得等电梯，索性走楼梯。

有一回，她十一点多从健身房出来，看见那些粉色的店铺还亮着灯，衣着暴露的年轻姑娘还在那里坐着。她们旁若无人的样子，好像根本意识不到周围都拆得乱七八糟，堆成山一样的砖石快要把她们埋住。看着她们的时候，她就会想起和杨武好上那一阵子，他给她讲过的故事。是啊，他劝过那么多女人从良，现在轮到她了。这些想法混乱，又牵强，等累到极限，她的脑子才死机一样，坠入无边沿的黑暗。

但凡有了空闲，她就去健身房。好些中午，就她一个人在满是亮光的室内机械重复。她也不觉得枯燥。汗液顺着脊背流下，好像经年累月淤积的毒素也排出来了。

不觉间，她竟然坚持了好几个月了。每天临睡时，她入了魔怔般，就在那看健身的文章。到了凌晨五点半，闹钟一响，径直竖起来。有一天，她无意中触摸到自己的臀部，像是烫了一下，她没料到自己的两瓣屁股竟然如此结实。她像是不放心似的，又捏了一把。她在镜子跟前挺了挺胸，胸还是那么小，但浑身好像都充满了力量。

某个周五，她竟然买了张去五台山的火车票。到达砂河镇已经四点半了，错过了去东台顶看日出，也没什么。两天走下来，大腿根都酸痛，她仍是天天惦念再出门。

弟弟妹妹读到高二，母亲松了一口气。她再给薛珊打电话，话里话外都是马到成功的放松。但神经也没全松下来。得知弟弟学校的校长病了，在北京 301 医院住院，母亲又急了，直问薛珊怎么办。薛珊说，能怎么办？以你的性格，不去看一看你还能睡得着？结果薛珊带上母亲去医院看了一眼，就去吃炸酱面，商量下一步去哪里逛一逛。薛珊还拿着手机搜去南锣鼓巷的路线呢，母亲却说，新闻里不是说地坛这两天在摆书市吗？母子三人又去逛北京地坛。一路上，母亲都在大声感慨，这么多年，她净忙着照顾她们三姐弟，没好好看过书，这回去了，一定要多买点书回去好好读一读。母亲的口气那么大，好像再多读几本书，她的人生就要发生天翻地覆的改观。母亲这么说一句，薛珊在心里顶一句，好像是哪里不能买书，竟然要跑到北京地坛买书。不过，听到最后，见母亲还是坚持想逛书市，薛珊竟也隐约有些期盼，就像小时候盼着母亲带她去菜市场，那么多花花绿绿的东西，她一双小眼睛简直忙不过来。

书市上人不少，她拣了个人少的地方，蹲下翻起来。无意中翻见一本穆旦的诗集《旗》，正读着其中几句，母亲却在旁边喊开了。要过一些年，她再翻起这本诗集，诗里的这几句“这才知道我的全部努力 / 不过完成了普通的生活”才会跳到她的眼前。现在，她只是匆匆掏了钱，跟着母亲走。母亲完全忘了几分钟前说过的话了。好像书市那么大，完全不着急这一时半会儿的工夫，着急什么呢？她的兴致更多是被各种小商品牵绊住了。

结果，母亲也没买什么书，竟然买了五个青瓷碗。买了碗，又说去798看看。这一路上，碗都是薛珊提着，转地铁，搭公交，薛珊的手指头勒得又木又肿。一趟798逛到天黑，也没转明白。到处都是乌泱乌泱的人，薛珊看得眼晕。母亲说：

“没想到这园子竟然有这么大。”

也是这一天，正坐在咖啡馆里活动手指时，李强打来了电话。李强问她在干吗？她说，“能干吗？闲得无聊，在798跑步呢”。不怎么开玩笑的李强来了一句：

“你这也是玩开了行为艺术？”

虽然李强说的话生硬，还有那么点阴阳怪气，薛珊也没在意。她问他妈身体怎么样，他说他的工作室又雇了几个人。他们说得那么自然，完全看不出来横亘在他们中间的巨大隔膜。她一边举着电话，一边看着咖啡厅摆着的一架古琴。走近了，才看见琴边蹲着一只小猫。见她走来，小猫也不跑，就在那里歪着头，楚楚地望着她。她心一慌，都没敢接它的眼神。愣怔了半天，只是瞪着它糊花的脸。李强还在说。他说自从他的国画跟着卫中正的国学打包捆绑销售后，日子好过了不少。

薛珊听得有些恍惚。她走到古琴边，拨弄了一下。古琴发出的沉闷钝响吓了她一跳。无意中抬头，看见镜子里的脸，可能是走了半天路，印堂处积了一层油。她把电话放在一边，掏出吸油纸细细地擦了一遍，又对着镜子描口红。李强还在那里说着话，也没管她到底听没听。等化完妆，她接了句，是吗，那还不错。好像中间错过的东西对现在毫无影响，两个人又继续说了一阵家常。

跑 路

一

别人问李桃红干吗那么辛苦。大家做几天工了，都要歇一歇，独她闲不住，有空了，还要去城边的鸭场杀鸭子。

“我是小时候穷怕了。”

她大大方方说出这么一句话，问得人反而不好意思了。一个人想多赚点钱又有什么错呢？向秋翰跟人打牌，误了接孩子的时间，李桃红的脸色就不太好看。下了班，假衣袖都没脱，就往家赶。路上撞见向秋翰，没头没脑递过去一句，说她妹妹两口子都计划去街上买地基修屋了。街上就是畲刀沟镇。向秋翰正和向心怡向自强两姐弟抢着吃坑洋芋，嘴里塞着洋芋，可能是烫，只是啊啊啊地喊，半天没应承出一句囫囵话来。向心怡向自强两姐弟却不管父母正在怄气，围着向秋翰追个没完。李桃红没说出来的意思是，是人都知道努力，而她的男人呢，成天只知道和人打牌。向秋翰说，我知道，你们小时候都是穷怕了。李桃红听见男人怪腔怪调的，没好气，鼻子哼了一声。向秋翰问，什么味道？还瓮起鼻子到处嗅。向心怡就尖叫着喊，是妈妈，你看妈妈衣服上还有鸭血。向秋翰说，也不洗澡，这么大味道你就闻不出来？李桃红横了他一眼。进了门，李桃红一屁股蹾在床前。等向秋翰过来问她什么时候做饭，她脱口就顶了几句，做饭做饭？我是你们家保姆？吃那么多有什么用？

向秋翰见女人早听得不耐烦，就打开手机，又玩开了斗地主。音乐响起来，两个孩子也凑在跟前，大呼小叫。李桃红就喊，责怪向秋翰给孩子带的什么好头。向心怡仗着向秋翰在跟前，没听李桃红的话，做着怪样子，高声笑个不停。李桃红气急，顺手就扇了一耳光：

“姑娘家，一点样子都没有。”

向心怡起先没敢哭出声，等到向秋翰看过来，才张开嘴号。向秋翰抱起向心怡就往外走，嘴里还说，妈妈打你，以后别和妈妈好，爸爸给你去买棒棒糖。李桃红在后面喊，说，“向秋翰你是故意跟我作对是不是？我唱黑脸，你唱红脸，好人都让你做尽了。我跟你说，现在不把小孩脾气压下去，将来你看他们听不听你的。”

向秋翰早走远了。回来的时候，向心怡还掏出棒棒糖显摆，惹得向自强满屋子追赶。李桃红又要动手，却被向秋翰捉住了，说，“你看看你，没轻没重的，向心怡脸都被你打肿了。”李桃红嫌男人把她掐疼了，又转身找他撕扯。向秋翰躲闪不及，一跤跌在地上。两个小孩看得哈哈大笑，向秋翰也没多想，就捣了李桃红一拳，直喊：

“操你妈的，你她娘的疯了？”

李桃红倒在床上，嘴里也没停：“是我疯了还是你疯了？白天和人打牌还没打够？回来了还要在那个破手机上玩？”

“那你要我干什么？”

“不是我要你干什么。你都三十好几的人了，怎么就没有一点盘算？”

“盘算什么？你是让我杀人放火抢银行吗？”

李桃红突然笑了起来。向秋翰本来挺激动的，也被女人古怪的笑声吓着了。李桃红说："我算是瞎了眼了，当年媒人来提亲，给我做思想工作，说什么你爸爸是老师，你也是师范毕业，都是讲道理的人，我竟然信了。跟了你十来年，你除了会打女人，还会干什么？啊？"

李桃红生气，也不是因为自己挨打，而是向秋翰在孩子跟前说了那么多粗话。本来两口子早就商量好，从小教孩子说普通话，向秋翰答应得好好的，高兴的时候，也愿意卷起舌头教，只是没想到，一不顺心，就口不择言，没了章法。

二

李桃红窝火也不是一天两天了。

向秋翰好玩，闲下来，就是没钱打牌，也不会想着做正经营生，只是到处转悠找马蜂，烧马蜂。这地方的人，田鼠都吃，却对满山遍岭的马蜂窝毫无兴致。他和人烧了几十窝，焙干了，准备过年带回去，给亲戚们送一送，权当年货。又混了一段时日，终无进项，到底扛不住，见老乡群里有人说广州一公司要人，便和李桃红商量。李桃红能有什么意见？见男人为这个家用上了心，自然高兴。向秋翰着急想走，李桃红却不同意，非要看黄历书，择个黄道吉日。向秋翰说，搞得这么正经，不知道的人，还以为我是出门进京赶考。李桃红说，人总得信点什么，万一管用呢。收拾完平日常穿衣物，又去超市买上方便面、面包和苹果，好像从漳州到广州天远地远，生怕男人饿着。

广州到底不比漳州，又没什么熟人，白天还好，工地上事情也多，到了晚上，实在煎熬，他就在那玩手机。先是发朋友圈，说什么失眠的夜，失眠的心，失眠的人儿只有孤单相伴。这是讲给李桃红听的。见李桃红没什么反应，没忍住，又拨通她的电话，李桃红看见向秋翰说得那么可怜，差点劝他回漳州。后又一想，一分钱没存下，来来去去，钱都花在路上了，实在不划算。心里是这么想，嘴上却是硬邦邦的，问他是不是现在手痒想打人。向秋翰这才知道，女人还带着气呢。又说了一通好话，李桃红口气才好点。挂了电话，他仍是发傻，就在微信里找附近的人。

转眼又是国庆，表哥卫中正打来电话，说是到厦门了，问她的具体位置。李桃红多年没见过这个表哥，只知道他一直在北方念书，没几年就离了婚。她在合肥搞传销的时候，还给他打过电话，问最近忙什么，他说是闲着，给一个人的老母亲写传记。她不懂什么传记，当时为了想法把他引到合肥来，说她老板也想写本书，问他愿不愿意。卫中正没说愿意，也没说不愿意。下回再打电话，她还是说在陪老板喝茶，卫中正却像是意识到了什么，死活不再接她的话茬。后来便也再没联系。就是偶尔过年见上一面，两个人都像是心知肚明似的，从不提这一茬。只是没想到表哥还会给她打电话，还说要见她。她到漳州的年头也不短，却也没怎么去过厦门。有一回，向秋翰心血来潮，两人坐上小巴，到了厦门，也不知道该去哪里逛，就去仙岳山爬山。看没看到什么景致，她印象不深，倒是一上一下，走到她腿肚子转筋。下回再有人提议去厦门玩，李桃红半天不吭声。

李桃红班也不上了，找了身还算干净的衣服，就到约好的地方东看西看。等了将近两个小时，卫中正才摸过来。他提着一盒平遥牛肉，说是飞机上不好带，也没拿什么东西。尽管几天前，俩人就联系过，说是到了厦门聚一聚，等到真的见了面，好像也没多少要紧的话说。卫中正问她这些年都干了些啥，李桃红就笑，说，“能干什么，我们又没文化，打工呗”。卫中正又问，“在外面人生地不熟的，适不适应”。李桃红说，

“到处都是老乡，不是渔川的就是畲刀沟的，要么就是湖南贵州的，乡音都没怎么变”。她的意思是，就像村里的人集体迁到了漳州。平日里谁家生了孩子，谁要结婚，相熟不相熟的，都不用一个厂一个厂地递请柬，朋友圈里吼一嗓子，大家都知道了。收到的礼金比在村里还多。卫中正好像想象不出她生活的环境。不咸不淡地说了几句，一时也找不到合适的去处，李桃红就说，“我带你到我们厂里转一转吧”。

说是厂，其实就是城边一个院落，石棉瓦搭的棚子下面，堆了不少木头。十来个人，有男有女，正在机台上刨木头。见到李桃红进来，有人打招呼，也有光着膀子的人咧着嘴，满口白牙对着她笑。李桃红说，“不杀鸭子时，我就在这里刨板”。卫中正说，“那我是不是影响到你挣钱了？”李桃红就说，“什么挣钱，你不知道刨板多辛苦，我也正好落得休息几个小时”。机台刺啦啦地吵翻天，李桃红也不知道表哥听见没，见他拿着个相机在那儿拍照，也没再招呼，便去机台边帮着捡板。吃饭的时候，李桃红只和人约略介绍了一下。她见卫中正也没什么兴致和大家说话，这顿饭也吃得烦闷。有人还没放碗，就累得打开了瞌睡。李桃红就说，“正好赶上这两天天气好，能晒板，所以大家忙些。要是休息，大伙儿倒可以一起逛逛厦门岛”。卫中正像个游客，吃饭间隙也没忘拍照，倒是李桃红有些尴尬。

吃完饭，别人还要做工，卫中正就说，“去厦门转一转吧？”厦门能转什么呢？卫中正说他们公司的人都去鼓浪屿了。李桃红对去海边走走兴致不大，可卫中正好意相邀，又找不出理由拒绝，说起来，她也算是地主。坐船去岛上，她争着掏钱去买票，到底没抢过卫中正。卫中正说，“和我还客气？”李桃红就说，“什么呀，再怎么说我和你妹夫都成家立业了，你一个人还是要精打细算些，好再娶个媳妇”。卫中正说，“这又是哪儿和哪儿，说到哪里去了？”

坐船上岛还是头一回。卫中正东拍西拍。她站在窗边，海风呼呼吹到脸上，整个人好像都飘了起来。上了岛，看见旅游的人，个个穿得鲜艳亮丽，李桃红百般不自在，无意撞进一个陌生的地方，世界超过了她能掌控的范围。卫中正有时候还把镜头对准她，她的表情也生硬得很，不知道是不是该笑。到了大德记海滨浴场，卫中正扔下鞋子，在海水里歪歪扭扭地跑来跑去，疯了一样。李桃红连忙帮他提上鞋。卫中正喊她，说到水里走一走，这才脱了鞋。细滑的泥沙硌得她脚心直痒。有那么一刻，她什么也没想，只想笑。卫中正说，“不要动，不要动，就刚刚的表情最好”。拍了两张照片，卫中正看了看，说，“你把鞋扔了，要不然提着两双鞋拍出来也不像样子”。李桃红见沙滩上人来人往，说，“一会儿鞋找不见了怎么办?”卫中正说，“怕什么啊，没人要你的鞋，别人还怕你有脚气呢?”一句话说得李桃红脸红到耳根。李桃红瞥见一个五六十岁的男人，搂着个二十来岁姑娘的腰，慌忙躲开眼神。到底好奇，又扫了两眼。那俩人却是旁若无人，她喂他一口冰淇淋，他吃了，还不忘低下头亲她一口。李桃红看得心慌咆躁，又跟卫中正示意。卫中正就笑，说这鼓浪屿不就是爱情之都吗?一句话倒说得李桃红半晌没回过神。什么爱情?分明是肆无忌惮地乱来嘛。

到了后来，她就坐在沙滩上，看对面的厦门岛。人声悠悠，她想起当年和向秋翰带着孩子也曾来过厦门，竟像是从没来玩过似的。进得福州路，李桃红的兴趣点完全不在旅游上了。看见到处都是门面，每一家跟前都是人挨人，她想着成天刨板杀鸭子也不是长久之计，她自己都快受不了天天白刀子进红刀子出了。她问卫中正，“要是在这里摆个摊，得有多少本钱?”卫中正就说，“没个十来八万启动资金也不好做吧?”李桃红又去几个摊位前，也不买东西，见没顾客，就和他们搭讪，一来二去，竟弄清了他们的底细。回厦门的船上，卫中正说是过一阵子就把照片发给她。她呢，顾不上什么风景照片，只是在心底盘算。

换个地方做生意的念头就这么生起来了。

三

听了李桃红的计划，向秋翰没听进去，头一句话就是问卫中正是什么时候走的，好像对她这个表哥不放心得很。见男人听了半天，没找准重点，李桃红就有些急，问他什么意思。向秋翰这才说，你们也真是会耍，这么好天气，班不上，竟然跑到岛上旅游。李桃红说，“屁，走得我脚都起了泡”。向秋翰迂回打问半天，这才问在岛上做个生意得多少钱。李桃红说做生意最重要的也不是本钱，而是有没有那个心。这话是埋怨向秋翰这些年没个定性，一年四季，说起来也是不停忙乎，等到一算账，也没多少进项。向秋翰还不服气，他说，“一家四五口人吃穿，不都是靠我？”李桃红说，“不和你争，你最有能耐，总行了吧？”拌了几句嘴，两个人又继续说做小生意的事。李桃红说租个摊位至少三万，七七八八下来，总得有个五六万才敢开张。向秋翰就说，“你等着”。男人说得那么急切，好像随便支个摊子，马上就财源滚滚了。

回漳州的路上，向秋翰就给母亲打电话。听儿子又开口要钱，吴白云说，“你也是三十好几的人了，怎么好意思”。向秋翰听不得吴白云说教，就说这是李桃红的想法，一个人正在积极努力，而且做的又是正经事，总不会错吧。眼见得向秋翰准备挂电话，吴白云才问他需要多少。向秋翰说，“当然是越多越好”。吴白云说，“我这些年也没攒下什么钱，八千够不够？”八千当然不够，但向秋翰没这么说。他本没抱什么希望，就是想和母亲通个气，他们准备做点生意，到时得把向心怡向自强两姐弟送回老家，帮着照看一下，哪里指望她还给点钱呢？

又给卫中正打电话，问他手头方不方便。向秋翰没好意思说是做生意没本钱，就说欠了人高利贷，别人要得急，限时不给，可能就得剁他的手指头。卫中正说他欠了一屁股房贷，手头也不宽裕。向秋翰听到这里，想挂了电话再给下一个人打，不承想，卫中正又问他要了个账号，说是先给他凑五千过去。

人还没到漳州，求了十来个人，竟借到快四万了。见了李桃红，两个人一合计，又说还可以找她妈她妹妹借点。熟悉不熟悉的，只要联系得上的，两个人都打问了一圈，眼看着启动资金够了，向秋翰也是得意。晚上喝了两杯白酒，突然说，当年结婚，我们什么都没置办，太亏欠你了，前两年，我就说过等到结婚十周年，一家人好好拍一套婚纱照。现在赶这个机会，一家人拍套照片，也图个喜庆。李桃红本没想到这一出，听见男人还惦记着这些，自然高兴。

又过了两天，趁机台坏了要维修，向秋翰在手机上百度了几家影楼的联系电话，逐个比较价格，然后预约。到纪念日这天，带着李桃红和两个孩子去拍婚纱照。进了影楼，几个打扮入时的年轻姑娘围上来，向秋翰也没吭声，眼皮虽是直跳，却装作气定神闲，满屋子走，到了一堆相框跟前，逐个翻检。李桃红站在柜台前一五一十地问。李桃红转过头，问他选什么套餐，向秋翰就说随便。李桃红就挑了个最便宜的，二千九百九十八元。向秋翰说，“这能洗出几张照片，好不容易来一回，还不弄得好看点？”结果就定了个五千的套餐。接下来大半天，两个姑娘让李桃红坐到镜子跟前，说是得先化妆。姑娘和儿子拿着他的手机玩游戏，向秋翰干坐着也是无聊，差点在沙发上睡着。

他没想到李桃红化了妆是这个样子，不好看，但也说不上难看，就是觉得别扭。到了后来，向秋翰明白了，是李桃红从没化过这么浓的妆，举手投足，不自然。向心怡却说妈妈漂亮，儿子向自强也跟着喊，说妈妈漂亮。李桃红端着脑袋，谨慎得很，像是生怕把扑在脸上的粉弄掉下来。上了二楼，一家人又换衣服。向秋翰和儿子都穿上了白衬衣黑西装，李桃红和女儿一袭白色婚纱。拍了几张，摄影师调出照片，问他们满不满意。向秋翰晃了一眼，他们一家人穿成这样，又待在这城堡的背景中，简直想象不出来他们平日里住在石棉瓦盖的工棚里。他咽了口水，没说话。李桃红说，“你等等，再调大一点”。头像调大，李桃红发现她的神情难看死了。她认为是口红的问题，那么浓的口红，跟糊了满嘴鸭血似的。她跑到卫生间，掏出卫生纸，把口红全抹掉。摄影师就说，“婚纱照就得靠这口红点缀，要不就太素了”。李桃红却固执得很，说是满脸脂粉就算了，嘴巴抹得那么猩红，根本就认不出来还是她了。又换了姿势，拍了几组照片。这一通折腾下来，出了影楼，天色已经暗了。

向秋翰像是做了件大事，高兴得很，说是今天得改善改善。姑娘和儿子就吵着要去吃肯德基。李桃红一路脸色寡然，进了餐厅，也没见什么喜色。向秋翰就问。李桃红说，“没想到我这么丑，化那么浓的妆都遮不住”。向秋翰就说，“丑什么啊，你年轻时候也是很好看的”。李桃红听见这话，眼圈一红，两行泪就冲到了腮边。向秋翰已经在喊了，说，“别哭了，你看你那死样子，两个黑眼圈”。李桃红却是不管不顾，问他是不是嫌弃她。一边抽噎，一边拿纸擦眼，结果睫毛膏糊得满脸稀里哗啦，更不像样子。向秋翰简直是在求饶，说，“别哭了，快去卫生间擦一擦，你看看你脸花成个什么啦，丢人不丢人”。李桃红去卫生间收拾了半天，眼睛周围仍是乱七八糟。见男人还要说她，就说，“刚刚有人告诉我了，这些洗不掉，得用专门的卸妆水”。向秋翰哪里知道什么卸妆水。他本想着今天还算开心，女人化了妆，也要比平日精干，谁承想，还没怎么着，就弄成了个这。他头一个念头就是，五千块钱就拍了几十张照片，实在不值。这也就罢了，还要再去超市买什么卸妆水，又是一笔额外开销。到了后来，他就生自己的气。走到超市，李桃红也不好意思问，还是向秋翰向人打听。找到化妆柜台，他一眼就看见了，拿起一瓶，竟要一百来块。李桃红又扫了几眼，蹲下去，拿了瓶小的，说，“这有二十的，反正以后也不化妆，这个就行了”。

这头生意怎么做还没定下来，向秋翰决定还是先把姑娘和儿子送回老家，要不然拖着两个孩子，根本施展不开手脚。房子是吴白云在畬刀沟提前租好的。向秋翰看见墙上一片空白，就想着把婚纱照挂上去。看见向秋翰拿着锤子在那敲钉子，吴白云还拦了一下，说别胡乱破坏房东的墙，弄糟了将来退房还是麻烦。向秋翰说，“那能值几个钱？”反正租房这些开销，都是向秋翰出，吴白云也没多嘴。等到向秋翰把两幅巨大的婚纱照挂上去，吴白云还以为是街上买的招贴画，痴看了一阵，凑近一看，才看清画上的几个人还挺熟悉。向秋翰说是十周年结婚纪念日拍的婚纱照。吴白云当时只感觉画上的人和她印象里的儿子儿媳不搭调，事后听说光拍个婚纱照，竟花了四五千，就有些看不惯。和姊妹们说起这本经，还有不少抱怨，说现在的年轻人都是败家子。

向秋翰带着姑娘儿子回老家，李桃红寻思着怎么在鼓浪屿上做个营生，还鼓动妹妹妹夫又上了一回岛。走了一圈，和上一回感觉又大不一样。晚上几个人说，来也来了，何不就近找个地方住下，明天再到厦门市里玩一趟。李桃红也乐得自在，没提意见。

向秋翰打来电话，说是他回来了，问她人在哪里。李桃红有些神经质地笑，说在市区考察呢。向秋翰也没说什么。挂了电话，正想着做点什么才好，几个老乡骑着摩托过来，问他去不去山上打牌。向秋翰还纳闷，说，“就打个牌吗，怎么跑到山上去？”那些人就笑，说，可不是我们平日里小打小闹，可有人赌得大呢。向秋翰还想着，就是上了山，看看热闹也行，也不会和陌生人打牌。借来的几万块钱，也不敢放在工棚，就随身挎上了。到了山腰，还有人放哨。这阵仗，看得向秋翰心中一紧。到了山顶，竟有发电机，一个临时搭起的大棚里，灯火通明。向秋翰转了一圈，也有些手痒，后来就坐到了牌桌跟前。那时候他还有些理智，没敢赌得太大。看见别人跟前都摆着几摞百元钞票，他也把自己的包放到了跟前。

便衣警察是什么时候冲进来的，向秋翰记不太清。只听人大喊一声，警察来了，向秋翰攥住放钱的挎包就往外跑。混乱中，包也被抢了。好在他腿脚利索，一步就下了田坎，专拣树高草密的地方走。胡乱走了个把钟头，窝在山沟里屏息静气，听见山上渐渐安静下来，才高一脚低一脚往漳州市区方向走去。

第二天傍晚，李桃红和向秋翰差不多是同时到厂子里。李桃红见到向秋翰浑身污泥，还以为他被打了，也是神色惶惶。听了缘故，李桃红尽管心中憋闷，却也没发作。又去门口药店，买了碘酒，给他细细地擦。向秋翰一来受了惊，二来又怕老婆上来吵架撕扯，连说话声气都不如平日。倒是李桃红不停宽解，说这事是好是坏也说不定，万一我们做生意赔了一干二净不说，反欠下一屁股债呢？因为说到好事坏事转运，李桃红又讲了他爷爷当年讲的一个故事，合家大小，指望隔壁的知青上吊，能翻检点财物活物，谁知脖子都伸进绳索的知青，听得他们如此期盼他死，竟然解下了绳套。多年后，她爷爷还说他们动的是坏心眼，哪儿承想反倒救了人一命呢？又听得女人烦烦杂杂地讲这些，向秋翰听到后来，越发坦然了。又过了一段时日，向秋翰和人说起来，摆起这一截遭遇，没一点惭愧，话里话外，反为自己的机敏感到得意。和他一同上山的几个老乡，太笨，径直往公路上跑，结果被警察逮个正着，身上带的钱被搜刮一空不说，还被拘留几个月，害得家人又花了几千块，才把人捞出来。

四

立碑这天，开始下雪。

之前请人运来的碑石，还撂在路边。天还没亮，向秋翰来到向秋明屋里，问事情的安排。向秋明虽说隔房，到底是大哥，年长二十好几岁。前年，向秋翰父亲因为染上艾滋病，从发病到死掉，也就半年。向秋翰常年在外打工，家里一应事务，也是这个堂哥帮着应酬。去年，四兄弟提议，给爷爷奶奶立碑，向秋翰还想趁着人多，捎带也给父亲立一通碑。向秋明却说，“一天立三通碑，只怕弄不出来”。向秋翰也就没再多话。从找石匠打碑，到把碑石运回渔川，都是向秋明做的主。向秋翰不过是打回来三千元钱。都到了腊月二十五，见向秋翰还没露面，向秋明才打电话问。向秋翰说，“大哥你随便安排就好，我已经到了张家界”。向秋翰和李桃红到得渔川，向秋明已经起来了。他拿着油锯在那锯柴。向秋翰看着满天飞雪，担心碑立不起来。向秋明放下电锯，说，“虽然没有放出话要整酒，来的亲戚也不少，三个姑姑，两个妹妹，边邻处近的朋友，知道了恐怕都会来”。熟菜昨天也准备得差不多了，是按五桌客准备的。向秋明拉拉杂杂说了半天，向秋翰只说了一句，“你是大哥，反正辛苦你了”。

因为下雪，到了快九点，帮忙的人才陆陆续续地来了。向秋明向秋翰几兄弟，端上猪头，活公鸡，四个糯米糍粑，两瓶酒贡品，一块豆腐，和众人来到坟前。烧了纸，倒了酒，又放了两挂鞭炮。阴阳先生口中念念有词，又和石匠拿出罗盘定了方位。石匠拿根绑着红布的桃木扁担，在两座坟前破了土，就插在坟顶。碑石离坟边有一截距离。好在人多，抬的抬，扛的扛，倒也没耽误石匠立碑。第一通碑立起来，有人拿来炊壶，用热水冲掉碑面上的污泥，露出了文字，右侧一行大字：“祖宗虽远祭祀不可不诚”，左侧写着：“子孙虽愚经书不可不读”。读的人说，“这两句话写得不赖”。他摇头晃脑，好像还在回味。围着看的人也出了一阵子呆。他们看过一些碑，上面写的不外乎是“千里强龙来此地，万代富贵在其中”之类。石匠在旁接了话，说这话可不是我随便刻的，是你们为事的大哥写的。向秋明也在旁边，说：

“我哪里有这个本事？都是秋翰兄弟想出来的。”

大家这才想起，向秋翰读过师范。虽然他早就不教书了，和周围的大多数人一样在漳州刨板，到底还是念过几年书。有人开着玩笑，说向老大人要是出门了，再回来看见家门前动静搞得这么大，还认不认得路。向秋翰还回忆起爷爷的大半辈子，说来说去，和别人受苦不一样，他这辈子落得个轻松好玩。雪越下越大，两通碑立完，已到下午三点。亲戚们叫来，坟前齐整整跪下一片。只听阴阳先生唱念，具体说些什么，也没人听得清楚。

众人轮流作揖磕头，向秋翰的几个姑姑跪在那里烧纸哭泣。向秋明向秋翰几个点燃了一地鞭炮。这边人们还没散去，向秋翰又抱了两盒鞭炮走到父亲坟前。有人帮着点燃鞭炮，独他跪在坟前哭了一阵。待众人散去，他才从紫色烟雾里走出来。

吃饭的时候，有人从向秋翰父亲的早亡，说到向秋翰毕业后教书的事。话里话外，都说向秋翰当年的决定太草率。

“你当年要是坚持在村里教书，现在肯定是入编了。知道现在老师一个月多少钱吗？将近五千块。一个月才教几天书？还有寒暑假，不代课照样拿工资。”

向秋翰喝了一瓶啤酒，满脸通红。他的声音低低的，说：“当时年轻，刚结婚，一个月才给五百块，哪里够花？看到别人打工，一个月挣好几千，眼红得要死。”

李桃红的表哥卫中正也来帮忙了，他好像没看见向秋翰的脸色，继续朝他的心窝子捅："你当时年轻，想法不够成熟，但姨父当年应该劝劝你。你想想，要是当时能忍耐下去，不光现在能挣五千，再过几年，年龄大了，或许挣六千七千，满了六十岁，还照样吃国家财政。可你打工，年纪越大，身体越差，不光不能挣钱，还要花更多的钱。"

向秋翰又开了一瓶啤酒，也不抬头，喝了口闷酒，才接话："是啊，说到底还是不够聪明。"他站起身来，去上厕所。听的人又说起向秋翰他爸。说他一个老师，天天待在村里，怎么就会染上艾滋病呢？众人推导来推论去，十多年前，有个外地来的女人嫁到村里来，没过两年，一家三口就死了。人们疑心，就是那段时间，向老师和她发生了交集。

因为说到了向秋翰他爸，向秋明说今天这个日子，向秋翰他妈吴白云应该到场。"马上就过年了，她还要往广东跑一路。要是她当年不是一直在外打工，和叔叔关系好些，恐怕也不会出那一档子事。"

向秋翰进门，隐约听人在谈论自己的母亲，他打了个喷嚏。只听李桃红说："还是不能让老人带孩子，老人本来手脚就慢，眼睛也花了，怎么能指望他们带好孩子？前两天我回来，向心怡天天说头上痒得不行。把头发一翻开，虱子白蒙蒙一片。向秋翰说了两句，问他妈是怎么带的孩子。结果他妈还有了意见，年也不在这里过了，买上票就去了广东。"

都什么年代了，小孩头上怎么长虱子呢？李桃红不理解。她话里话外都是女儿头上的小动物，好像实在没有精力去应付婆婆的负气远走。众人又说了半天，到底没道出个长短。八岁的向心怡本来还在屋里跑进跑出，听见众人在谈论她，好像也害了羞，半天没进屋。

因为说到环境变化，不知是谁又提起畲刀沟街上也不平静。去年九月份，三个年轻人追赶打一个人，跑在前面的一个人进了屋，却被关了进去。追的人刀子还没扬起来，被追的人却操起一条长板凳，活生生将被追来的人打死。等到公安局查起来，才得知他们是吸了毒。这么偏僻的镇上，从哪儿运来的毒品？又顺藤摸瓜，才知道造毒的地点就在小河口。据说查封了几十吨原料，为首者竟是镇上中学的化学老师。向秋翰就接话，说这个老师当年还给他代过课，这些年没少挣钱，畲刀沟街上几排楼都是他的。众人感慨一番，又继续说了些闲话。

喝完酒，向秋明又把桌子支起来，十来个中年男人早凑了过来。玩到十点来钟，突然停电。向秋翰就在那儿骂，说是现在村里的领导真是扯淡，光渔川一个农村电网改造，花了大几百万，动不动就停电，老百姓为个红白喜事，都不尽兴。直接掏出手机，准备质问村里管事的人。向秋明拦住他，直喊，“老弟，你调子不要太高，出了几回门，回来就横竖看不顺眼，你不怎么在家，我们平日里还得将就他们”。向秋翰还要再吼，见没人附和他，声音就低了下去。

五

按向秋翰的打算，开了春，吴白云帮着带孩子，他呢，去恩施中心医院，把结石取了。趁着养病的间隙，再学学车，把驾照拿到手。村里的年轻人，有钱的没钱的，差不多都考了驾照，向秋翰心里也急。李桃红见男人有更上进的打算，自然支持。不料，这个时候吴白云不合作了。等向秋翰打电话，问她几时回来。吴白云说：“你那两个宝贝疙瘩我是带不好了，你们自己带吧。”没人带孩子，几个月一分钱的进项也没有，哪里还能指望学什么车呢？向秋翰取了结石，在家还没待够一个月，就去了漳州。

李桃红只好在街上带孩子。向秋翰天天在微信里说自己在外面如何苦闷，怎样思念孩子。吴白云还在下面留言，说一个大男人家，动不动就说这些，也不知道怕丑。为这事儿，向秋翰心里怄，他发这些，也无非是想让母亲看到，谁知母亲不怜悯，反而说了他一通。就连李桃红也不体谅，说，“能怪谁呢？有骨气你多赚点钱不就行了？当年要不是你打牌，能欠下那么多账？”向秋翰见话说不到一起，就挂了电话。

李桃红起初还闷在屋里绣十字绣。挨了两个月，在街上碰见初中同学姚翠碧，知道她没事，就说有空来她的店里凑凑人气。说是店，其实就一棋牌馆。李桃红本嫌这里嘈杂，去了两回，竟觉得有些意思。有一天在牌桌上，临近一男子踩了她一脚，李桃红先还喊了一声。男人对她笑了笑，李桃红见男人相貌周正，脸一下红到耳梢，忙把头低下，装着去整牌。那男人像是看准了她好欺侮，脚又径直压了过来。李桃红有些恼火，躲了躲。挨到牌散，想着下回再不来了。

晚上向秋翰打来电话，还没说上两句话，就说要和孩子讲。李桃红听得不耐烦，抢过电话，说，“行了行了，电话费不是钱啊”。晚上却有些失眠，想着男人和她越来越没话，从不问候她，就有些恨。

过了两日，姚翠碧打来电话，也不问她为什么不来，劈头就是一句：“怎么你不来，我表哥也不来了？你们是不是商量好了要拆我的台？”李桃红听得一头雾水，姚翠碧就说，“王水生啊，打牌老坐你下家的那个”。李桃红脑子里才渐渐泅出那个戴着粗金链子的男人来。她本在铰脚趾甲，摸了摸脚踝，懒懒地说了一句，“和我有什么关系？”姚翠碧就笑，说，“你来吧，不给他面子，给我个面子嘛”。说了半天，原来根结在这里，李桃红嫌他毛手毛脚，到底也没好意思说。

到底是去了，结果也没打牌，又叫了几个人，到西水河边烧烤。虽说还是春寒，油菜花却开得金黄。满山遍野看去，野意无限，还有几点碧桃，蓬蓬勃勃。时不时一阵小风吹过，整个人就有些发痴。难免想起小时候，一帮五六岁孩子，最喜欢打油菜籽的时光，没心没肺，天色黑了，也贪恋着疯玩，不回家。这才几年，孩子竟比当年自己还大了。她在那儿发呆，不承想，王水生拿着个手机一直拍她。得闲，两个人一递一句，说个没完。姚翠碧就笑，说他俩不帮忙，躲在一旁撕草拈花来了。同学好像嫌自己说得还不难听，一惊一乍，又加了一句，“你们不会是在这搞对象哇?”李桃红脸色成了猪肝红，跑过来掐她，说，“你要死啊”。王水生也不解释，只是痞痞地看着她们笑。喝了几瓶啤酒，王水生又挪过来，问李桃红，“能不能加个微信”。李桃红嘴里还有一只鸡腿，囫囵出一句不清不楚的话，打开手机，找见二维码，让他扫了。

加上了也没怎么说话，倒是李桃红没忍住，好几个夜晚翻他的朋友圈，见他时不时地发些找螃蟹钓鱼的短视频，这才推测出来他日子过得悠闲。

再打牌时，她不再心事重重，也会和人开几句玩笑。王水生见她在牌桌上谈笑风生，看了几眼，只不过竟不再踩她的脚，倒是李桃红惆怅了一阵，连放几炮。别人笑她，问她是不是想男人了。李桃红也不解释，伸了个懒腰，一脚踩在王水生鞋上。王水生无事人似的，也不躲闪，她心下明白了八九分。下了牌桌，他问她晚上有没有空。李桃红没说有空，也没说没空，只说还得去接孩子。王水生说，“接了孩子一起在外面吃个火锅，天天做饭也不嫌累”。李桃红“哦”了一声。到学校门口接上孩子，王水生电话就打过来了。

说起来，问他打牌为什么那么大方。王水生也不言语，只说老老实实做活打工，一辈子出息也不大。李桃红想起向秋翰，拿着本准备做生意的钱输了个精光，又叹了口气。周围的人，都爱吃喝打牌，反衬得她奇怪了。一来二去，跟着他玩了几回，竟对他有了些贪恋。

“一看你，就知道你和别人不一样。这个时代，谁甘心天天做个老妈子，你内心有火花。”

这话说的，是说到李桃红心坎上了。问题是，不甘心有什么用？这世上，不甘人后的人多了去了。她一笑，好像不太适应他突然换了副正经面孔。王水生见她不说话，仍是看着她，好像在期待她的反应。李桃红说，“是有些想法，这些年东奔西跑，早煎熬得熄灭了”。王水生开始启发教育了，他说她没跟对人。李桃红眼皮直跳，以为是在暗示她的婚姻，却没想到王水生又用了个特别书面话的句子：

“那是因为你找不到一个很合适的方式，让你的家庭和事业能够两全。做事一定要特别认真。要么这个事你不做，要做就要做到很好。如果没有决定想做得很好，付出很多东西，干脆就不要开始。”

这才知道，王水生也不是她想象的那般不务正业。用他的话说，打牌也是工作，在畲刀沟这样的大环境里，不用人们喜欢的方式，怎么能交到朋友？李桃红听他说话口气一变，和搞传销的没多大差别，警觉了几分。王水生好像看出了她内心的纠结，就拿自己之前失败的经历做例子。他说最初干这一行，谁也不认可，和老婆到现在还吵架，认为他是在胡闹。他怎么是胡闹呢？胡闹能在畲刀沟做到总经理的位置？他用了两个反问句，好像才能表达他的不屑一顾。听到后来，李桃红像是理解了，双腿绷得紧紧的，端着茶杯，没有喝，等待着故事发展。王水生说，“我们这无限极，做的是品牌，有实体，和安利一样。产品效果好不好，用了就知道”。李桃红像是又明白了一分。临走，王水生还递过来一盒增健口服液，让她先吃两天试试。

向秋翰打来电话，问她都在干些什么。李桃红正在畲刀沟街上和一个熟人说起无限极，听见男人质问，就有些没好气，果断掐了。男人不依不饶，又打了过来，李桃红就站在大桥上喊：

“你到底什么意思？”

河风吹来，满头乱发缠在嘴边。不远处正在盖的高楼打出广告，大红本，两证齐全。向秋翰说他就是想知道每天在干什么。李桃红说，“能干吗，天天给你做保姆，接送孩子，洗衣做饭”。向秋翰愧疚了，声气没有先前大，就犹豫着问，“要不还是把孩子带到漳州来，一家人住一起更好”。李桃红说，“你不要问我，你先给你儿找下学校了再说”。一句话就堵住了向秋翰的嘴，俩人都知道，外地打工的想进漳州正规学校，不大可能。

挂了电话，李桃红还在赌气，碰巧王水生又打来电话。李桃红就说，“天天在外面吃也倒了胃口，你到家里来吧”。她买了点新上市的菜，顺便在楼下提了几瓶啤酒。吃完饭，又陪孩子看了两小时动画片，王水生歪在沙发上，还没有走的意思。孩子上床睡了，王水生才作势要走。李桃红就说，“沙发上也能睡，大晚上的，就别跑了”。重新铺了床，被褥还没散开，王水生就从后面抱住了。李桃红哪里按捺得住，只是捉紧他的手，倒像是怕一说话，男人就松手。一晚上，李桃红要了两回。到了最后，王水生讨饶，说他不行了。李桃红骑在他身上，咬牙切齿地，低低地喊：

“谁让你给我吃这增健口服液的？搞得我每天心慌咆躁的。我弄不死你。”

六

向秋翰像是有了预感，再打电话来，问东问西，李桃红呢，除了要钱，就是着急挂电话。向秋翰说，“两个孩子，又不要学费，一年怎么花得了这么多钱？”李桃红就说她在搞投资。这话从女人嘴里蹦出来，向秋翰追问了半天，才弄明白。他本来就急躁，听见女人不安生带孩子，居然搞了这么一出，马上就爆发了。

“你有几个钱你投资？你是不是嫌你自己还不够寒碜？”

李桃红本也窝着一肚子火，亏进去几万块钱也不知道该怎么再骗回来，哪里受得了男人如此奚落？大吵一架，也不等男人再还击，就挂了电话。向秋翰再打过来，她索性关了机。

王水生晚上过来，见她仍是气鼓鼓地坐在阳台上，赔着笑脸问，谁惹她了。李桃红说，“你害我进了传销，如今折进去那么多钱，怎么还我？”王水生说，“跟你说了，这不是传销，不是都有实物？你也吃了那口服液，效果不是也蛮好？”几句话说得李桃红无法回答。王水生说，“别乱想了，到河边走走吧”。李桃红穿了粉色衬衫，牵着两个孩子出了门。到了街上，王水生嫌车多，还把向自强抱起来，让他骑到脖子上。

这天晚上，李桃红刚进门，向秋翰的电话就来了。先是问她和谁在一起。李桃红说，“能和谁在一起？”还问他，除了成天怀疑她，是不是就和她没话。向秋翰就说，“那你跟我解释下，这张照片是什么意思”。照片上，向自强骑在王水生脖子上，而她呢，牵着向心怡紧挨着王水生，像极了一家人。下午才发生的事，这会儿竟传到了福建。李桃红见赖不过去，就梗着脖子，问他到底想说明什么。要是李桃红辩解几句，向秋翰也就骗骗自己，或许事情就过去了，可这个女人奓了翅，到头来仿佛竟成了他的不对。

就是到了这个地步，向秋翰也没有特别的嫉妒，相反还惭愧，认为都是自己的错。好几回吴白云打电话说起李桃红，全是不三不四，向秋翰听了，说，“妈，你要我怎么办？和她离婚？”吴白云说，“你那点出息。就不能有点男子汉气概？”向秋翰说，“打她一顿？我街上也有同学，喊几个人来，保证点到奉行。”他喊的架势那么大，好像李桃红能听见似的。吴白云说，“和我这么高声叫唤有什么用？一个男人家，连自己的女人都管不住”。

能怎样呢？向秋翰以为自己多努力一点，对李桃红足够好些，总有一天，女人会明白。不承想，有一天王水生给他打了个电话，向秋翰接了，王水生也不说话。向秋翰就问，王水生也不吭声。向秋翰没忍住，下回和李桃红说起来，就讲不知是谁老骚扰他，通了电话也不说话。李桃红说，“能是谁？你自己想想是不是哪个按摩院的野女人吧”。这样的话，之前李桃红也说，他心里有鬼，不敢反驳，可这回明明捏住了她的短处，女人还要恶人先告状，向秋翰受不了了。他有两个星期没给家里打电话，待在厂里，也像是丢了魂，总是丢三落四。老板娘看不顺眼，说了他几句。他也急了，脖子上都鼓起了青筋。出门在外这些年，窝囊气没少受，他总想着人在屋檐下，干吗和人一般见识。可这回不一样了。他都没顾上和老板娘争辩，掉头回到宿舍，就收拾东西。铺盖装了两尼龙袋，衣架衣服，又塞了一尼龙袋。看着眼前乱七八糟的一切，他想着就是把这些东西背回家又有什么用呢？他辛辛苦苦在外就是再努力，再想好好维持那个家，谁会体谅他？

他提了个空包就去了车站。在车站见有人卖龙眼，又摸出一把皱巴巴的零钱称了十斤。

下车已是凌晨。他本是想给孩子个惊喜，敲了半天，门才开。进了屋，他里里外外巡视一遍，李桃红也没问他吃不吃饭，倒头就睡了。向秋翰去翻她的手机，李桃红的声音就高了起来，直问他大晚上的也不让人好生睡觉，是不是有病。向秋翰不好意思当着孩子的面吵，就又走到客厅。他见墙上的结婚照歪了，上前去扶，不承想钉子早松了，硕大的相框掉了下来。被相框结结实实砸了一下，向秋翰才开始爆发，让她解释。能解释什么呢？结果闹腾了一宿，李桃红披头散发，动不动就把脖子梗过来，直喊干脆把她杀了算了。

结婚十来年，从来都是向秋翰发脾气。就是那回打牌，把借来的几万块钱弄丢，李桃红也没过多埋怨，只说运气不好。还找了个算命先生，画了几道符，有那么两年，一家人都随身戴着红布包。不承想，就因为在镇上独自带了两年孩子，女人竟然心性大变。向秋翰气急了，直问她怎么天天把野男人领回家里，以后让姑娘儿子如何做人。李桃红说，“你还记得他们是你孩子？有你这样的爹？你成天在外不是打牌，就是去招风惹草，找小姐了还要解释说是做工太累找人按摩，就以为我不知道？”向秋翰是找过两回小姐，就是找了，也没愧疚，想着他的心还是向着李桃红的。可现在，他还没盘查明白，李桃红却抢将过来，倒成了他的不是。

第二天天还没亮，向秋翰睡得迷迷糊糊，听见开门声音，不免心里更是窝着气。这个女人，几天不打，学会跑了，还有没有把他这个老公放在眼底？这下她可以理直气壮求得那个野男人的保护了。

把两个孩子送到学校，又吃了包方便面，才试着给丈母娘打电话。他抬头看见梳妆台前摆满了大大小小的瓶瓶罐罐，电视旁边贴了大大小小的照片，都是李桃红，背景不是油菜地，就是荒郊野岭。照片上的李桃红，头发也烫成了波浪卷，嘴唇总是鲜艳的玫红色，脸上不知是化了妆，还是本来激动，张张都分外精神。向秋翰看得眼晕，一时还有些恍惚，快回想不起李桃红素颜的样子了。

电话嘟嘟响了几声，就断了。他起身，又去楼下门市部扛了箱红富士，一瘸一拐地往丈母娘家走去。推门一看，李桃红和她妈正坐在沙发上。见他进来，本来还在化妆的李桃红，径直往里屋去了。向秋翰放下苹果，喊了声妈。丈母娘脸色尴尬，问他吃饭没有。他没说吃没吃饭，只是说李桃红做人如何差劲。丈母娘见他急赤白脸，神色恍惚，就急忙给人打电话。向秋翰说，“妈，你也不要害怕，不要叫人来帮忙，我也不会把你们怎么样。我昨天回来，也没想到事情会闹成这样，就是到了今天，我也只想问李桃红一句话，你老人家也给评句理”。向秋翰说了半天，无外乎一个意思，他在外辛苦挣钱，李桃红怎么也得给他点面子。丈母娘显然早就知道了女儿做下的事，这个时候也没怎么多话。她说，“你们年轻人的事，我也管不了了。夫妻一场，大吵大闹，也无济于事。总之，有话好好说，别成天打打杀杀的，伤着大人事小，吓着孩子们，可就不得了”。

听见丈母娘松了口，向秋翰走进卧室，见李桃红卧着装死，就伸手去拽。向秋翰说，“不要躲在这里了，我们回去好好谈一谈”。李桃红见赖在这里也不是办法，就往门外走。走到河边，却又不往住的那条街走，顺脚就拐了方向。向秋翰这个时候才一把薅住她。李桃红掏出手机，给王水生打电话。刚喊了句你快来，向秋翰夺过手机就扔了。两个人就在大街上扭打开来。李桃红到底是女人，怎么对抗得了男人？向秋翰起先还让着，没敢下死手，不承想，李桃红开始撒泼。男人的心肠硬了，一把勒住她脖子，快要把她的眼睛挤暴出来。李桃红拼命挣扎，抓伤了他的脸，向秋翰索性骑在她身上，挥起老拳，打得李桃红半天没号出声来。

到了后来，李桃红还找他撕扯。眼见得女人没什么力气，他又扛起女人。扛起她的时候，李桃红还把掉下的一只红皮鞋捞起来了，好像那是她的命根子。到了家，李桃红还在那嗯嗯啊啊地喊，向秋翰抱着她又是哭，又是亲。他那么拼命地亲着她，无意义地重复着无数次的接吻，就像人们在绝望的时候，并不知道绝望，只是不断地把香烟放在嘴上吸。李桃红可能也被男人的做法惊着了，开始不停地打嗝儿。眼见得女人终于消停，他才停止了表演似的哭泣，去到厨房做饭。饭快熟了，他又去学校接孩子。向心怡、向自强回到家，见妈妈还瘫在床上流着泪打嗝儿，两姐弟也哭。当着孩子们的面，向秋翰没再多说一句话。

过了两天，眼见得李桃红也没往外面跑，漳州那边，老乡又问他几时得空，现在正好空出一个人的位置。向秋翰就想，成天在这里两口子冷战，这日子怎么过得下去？他想着她到底是孩子们的娘，不可能撂下姑娘儿子不管，就花两千买了个智能手机给她。连着几天，王水生也没过来骚扰，李桃红可能也不抱指望。向秋翰剥好龙眼送到嘴边，她先还扭过脸去，见拗不过男人，也张嘴吞了。

回到漳州，有人问他，是不是疯了，怎么突然跑回去把女人打个半死。向秋翰还一脸得意，说女人就是得好好管教，要不然还真以为她们能翻了天了。这头李桃红每月也听到一些闲言，尤其是老母亲，成日掉泪，直说向秋翰手毒心酷。李桃红说，“刚结婚那年打牌，输了几千块，他爹说了他两句，他取了把菜刀，就砍了腿上一刀。又送到医院，花了七千多才整好。别人笑话他，说是人要发誓戒赌，剁手就好，干吗砍脚。他听了，还笑，说是当时坐得腿麻。这是什么话？从那时起，我就对他不抱多大指望。想我当初还以为他是个读书人，谁知道念到师范毕业，也只会打老婆”。她妈又问，“这几日怎么不见王水生了？”李桃红没说话，起身要走。她妈还在后面说，“王水生人是能干，就是游手好闲了些”。李桃红说，“能干什么？拖着三个孩子，到处坑蒙拐骗”。她妈就说，“知道他是那样的人，你还和他走得那么近？”李桃红就说，“腿长在他身上，我又不能把他捆住”。她妈说，“这样下去总不是办法”。

向秋翰怎么能听见李桃红和她妈的对话呢？许是打了人，心底不踏实，每到月底，工资一结，自己留了五百，剩下的全打到李桃红的卡上。头两回，李桃红不多说话，后来，禁不住他在微信上不停道歉，李桃红才给他回了个笑脸。

他以为也就这样了。日子虽然辛苦，好赖孩子们正在长大。他每回和姑娘儿子打电话，都用普通话，是别扭了些，却又特别地引人幻想。谁知道，到了年底，李桃红寄过来一纸离婚协议书。他的家产，她一分不要，就只要两个孩子。家产本来就没有多少，也没有什么可争的，只是孩子她不可能全带走。前前后后，法院调解了两回，最终向心怡判给了李桃红，向自强判给了向秋翰。法院本来的意思是，向自强十八岁前都由李桃红帮着抚养，吴白云这个时候却站了出来。孙女给了外人，就够窝心的了，孙子也要被人夺去，岂不是太欺负人了？她也不在广东打工了，又在畲刀沟镇上租了处二十来平米的房子，替向秋翰长气，要把这个苦命的孙子抚养成人。

七

和李桃红离了婚，看见熟人都感觉麻烦，索性跑到更远的漳浦。生意是差了些，因为少了许多熟人，心底倒是少了许多麻烦。厂里虽然湖北人少，也多是四川湖南贵州的，吃饭说话，也没多大差别，向秋翰倒也习惯下来。天气不好，一厂子二十来人就在那儿打的打麻将，斗的斗地主。向秋翰不打牌了，只是在旁边看着。其中一个贵州女人起身，让他摸两把，换换手气。向秋翰坐了下来，果真和了两回。那女人回来，见桌上有了钱，越发不让他走。旁边人就笑骂她，说自己男人不在身边，就胡乱拉扯别的男人搭伙。女人嘴里也厉害，根本不怕人奚落。向秋翰就认真看了一眼，平日里大家在那刨板、拣板，像个机器人，一天下来，哪有心思想什么男女之事？也只有天气不好，不能晒板，大家有空放松下手脚。这女人不干活了，虽只是随手打扮了一下，竟也看得他心中肿胀。见女人不见外，他也露出满口白牙。

这个贵州女人有一天在他宿舍看电视，到了半夜，也不回去。向秋翰提醒她，她却装着糊涂。到了后来，向秋翰终是按捺不住，毛手毛脚地挨近她。女人这个时候却像是冷静了下来，说，“你先去洗洗”。结果等他冲凉出来，女人早赤条条脱光了。她侧身躺着，被子也没盖好，露出白生生的背。他心急火燎地扑上去，只觉她浑身像是冒了火，烫得很。

这之后，她嫌上楼下楼太麻烦，又把她宿舍里的洗漱用品都搬了上来。洗手池本来就不大，都被瓶瓶罐罐塞满了。不上班，也不打牌的时候，女人总坐在那儿打扮自己，向秋翰也喜欢看。他满脑子都被这些化妆品熏得稀里糊涂。一年到头几万块钱，一多半都给她花了。

有两个玩得来的老乡还提醒他，这么下去，也不是长久之计，得让她赶快把婚离了。向秋翰却对结婚不抱什么指望，花销太大不说，再去搞那些仪式，意义也不大。现在和结婚也没什么区别。她给他洗衣服，陪着他，有时候还讲些粗俗的笑话。她没过问他的从前，他也没打探她的家事，好像就这么将就着，日子也过得下去。

年底，向秋翰结了两万块钱工资，又买了辆五菱之光。虽然是个二手车，进进出出，却是方便许多。有事没事，俩人也常去市区玩。有一回，两个人还开到厦门仙岳山爬了一回山。上山的时候，女人也穿着双半尺长的高跟鞋。向秋翰见她走得辛苦，就说，“我来背你吧”。上到山顶，眼见得到处都是男男女女，向秋翰还发了回感慨。都是从山里来的，这仙岳山好像也就那么些意思。走了一阵，俩人就回了漳州。

“又去找老乡打牌”。他们见他带着个女人，就问。向秋翰才想着介绍，指着这个，说，“喊伯伯吧”。又指着那个说，“这是表哥”。贵州女人嘴也甜，一口一个伯伯，一口一个表哥，喊得欢实。等到女人不在跟前，几个老乡才张口打听，向秋翰也没多做解释，就说谁知道是谁的老婆呢？见他没兴致说下去，众人才住了嘴。

这天早上，向秋翰起得早，先去院里上厕所。有人开大门，又送进来一车木头。正准备开机台，却不知从哪里冲进来十来个贵州男人，拖着刀棒，直喊向秋翰在哪里？有个女老乡，见阵势不同，一下反应过来，说这个向秋翰早不在这上班了。那些人又冲上楼，一脚踹开门，把那贵州女人拖到楼道里拳打脚踢，暴打了一顿。女人抱着头，哭爹喊娘。向秋翰慌慌张张系上裤子出来，也想凑过去看热闹，却被老乡拉到暗影里，让他躲一躲。

眼见得那些人走掉，向秋翰才上楼抱起女人。他看见女人身上青一块紫一块的，难过得很。女人还在那里哼。向秋翰又端来凉水，用毛巾擦洗红肿的地方。过了半天，他才说都怪他。女人却说，“这怎么能怪你？我们也是光明正大地喜欢。你也看见我那男人的脾气了，我怎么跟他过得下去”。向秋翰就问她为什么不离婚。女人说，“离婚哪有那么容易？每一回到了民政局门口，他就跑了。每年还找我要钱，说是孩子得上学。我一个妇道人家，有什么办法？”向秋翰问她还疼不疼，要是不舒服得很，就去医院。女人说，“这点皮肉之伤算什么，只是心里不痛快”。向秋翰每日给她擦药按摩，有时发痴，想起先前一时妒火中烧，把李桃红打跑，心里更是七上八下。

吴白云不知怎么听说了向秋翰在漳浦的事，就问那女人的底细。向秋翰老实回答，说那女人是贵州的，有孩子，也没离婚。吴白云就说，“找个谁不好，偏要找个没离婚的，将来能跟你死心过到一起去？”向秋翰就说，“我在这里还能找个没结过婚的？谁愿意一进屋就当后妈？”吴白云说，“她就没打算离婚？”向秋翰说，“这我也没问，反正是搭伙过生活，想那么多干吗？她真要我娶她，没个十万八万能下来？”吴白云说，“你也三十好几的大男人了，做事得有点男子汉气概，别成天畏畏缩缩的，再受女人敲打”。向秋翰说，“我逢年过节，不都是给你寄钱了吗？哪一项亏待了你，非要这么说话？”吴白云说，“你看看你，分不清个好歹，我是你妈，分明是提醒你，你却说什么给我钱。你给我钱，我也没有白花不是，我成天在这里给你带孩子。要不是带孩子，我自己出门，还找不下这几个钱？我让你多个心眼，免得自己钱又被骗了，你倒说这些”。吴白云说了一堆，仍是气鼓鼓的，也不等向秋翰再说，就挂了电话。

向秋翰过了好些天才反应过来，想着自己和母亲说得重了些。想解释来着，又实在不知道如何开口，等到吴白云过生日，又寄了两千块钱回去。

又过了大半年，有天他从市区买菜回来，叫女人下来搬东西，喊了半天也没人应。打手机，也是关机。他上楼，打开门一看，见屋里一片狼藉。又去看存折，也不知去向。隔壁的人过来，还说看见她着着急急出门，问她去哪里，说是孩子在老家病得太厉害了。虽然女人不吭一声就走了，他觉得丢人，但想着她可能回家看看生病的孩子，还会回来，又放下心来。这之后，他每天给她拨一个电话，先是关机，后来是停机。这才意识到，她是真的走了。

损失了几万块钱，向秋翰也没看得多重。他只是想不明白，为什么女人连个话都没和他好好说。被骗的感觉不好受，每日做工也是浑身乏力。熬到年底，结了工资，他还是坚持开着五菱之光回到了畲刀沟。

看到母亲，看到儿子向自强，向秋翰才感觉日子真切了些。那段时间，他没事就找向秋明喝酒。酒喝多了，总是闹腾，还动不动就哭。向秋明除了会陪着喝酒，好像也不知道该怎么劝解兄弟。倒是大嫂豁达得很，在那里不停地说着村里的男男女女。她说来说去的意思是，现在这个世道，完全是人心不古了。

“李成林，还记得吧，你小学同学？三十好几了才结婚，娶的还是个越南媳妇。整酒那天，我也去了。外国姑娘要模样有模样，对人又客气，见人就递烟倒茶，还会说普通话。人都说这个李成林捡到宝了。也有人说，越南女人娶不得，迟早都要跑的。李成林又不傻，明知道这个女人要跑，干吗还要花那么多钱去娶她？说到底还是现在姑娘越来越不好找了。早两年，看到年纪合适的闺女，找个媒人，去上门打听几趟，亲事可能就成了。现在呢，姑娘们年纪轻轻都在外面混社会，又有几个是老实过日子的？个个都恨不得钓个金龟婿，从此享尽人间清福。”

提到结婚，大嫂又讲起附近的王明。这个年轻人结个婚真容易。这头刚和人算完账，解除婚约，人刚到龙山，就给家里打电话，说是又聊了个姑娘，是汉寿的，同意和他结婚，让父母赶快到龙山来买家具。照本地人的说法是，这个王明的媳妇是真正网来的。

“这个王明好赌，人又不诚实，除了长得好看点，也不知道这个姑娘看中了他哪样。”

大嫂又举了好几个例子，说谁谁谁在福建给人做情人，虽然没结婚，到底是生了孩子。那男人来到渔川，给丈母娘买了好几个金戒指。又说谁谁谁就是没出门，在村里和这个男人同居，和那个男人搭伙，裹男人的钱。“完全是没了名堂。”她说来说去的意思是，李桃红并不算是最坏的。

一个女人就是想生活得更好一些，又有什么错呢？大嫂感慨完，又丢下一句：

“就是两个孩子太遭孽了。”

大年三十这天，向秋翰带着向自强去送亮。到了太爷爷坟边，向自强跑前跑后，见向秋翰跪在那里捡拾坟前杂物，点燃香蜡纸草，也跟着跪了下去，像模像样地磕头。他看见墓碑上李桃红的名字，像是才开始确切地知道，她不属于他了。

过了年，侄儿向自明叫他去玩，散散心。侄儿是“九〇后”，在酒吧做少爷。他看到侄媳妇也在酒吧陪酒。不知怎么，向秋翰喝了几瓶啤酒，看着这灯红酒绿的世界，越发难受。喝了酒，他又不停给李桃红打电话，开始还响两声，后来就打不通了。又给她微信上发信息。发他们结婚十周年的婚纱照，发向自强的照片。又要向心怡的照片。起先，李桃红还敷衍了他几句。后来，她问他是不是又喝多了。还说，都过去了这么久，就不要骚扰她了。到了后来，他发过去的信息都被拒收。他知道，这个女人把他从她的生活中删除掉了。

到了九月份，工夫闲下来。向秋翰这日正和几个老乡打牌，其中就有李成林。他说五万就可以买一个越南媳妇。这些外国女人，勤快得很，成天只知道埋头干活。中间人也可靠，已经牵了好几条红线了。向秋翰一听动了心。尽管好几个老乡都说，这些越南媳妇是骗钱的，他也没当回事。李成林的越南老婆不在家过得也挺好？他相信只要把女人带回村里，她们就是想跑，也未必跑得出山。他交了五万订金，说是年底就有一批新鲜的越南姑娘过来。向秋翰满心幻想，又给吴白云寄了八千块钱，让她先预订上一头猪，到时再买点菜，把亲戚们叫来聚一聚。谁知又过了一段时日，说是那中间人被抓了，那些越南媳妇果真是骗钱的。李成林的越南老婆，都生了一个孩子，月子没满，就跑了。

准备买越南老婆的消息早闹得尽人皆知，钱也打了水漂，向秋翰闷得很。这天开着快要散架的五菱之光到处转悠。到了城里热闹处，把车停了，继续往前走。正走着，大马路上有人喊了他一声，只见一个中年男人戴着墨镜，地上铺张五行八卦图，用石头压着。他停住，问怎么啦？那人说，“见你满脸晦气，提醒你一下”。向秋翰原是想看看热闹，散散心，被人说中心事，越发逗得好奇。蹲下来，问，“算命的不都是瞎子吗？”那人又横了他一眼，好像怪他不会说话。向秋翰说，“我们老家只有瞎子才干这营生的”。那人说，“我这是根据五行八卦测算人的命运”。向秋翰像是起了兴致，说，“那你看看我的问题在哪里?”算命先生问了他的生辰八字，开始讲。听到后来，向秋翰反应过来了，说，“你总是问我怎么想，我能想什么呢？我就是心里烦得很”。算命先生就说，“《金刚经》上说得好，如梦幻泡影，如电复如露。你这是被恶鬼缠身了，碰到这样的事也没有办法，要想转运活下去，我倒也有一个办法可以破解。”向秋翰听得烦躁，却又想着听人一言也多条路，就问怎么破？算命先生说，“你得出家，在庙里，高僧众多，恶鬼进不去，俗世中的事也近不了身，你自然心境清凉，会好起来”。

这算的是哪门子命？逃到庙里去过一辈子岂不成了天大的笑话？他还没有那么愚蠢。他想起这些年，营营逐逐，急急巴巴，不是傍着女人，就是赌牌，白白虚耗时日不算，还遭了那么多罪。这和去不去庙里关系不大啊。向秋翰认为这个算命先生不过是拿些大路话敷衍他。算命先生说，“在江苏浙江，当和尚很挣钱的，白天穿上袈裟，下了班又过你的自在日子，两不耽误”。听到后来，向秋翰掏了五十块钱，索性坐下，又说了半天不着边际的话。

八

离婚也有了一段时日，李桃红在街上碰到王水生，和他说话，他竟客气得很，好像才认识她一样。这个时候，李桃红明白了，他是怕她缠磨他呢。有回给他打电话，问他准备多会儿离婚，王水生就说，“这事情急不得，几个孩子都还小，禁不住这样折腾，你得给我点时间”。李桃红见王水生是这么一个人，一赌气索性把孩子寄在母亲家里，天远地远地跑到武汉。到武汉本是散散心，待了一段时日，感觉这地方也没想象的那么可怕，就琢磨找个干的。又没什么技能，就想着先找个事做，慢慢来。别人介绍了个保姆工作，她也做得十分热情。厮混熟了，就有人问：

“多大？从哪来？结婚没？”

她顺嘴就把自己往小里说了几岁。离婚也不是个好词，干脆就说自己还没结婚。有人问她，这么大不结婚，是不是准备找个城里人。问的人也就那么一说，倒是李桃红听了心中一荡。她从没往这方面想，只是如今能在城里留下来，那就太好了。姐妹们像是猜中她的心事，都笑，说，“那么多白富美都还剩着呢，城里人就能看得上你？”李桃红也不在意。平日里去主人家收拾，出门前也会打扮一番。虽只轻描淡画，看上去倒也清爽素净。化妆技术谈不上比先前熟络，只是她神态自然了。

闲时，她就在那儿玩手机，聊微信，无意中认识了个男人，说是男人，比她还要小几岁。男人自称父母都在温州做生意，男人也没吹嘘，说都是些小生意。见男人说得那么低调，李桃红越发好奇。能在温州做点小生意的人，怎么着也得有点家底。很难说是不是因为这个判断，让她对他有了更多好感。

她又换了份工作，在一家三星级酒店做服务员。有一天，两个人见了面，男人还买了礼物。李桃红就想，到底是城里男人，做事都这么周全。男人请她吃了饭，又带她逛街，一直玩到凌晨，男人才想起来，好像不能这么亢奋下去，得休息了。男人执意送她回宿舍，李桃红却说她走不动了。结果俩人开了房。上完床，男人还是很兴奋，没头没脑来了一句：

“我们结婚吧？”

简直是做梦一样。和母亲说起来，老人还提醒她，小心上当。李桃红就说，“我一无所有，有什么可骗的？”又过了两个月，男人的父母来到武汉，吃了饭，又送了她一条金项链，说是给她妈的。等到金项链戴在脖子上，李桃红她妈才知道姑娘真的遇到了好男人。平日和人说起来，也不免得意。别人问她什么时候嫁姑娘，她还嘴一撇：

“嫁什么嫁？谁家姑娘嫁了一回还嫁二回？年轻人的事，由他们去吧。”

她好像洒脱得很。别人认了真，问她要了多少彩礼，李桃红她妈就笑，都说了不嫁第二回，要什么彩礼呢？女婿房子也买了，两个年轻人自己过好日子就行。又过了段日子，男人说房子钥匙拿到了，只是还差几万元钱装修。李桃红问差多少，问完，又给父母打电话，看能不能想点办法。老人们还想，反正也是为了两个孩子好，想方设法，凑了三万五。不够数，李桃红又把几年辛苦攒下来的钱贴上。

第二天，李桃红蹬着红色高跟皮鞋，兴兴地给男人发了几条信息，不见回，也没当回事。想着男人醒了，自然能看见。中间得空，给男人打电话，竟然不通，她这才开始胡思乱想。熬到下班，男人电话还是关机。她怕男人出了意外，心急火燎跑到男人的住处，敲了半天门，结果房东从楼下探出头来，说人早退房了。李桃红一下瘫软在门边，脚底水泡肿痛，她死命撕开，不曾想连皮带肉，揪下白生生一大块。

哪儿还有脸再见人。欠了那么多钱要还，靠做服务员这点工资，只怕要攒到猴年马月。有人问她来钱快的事做不做。她问是什么。听说是特殊服务，李桃红还骂了一回。又想了几天，她终于横下心，去做了。

做得多了，她倒也没觉得有多难。就是时不时要去诊所看妇科麻烦。年底回畲刀沟，她不仅还了父母的欠款，还买了辆二手现代。不知道的人，都以为李桃红发达了。姚翠碧看见，还把她拉到麻将馆里说了一番话，直问她做的是什么生意。李桃红哪儿肯细说，应付了几句，准备要走。姚翠碧说，“我表哥正闹离婚呢？你不想见见他？”李桃红就笑，说我都二婚了，他这婚还没离完？姚翠碧又说她表嫂如何不容易，表哥也是心善，才拖到如今。

正说着话，王水生推门进来。姚翠碧就笑，说正提起你呢。很快打电话，又叫了个人来，凑了一桌。也是坐在麻将桌前打牌，李桃红想起这几年发生的事，竟有些恍惚。许是风月场待久了，王水生再试探，她早不像当年马上就会心跳耳热。打完牌，又一起吃宵夜。吃了饭，李桃红准备开车走，又问王水生在哪儿住，说是捎他一截。上了车，王水生话才多起来，问了半天，中心意思就这一个，这些年过得好不好。李桃红不想多谈自己，就问他是不是还在销售什么无限极。王水生说跑了这么多年，钱一分没赚到，就图了个好玩。说到后来，王水生来了一句，“桃红啊，我对不起你”。李桃红经见的男人也多，不是没听到过肉麻的话，只是王水生这么和她说，她到底是余情难了。

李桃红在街上租了处门面，想着做点正经生意。进了些便宜的化妆品，超市的架子就搭起来了。王水生开始不怎么常来，过了些时日，俩人很快住到了一起。王水生又不工作，李桃红那点存款，到底禁不住俩人花。她妈也在耳边唠叨，“你们就这样搅在一起，算什么呢？也不怕人嚼舌头”。李桃红早就不怕了。只是听了母亲的话，她还是有些起伏。

半夜醒来，问王水生有什么盘算。王水生哼了两句，意思是都这么大年纪了，能有什么盘算？李桃红虽也这么想，可听到男人说得如此直白，还是烦躁。男人的回答如此无赖，却又特别耳熟。等到第二天，就找王水生闹，说，“你天天这么玩弄我，怎么可以。你找个小姐，还得付钱。我天天供你吃供你喝，倒把你养上了。一个男人当小白脸也好意思？别的我管不了，也不想管了，你得离婚”。

王水生面色难看。死活不说一句多话。

见男人窝囊成这般，李桃红也没了逼问下去的心思。

期间，王水生得过一回病，两条腿上，长满了密密麻麻的疮，不痛也不痒，就是看着恶心。平日里穿个短裤，现在也不好意思了。正发愁呢，那疮又消失了。没过两天，又起了密密麻麻一大片。李桃红见了，说，“不用去医院，吃点青霉素就好了”。果然，吃了半个月青霉素，再没复发。治好了病，王水生对李桃红又多了些好感，这个女人，虽说平日里找他吵找他闹，关键时候，却是向着他的。他看重的也不是她向着他，而是这个女人出门多年，有些见识，治个病都不用去看医生了。

也是流年不利，皮肤上的问题没解决多久，他又时不时地胃痛。稍微吃点东西，就打嗝儿。李桃红就说，“去做个胃镜吧”。王水生能怎么办呢？就去医院。拿着医生开的单子，又是抽血，又是做腹部彩超。到了第二天，他早早就去排队等着检查，本来是第一个，窗口里的胖丫头却说，“你得最后一个做”。他也没问为什么。等到乌泱泱一屋子人都散了，才轮到他。拿着单子，两个红字分外刺眼：梅毒。他什么时候得梅毒的？

有那么一段时间，他也不去楼下赌牌，成天就拿个手机在那搜索，好像上网就能治愈他的梅毒。研究了半天梅毒症状，也就前些时日长过的疮神似。李桃红为什么对这种病这么有经验？吃点青霉素就行了。她说得好轻巧。

他心底陡生一股嫌恶。下回女人再和他提离婚，干脆不接茬。李桃红还以为男人又有了别的想法，就把存的六万块钱全取了出来，对王水生说：

“我不管了，我身上也只有这么多钱了。你自己把你屋里那摊子事搞定吧。我也不指望跟着你大富大贵，就想着过两天太平日子。”

李桃红说得决绝，好像这偷偷摸摸的日子实在没法儿继续了。她娘也在催她，说是家里要给姥姥姥爷立碑，上面得刻名字，总不能别人儿女双全，就她孤寡一个，到时候亲戚们问起来也不好看。一想到自己在块石碑上都是孤苦伶仃一人，李桃红不免心头一寒。

九

有回凌晨三点醒来，听到床边有磨刀声，一看，却是李桃红拿着把菜刀在那刺啦刺啦地磨。王水生寒毛直竖，问她想干吗？李桃红说，“不干吗，等我把刀磨快了，把你这个不负责任的男人阉了”。王水生见她说得认真，也不知道如何接话。李桃红却像是神经了，先是一本正经，到了后来，自个儿在那儿笑，说，“你别逼我，我跟你说，前些年打工，我也跟人杀过鸭。你知道怎么杀鸭子吗？把翅膀捆住，吊起来，摸住它的喉管，一抹，就行了，鸭血也溅不到身上。我那会儿十五秒就能杀一只鸭子。鸭子没杀死，它可能还会扑腾两下，杀个你，恐怕你也扑腾不了吧？”王水生听得眼皮直跳，没敢刺激她。

他本以为女人也是一时想不开，夜里才玩这么一出。哪知道接下来几夜，回回如此。王水生气急了，和她大吵一架。吵完了，就摔门而出。大晚上的，也没地方去，想着还是回家比较好。只是太晚了，他摸到家，也没好意思敲门，就在猪圈旁边的一堆包谷树里躺下了。

王水生前脚刚到，李桃红后脚就跟了过来。只听她拍门，气急败坏地喊，“王水生，你他妈给我滚出来，你给我解释清楚”。王水生大气也不敢出，只是蹲在那儿，看她还能怎么演下去。没过多久，就听见他老婆出来开门，两个女人撕扯了一阵，就听她老婆号了一嗓，直喊杀人了，救命。

这时候，他也没敢现身。过些天，听说老婆住进了县医院，他才提了点水果去看她。眼见她并无大碍，才稍稍放了心。给李桃红打电话，电话早停了机。

又过了两个星期，接到个陌生来电，竟是李桃红。他还没开口，李桃红就在那边笑，问他这回老婆是不是准备跟他离婚了。王水生说，“亏你还笑得出来。你现在早上了网，成了被追缉的逃犯了”。李桃红还在笑，只不过没有刚才那么大声了。李桃红说，“我也想明白了，继续跟你纠缠下去，也没意思得很，反正我是出气了”。王水生恨得牙根痒痒，直问她在哪里。李桃红说，“问清楚我在哪里，你不是就可以报警领奖赏了？”王水生说，“你把我搞得一塌糊涂，就想这么轻易摆脱我，你做梦。我跟你没完”。李桃红好像还挺喜欢男人这么说话，就说，有本事你来找我啊。

李桃红根本就没跑远。车是不敢开了，就在邻近县城租了处房子，干起了老本行，去做保健按摩。王水生来了，仍是无事可做，成日只是在棋牌馆进出。有回两个人在路边吃完烧烤，李桃红没少喝啤酒。喝了酒，王水生好像理直气壮了。他扳过她的头，好像不如此，就显示不出他男人的力量。

又到了学生上学时节，王水生给自己的两个孩子交了报名费，等李桃红知道了，就问，“怎没给我家向心怡准备？”学费本没多少钱，只是道理上讲不通，男人太偏心了，又撕扯了一回。

许是县城里生意不好做，平日就积了许多怨气，又进出了几回诊所，李桃红身体一日不如一日。半路夫妻做到这里，李桃红早没了别的念想，平日言说，表现得对什么都不在乎，只是心里一有不痛快，最后总要拿结婚说事，好像如此一来，就拿捏住了男人的短处。

见王水生黑着个脸，总也不搭理，李桃红竟然想到了死。跳河，抹脖子，她也不敢，不知怎么就想起小时候听说的故事，想着上吊还算干净，也不会惊动人。就等男人出了门，找见根绳子，往楼梯上挂。

谁知，稀里糊涂的，绳子竟然断掉了。

摔在地上，身上痛，心中也不痛快，偏这时肚子又叫开了。想着，总不能做饿死鬼投胎，就出门找点吃的。走到街上，看见一个一个小摊就在乌烟瘴气的大马路上，吃烧烤的人也不顾忌。人人都在谈笑风生，没人注意到她刚刚上吊过。想到自己捡了一条命，像是重生，回到了人间，感觉真是神奇。她不知怎么就想起那回拿着菜刀追到王水生家的情形。王水生老婆的脸，肯定和她现在差不多，满脸悲苦，精疲力竭，有种她无法形容的焦虑。之前是有多傻，生活难道就是为着一个男人打转吗？不知怎么就想起去他家砍人的情形。砍了人，谁不害怕？她也吓得要命。跑到公路上，月光照着她一个人，恨不得钻进荒山老林，就此消失。她到底不敢。只是在马路上狂奔。时不时能看见被大车碾压形成的水坑。就是在那里，李桃红看见，星星的影子，月亮的影子，从这些微不足道的水坑上面次第闪过。它们就像一盏盏救命的灯指引着她逃往安全的方向。到了后来，她终于平静下来，才想起这些水坑里的光。要不是看见这些光，她简直想不起来，那些遥远的星球，一直就在她的头顶闪烁。

也是从那时候，她断了再和他耗下去的念头。名分真有那么重要？男人不把心用在你身上，就是使出洪荒之力，也未必犟得过男人。难道把一个男人逼得山穷水尽就是她生活的全部，就能证明她浅显狭隘的做法才是真爱？这些年来，她过得也不差啊，为什么还不甘心呢？

她又买了些菜，还破例做好了饭。像是这样还不够隆重，还拍了照片，发了条略显煽情的朋友圈。这么多年，她躲躲藏藏，真是受够了。

王水生进屋，还吓了一跳，好像这一切都太反常了。吃到一半，李桃红说起下午上吊未遂的事，本是玩笑，倒把王水生吓了一跳。他说，“你不会也以为我在打你的什么主意吧？”见男人这个时候还在撇清自己，她又有些难过。只是她死都不怕了，还会怕什么呢？

警察就是那个时候进屋的。

十

案子最后判下来，李桃红无钱支付赔偿，只好到女子监狱服刑。

每天踩着缝纫机，从早上八点，一直到晚上八点。等到一天结束，她浑身瘫软倒在床上，根本什么想法也没有。比这更累的体力活，李桃红也干过。当年在漳州刨板厂，生意好的时候，凌晨四点就得起来。当时干得多有劲头啊，隔两天，老板就提着袋子给大家发现金。现在呢，她只是机械地干活。身体倒是一天比一天壮实了，她的脸上却几乎看不到任何笑容。

带班的张管教可能看出了她的异常，问她是不是有什么负担。李桃红双手绞在一起，只是摇头，一声不吭。张管教又问她家里还有什么人，要不要通知他们来看看她。李桃红好像生怕他们真的会把她家人带进来，连忙说，“现在让他们来看我算怎么回事呢？等我好好改造”。张管教说，“这就对了。把你们送到这个地方来，干活是一方面，把你们改造好是一方面，最重要的是，你们得打心底有个对自己的重新认识。人活一辈子到底图个什么？仅仅是为了挣钱，满足自己的欲望？还是牺牲自己，多付出，做一个对社会有用的人？”张管教循循善诱，一点点启发着李桃红。李桃红听得眼皮直跳，起先还觉着他的话过于正义了，那么高深的话简直是为难她嘛。不过，听到后来，她还是感觉到了他的善意。她听进去了。十来二十岁念书的时候，她也有过梦，有过理想，不知哪一天开始，眼里就只见得到钱了。做什么没点利益，她就没有一点动力。整个人都疯了一样，哪里还顾得上管别人议论不议论？有钱就是真理。但是现在，听了张管教的一席话，她又明白，这世上，到底还是有明白人。她在错误的路上走得多远啊，过去她竟然没有一点点反省。她唯唯诺诺的心思好像才又活泛起来。

逢休息日，李桃红会去图书阅览室看看书。有一天，她翻到尼采的一本书，“与恶龙缠斗过久，自身亦成为恶龙”。意思她没琢磨明白，这样的书，到底喜欢不起来。她还是喜欢看些粗浅的技能考试应试书，想着课程熟悉了，参加个服装裁剪与缝纫初级技能考试。她在畲刀沟镇看过温州的裁缝做衣服，不大的门面，两口子整天都在里面窝着。她当时没想过要过那样的生活，缭个裤边，做件衣服，有一搭儿没一搭儿的，能挣多少钱呢？太慢了。她有的是挣大钱的想法。不过，现在想起来，她又隐隐有些羡慕。挣多少钱是个够？她是挣了些钱，可得到的却是一身的疾病和伤痛。什么样的日子不是往下过？或许是想通了这一点，她对接下来的生活又多了些期待。

长期抽烟喝酒，毁掉了她的嗓子，不过她爱唱歌的兴趣却没有变过。心情好的时候，还是忍不住要哼几句。这日，监狱组织服刑人员联欢，让大家自主表演。李桃红本没有想着上台，却被几个要好的姐妹推到前面。站在灯光下，李桃红起初声音还很低。她先是唱了首邓丽君的《甜蜜蜜》，“证明你一切都是在骗我”，原唱的甜美经过她的烟酒嗓哼将出来，反倒有股特别的味道。照张管教后来的话说是，那么幽怨的歌词，一经过她的嗓子，竟然毫无怨气。唱歌的人能做到不把自己的情绪染色，也是一种道德。这样的话，李桃红还是听得懵懵懂懂，只是她歌唱得好的名声就这么出来了。

这一日，上面要求抓几个改造好的典型，问题是通过什么样的形式展现呢？张管教提了个意见，说能不能组建一支乐队？外单位的人来参观，还可以让这些人现场表演。既能活跃气氛，也能稀释下压抑的气氛。

能进乐队，不少人都想去。不用成天做些枯燥的活计不说，说不定表现得好，还能立个功，减减刑期。李桃红本没抱什么指望，张管教却说她的嗓子有特色，有个老师带一带，希望很大。李桃红平日唱歌全凭本能，真有人指导她怎么运气，如何发声，她还是费了些劲。老师让她放松，要气沉丹田。半天下来，李桃红哪里放松得了，倒不是身体酸痛，就是精神高度紧张，整个人都快不会动弹了。到后来，她差不多放弃了。现场选人的时候，她也不管老师的教导，只是凭着感觉，认认真真地唱。一曲《爱的代价》，李桃红唱得回肠荡气，全无女儿柔弱。

平时排练归排练，真的听到领导要来视察，张管教叮嘱她们要好好表现，李桃红还是有些心慌。领导还没来，她们就规规矩矩站到了台上。正是六月，李桃红感觉后背衣服都湿了。等到几十号人进来，先是警员们忙着给众人分发矿泉水，录像的人也架起了摄像机。监狱领导致完欢迎词，外单位的头头又满含激情地讲了参观感受，然后是改造好的犯人讲述自己是如何犯错走到这一步的。音响的效果不是太好，刺刺啦啦。李桃红入定了一样，一动不动，只是任由汗水往下流淌。

唱完了规定的曲目，有人喊了一句再来一首。平时排练的曲子就那么两首，怎么办呢。李桃红只好清唱，敲鼓吹号的都停了下来，只有弹琴的，时不时给点背景音。坐在台下的人热情地鼓掌，好像今天总算是长了见识。她们还是站在那里，等到参观的人走了，才列着队往监舍回去。

这天，向秋翰陪向自强写完寒假作业，就开了电视。电视里正播本地新闻。见画面眼熟，他多看了两眼。竟然是李桃红在那唱歌。向秋翰连忙叫儿子过来。要不是李桃红身上的蓝色监服暴露了身份，猛一看，真看不出她的真实处境。向自强说，“我的天，这不是妈妈吗？原来妈妈不是出国，是做明星去了呀”。向自强自言自语半天，好像妈妈多么厉害，都上了电视，向秋翰却什么也不和他说。向秋翰忙着用手机录电视画面，不停吞咽口水，想说句什么，到底也没囫囵出一句话来。天色暗了，不知是风吹，还是雨打，大门外咚咚直响，像极了有人来收脚板皮。

蒙古马

一

本打算不走原来那条小路，到了窦大夫祠，他还是偏了过去。不知名的野草，都快长到路中间了。儿子两岁那年，他还买了本《植物学百科图典》，想仿着《论语》里的话，“多识草木鸟兽之名”。要不然儿子哪一天问起眼中所见，他该怎么应对？至少得把寻常看到的花花草草叫出名字。可惜，杂乱的事堆积下来，他忘了最初的想法。他捡了根干树枝，蹚出一条路来。山风吹过，一股凉意沿着脊背，直贯尾椎骨。他下意识地回过身，看见刚刚走过的地方，葎草露出白绒绒的脊背，在风里翻转，像是要竭力触摸对方。汾河的动静依稀可闻。他努力不去看那些在河边闲转的年轻男女，擦了把汗，继续。坡陡的地方，他几乎是手脚并用。他以为自己这回能克制住，不往通往深山的铁轨方向打望。这条铁轨据说通向山里的兵工厂。他一直想看看铁轨的尽头，人们都在干些什么。有一回沿着铁轨往里走，结果看到一个女人。一个穿着红色运动衣的女人在那里独自起舞。和王丽说起这件事时，王丽说他就是寂寞坏了，也想装个书生，企图在荒郊野外撞上个狐狸精。这样的话题怎么继续得下去？说到后来，连他自己也怀疑，是不是真出现了幻觉。

那个女人果真在那里跳舞。这个时候，他侧着耳朵，听见了录音机的声响。不是《自由飞翔》，也不是《最炫民族风》，他就听见一句“我是这耀眼的瞬间，是划过天边的刹那火焰”。他愣着神儿看了半天，不明白她为什么要一个人在这铁轨边跳舞。她跳得那么专心，感觉双手正搂着她的爱人。眼睛没看路，他差点被脚下的石头绊倒。手机上百度了下歌词，才知道是朴树的《生如夏花》。后来，他就一直听着这首歌。到了二龙山顶，人更少了。他四处张望了几眼，山那边仍是灰秃秃的山，青草遮不住裸露的黄土。更远处的山头被切下了半边，卡车经过，荡起一阵黄烟。风吹得眼角生疼。他双手举过头顶，扭了扭酸胀的腰。太阳抹在山尖的淡黄色正迅速消失。

下山的时候，看见一只野鸡呆头呆脑地在大路上走，他还撵了半天，直到它像个哑弹一头栽进山下。到了铁轨边，那个女人还在那里跳着。仍是差不多的姿势。要是天色晚一点见到，说不定真会把她和王丽的猜想联系起来。但此刻，他特别想凑过去好好看看。汾河岸边的动静并没有减小，流水的声响更大了。他听见她的手机响了起来。女人就那么举着手机，待到铃声快歇，才放到耳边。

“我跟你都说了一万遍了，你赶快给我把名单乱七八糟地统计好。”女人声音粗大，如果放在公交车上，或者小饭店里，朱北肯定对这样的女人没什么印象。可他刚看见她在那么悠扬的曲调里独自起舞。兴许，她根本不知道有人在偷窥，所以，说起话来才如此旁若无人。

对方大概领会不了她的意思，惹得她更加恼火。她踢了踢铁轨边的石子，像是在思考，准备给出一个更形象的解释。这个时候，朱北看清了她的样子。她举着电话，仍会时不时地踮起脚尖。头发收拾得很别致，染成了与她年龄不太相符的酒红色。

“行啦行啦。”有一阵儿，她把电话举得远远的，半天才吐出一句。

窦大夫祠前的路灯亮了，小广场上响起了躁动的《小苹果》。他能看见大妈们排好了队。女人说：“不说了，我跟你说了，我要教她们跳舞了。”像是怕对方不信，把电话举得更高，喊道：“你听见了吗？就等我去领舞了。”

朱北以为女人真的会去领舞，便蹲在那儿，等她先走。可她换下红色高跟鞋，穿上球鞋，径直朝他走了过来。他以为她并没有看他。他看着她一手提着录音机，一手提着袋子，扭着腰从铁轨上踩过去，一直担心她会掉下来。她的平衡掌握得很好，每一次快要掉下来时，又都再次站了上去。朱北站起来准备往下跑时，女人回过头看了他一眼。他接住了她的眼神。他终于想起来了，他之前见过她。他还没说话，她就来了句：

“看你面相，接下来的运气会不错。”

朱北没料到她会跟他说话。还是这么一句话。这是碰到大仙了？他还没来得及疑惑，女人像布道一般，又接着说开了。大意是只要他肯付出，马上就会有大的改观。要是愿意照她说的做，三五年致富完全不成问题。听了半天，他明白了，这个女人看出了他的彷徨。肯定是他魂不守舍的样子误导了她。他怎么可能像她想象的那般弱智？他不接她的话头，不管不顾地来了一句：

“你是不是经常在龙潭公园教人跳舞？”

朱北感觉到汗津津的T恤下面，他的心脏，那块暴涨得快要紫血的肌肉，正在疯狂地跳个不停。自从在龙潭公园看到了她，朱北每天晚上七八点就会在那里转几圈。他一直在她的身上拐来拐去。他一直在猜她的准确年龄，直到夏天的时候看见一个身材瘦长的男人递给她一瓶矿泉水。朱北还以为那是她的儿子。谁知那男人却搂住了她的腰，好像给了她水，就得搂她的腰，那么自然而然，完全没把一公园的男男女女放在眼里。

平时，放下碗，他就换上运动鞋出门，说是锻炼身体，只有他自己知道想干什么。一回两回，王丽也忍了，次数多了，也有意见。意思是，他不陪孩子写作业，至少得帮着洗个碗吧。有时，朱北满头是汗地回到家，往沙发上一瘫，双腿张开，搁在窗框上，见到一脸疲惫的王丽，还说，“你应该去公园里跳跳舞”。他本意是让她去锻炼一下身体。可王丽呢，不能听这话。她认为男人是在嫌弃她。“我就是不喜欢跳舞，你要是喜欢屁股扭来扭去的人，你出去找一个不就行了？”说完了，她好像也被自己的话惊醒了，狠狠地看着他，似乎是在审视他是不是真的有了喜欢的女人。

在这山里还会碰到熟人，女人有些犹豫，好像在努力回想。“龙潭公园？你也常去？”但她并没有期待他的回答，又加了一句：“你就别去跳什么舞了，我的团队里都是些在家待得无聊的老头老太太。”

朱北笑了笑。

女人又问：“你在龙潭公园附近住？”

“是啊。小孩在那念书。”

“跑这么远过来，就为爬一趟山？山那边不一样吗？”

朱北本准备开个玩笑，说是因为她，又怕显得轻浮。他咽了下发干的嗓子，说：“你不也一样？”

女人看了他一眼，像是在琢磨他的话。就这么不紧不慢聊了起来。她问：“你怎么来的？”女人问得那么随意，仿佛是早就认识了的老熟人。聊到后来，还顺手递过来一张名片，孟如月，通盖网公司山西总代理。

朱北盯着名片，似乎想把眼前的人和名片统一到一个印象里。后来，他反复想起，要是说自己坐的是公交，兴许她会捎他一程。

到了柴村大桥，王丽带着朱紫阳放生回来，问他晚上回不回家吃饭。王丽现在基本上和他没什么话说了，每天就是到了饭点问他吃不吃饭。

他没说回不回家吃饭，只是说："王丽，你肯定想不到，我在二龙山竟然遇到了个什么人。"

"谁啊？不会又是你的哪个老熟人？"

"什么啊，成天想的都是。"

进了门，王丽正在看关于装修的资料，凑过来，问窗帘应该挑什么颜色。她天天关注的就是窗帘啊、门把手之类，好像装修就数这些细节最重要。两个人在森林公园首付二十万买了套房子，几年过去了，还没交钥匙，新来了个市长，上来就说要打击小产权房，但这也没影响到王丽的积极性。她闲下来的时候，不是在挑床单，就是在琢磨家具的搭配。搞得朱北也挺恍惚。他恍惚，是因为看一些好莱坞的电影，里面的女主人公也是成天没什么事儿干，就知道不停地装修房子。他愿意这么想，搞得他也跟中产阶级搭上了边。王丽一个劲儿地在那里想象，说：

"到时候我们的家里不要什么乱七八糟的都塞进去，这些用不着的，都捐掉。"

朱紫阳却认真了："我的那些泰迪熊不能扔，那些都是我的回忆。"

朱北就笑："小屁孩一个，你要那么多回忆干吗？你有的是将来可以挥霍，你妈一把年纪都不要回忆了，你还贪图个这？"

王丽这回没有挑朱北的刺，只是说："窗帘就这了，你看看，这颜色，和我们想象的一模一样。"

照王丽的话讲，这个朱北有点寡，不会说话也就算了，还要说得那么难听，搞得天底下就他的格调与众不同。他好像完全忘了当年的承诺，心不在焉地说，“我们想象的家是什么样子啊？”他这么说的时候，都没朝王丽看。他看到楼下，一个穿着黑色皮短裙的姑娘正指挥着一帮人搬家。昏黄的路灯光正好打在姑娘的脸上。他想不明白，这个年轻姑娘为什么要大晚上搬家。他当年和王丽搬来搬去，选的都是大清早。

把朱紫阳哄睡着，朱北顺手拿了本王小波精选集《一只特立独行的猪》靠在床头翻。王丽坐到化妆镜前一边抹脸，一边说她们去放生的情形，一群男男女女，像是坐了太久的监狱，终于能在山里放风了，个个又是尖叫又是吹口哨。她时不时地舔一下干裂的嘴唇，好像在那么严肃的时刻，谈论一些最平庸的事情，聊聊工作上的困惑，甚至是死水一潭的婚姻，上学的孩子，简直像是看了一回心理医生。

朱北听得心不在焉，书里写的是什么，根本没看进去。他想女人就是女人，她们费尽周折，就是信个佛，也不是为了寻求真正意义上的信仰。到头来还不是一样，为了安顿自己？老是闷声不接茬，好像也不合适。便讲起白天爬山碰到的事。他说，“王丽，我是不是看上去特别傻？”王丽看了他一眼，好像在想男人究竟想要表达什么。朱北说，“今天在二龙山，一个老太太竟然忽悠我，说什么只要努力点，三五年命运就能完全得到改观”。王丽说，“人家这是好话，怎么就成了忽悠？朱北，你是不是看谁都认为别人和你一样阴暗？”朱北不想和女人争吵，仍是平心静气地说，“不是，你知道吗？她说她是通盖网的总经理。你能想象一个总经理孤身一人在那么偏僻的地方，还和我搭话吗？”王丽没吭声。朱北又说，“我回来还真百度了下这个通盖网。网站也有，她和好些领导的合影都在首页放着。全是利国利民的事情。我现在脑子完全乱了。你说说，天上掉馅饼的事情怎么可能砸在我头上。我何德何能啊我？”王丽说，“睡吧，咱一普通小老百姓，可不敢站位那么高，做那些春秋大梦。安安生生过寻常日子，得了。”

王丽从黑暗中隐去了，像是生怕打扰他休息，还带上了门。他扭开床头灯，再次拿起王小波的书，不知道是该继续读，还是放回书架上。

二

半夜起来喝水，朱北还提醒自己得早点起，不管干什么，总得动起来。都快四十岁的人了，怎么还好意思窝在被窝里呢？他越是这么想，越是睡不着。太阳都从门缝里漏了进来，他才像吓醒了似的坐起来。准确地说，他是被吵醒的。也不能说是吵，是家里咿咿呀呀的，像是有人在念经。这把他吓了一跳。他吓着是因为，这样的声音只有小时候在村里听见过，谁家死了人，总会请几个和尚做法事。他还以为幻听了。可支起耳朵，听得更清楚了，动静就是来自家里。他拖鞋也顾不上穿，顺着声音摸过去，才看见王丽跪在厨房。平时用来吃饭的桌子上，点着蜡烛，他从南宫淘回来的香炉真的插上了香，那种迷香和庙里的气味一模一样，嗅得他嗓子一紧。

“有毛病啊，大清早的这是要超度谁？”

朱北越想越郁闷。上个月，王丽带着朱紫阳去西山放生，朱北还想着老婆终于不宅在家了，知道周末出去逛逛也挺好。只是没料到女人跟人出去转了几圈，就一副看破红尘的架势。

“朱北，你嘴巴怎么这么贱？我碍你什么事儿了？”

“也没必要搞这么多形式主义吧？你以为在家里挂张观音菩萨像，布置得跟个庙似的，就懂佛了？”

“那你说说该怎么念佛？”

“身体就是道场，你要真信佛，就要顾及别人的感受。”

“朱北，你少跟我扯这些没用的。”

“我不是和你扯。我也不是害怕你念咒。我是说，孩子这么小，你不要把你装神弄鬼的这一套消极思想灌输到孩子脑子里。”

“朱北，你就是害怕了。你干的那些事，别以为我不知道。”

“我干什么了？”

“你要是没做，你急什么呀？”

朱北闭嘴了，看着王丽嘴巴一开一合，实在想不明白她的脑子里怎么就塞了那么多似是而非的成见。他以为自己示弱了，女人就会放过他，没想到她不依不饶：“你得给我道歉。”

“道你娘个头。我在生气，我他娘的在生气。我在生气，你就看不出来吗？”

“你生气就可以随便骂我？”

朱北还想吼几句，看了看王丽气得发青的脸色，想着再对抗下去，接下来的时间，她有本事一直和他说这件事。他只好说了句阿弥陀佛。从当年搞对象开始，两个人吵了架，她就让他这么给他道歉。他还以为是她和她妈生活得太久，形成了习惯。再说了，要是矛盾和隔阂，靠说句阿弥陀佛就能解决，他也不介意多说几次。他服气她的一点就是，从不对人说粗话。最过分的一次，也不过是气急了，说了他一句嘴尖毛长，就会挑毛病拣刺。朱北想起看过的一本《圣贤传记》，里面一个一无是处的家伙也坐在诸圣之间。他怎么配得上这份荣耀呢？给出的理由是，他从来没谴责过任何人。要是这一条成立，那王丽也有成为圣徒的潜质。可惜王丽信的是阿弥陀佛。朱北本想借此挖苦一番，才开了个头，就被王丽呛住了：

“行啦行啦，能不能别跟我娘一样？”

在厨房里僵持了半天，到底也没争出个名堂。眼见得天色亮了，王丽把蒲团收拾好，走到灶台前热粥，朱北蹲下去找碗。厨房里这里一堆水果，那里几个箱子，两个人忙进忙出时，免不得挨着。王丽还在赌气，只要朱北蹭过来，她就要往旁边躲。朱北长吁一口气，说：

“我们能不能别吵了？以后你可以做你的功课，但不要让孩子接受这些好不好？等新房钥匙到手了，专门给你一间做佛堂。”

“你不是一直盼着要个书房吗？我哪里不能做功课？”

一句话又把朱北噎了回去。他黑着个脸，炒菜的时候，锅铲在铁锅里哧啦哧啦地翻。吃饭的时候，朱紫阳说：“爸爸，我们家得买个灭火器。”

朱北说：“谁家里放灭火器啊？”

“学校请消防的专家专门讲了一堂课呢，家里就得放灭火器。你看看，这屋里乱成什么样子了。”

王丽板着脸：“灭火器有什么用？你爸就是个火星，就是把消防车供在家里也不顶用。”

朱紫阳也不好好吃饭，坐在桌前扭来扭去，像是若有所思：“这么说，爸爸就是灾星啰？”

“怎么说话呢？”

“家里有火，不就是灾字吗？”

王丽突然笑了起来。朱紫阳也跟着笑。朱北想吼，又被王丽气咻咻的眼色压住了。出门的时候，王丽还掐了他一把：“别以为你可以随心所欲地欺负我。小心我天天唆使孩子，整不死你。”她说得那么咬牙切齿，一点也不像开玩笑的样子。

去单位的路上，他的右眼皮跳个不停。风卷起一地灰土，全扑到他眼睛里去了。

到了单位，朱北也没心思坐在桌前写材料，看见赵全，头脑一热，脱口就来了一句：“我都快疯了。”

赵全拈着根毛笔，既没有放下，准备好好和他说话，也没有完全不管他。朱北顺手就把门稍微闭住了点，把早上和老婆吵架的事从头到尾说了一通。说完了，又怕赵全不理解：

“当年和我老婆认识，也是因为她写点东西。我一直认为她的诗写得不比别人差。可她没有上进心也就算了，居然信开了佛。我还不能说，一说，她脖子一梗，跟你吼，你不是喜欢王菲吗？王菲信佛了也没见你说什么，我天天伺候你，倒有了不是了？你说说女人都是什么逻辑？她能和王菲比吗？”

赵全嘴巴一咧，本准备笑，又忍住了。赵全模棱两可地也说了半天老婆的不是，好像只有这样，才能让朱北平衡。说完了，见朱北还站着，赵全蹲着马步，想练字，却又蹦出一句：“别和女人计较了。哪里能计较完。你要是还想一起过，那就别往心里去。”他甚至说他当年和他老婆结婚，纯粹就是为了有稳定的性生活。他一直以为自己的想法挺自私的，要是和心存浪漫的老婆说了实话，不定死得怎么惨，直到看了点社会学，才知道自己的想法也不算过分。“女人都喜欢虚的。你要是不想敷衍她了，就实说呗。没几个女人受得了你说实话。”

“我确实想过离婚。可对孩子太不公平了。再说，我老婆这么大年纪了也不容易。当年她从四川跑来和我结婚，我现在要是提出离婚，恐怕她就不是信佛那么简单了。”

“倒也是，女人不容易，别老刺激她们。你周末不也逛南宫爬东山吗？两个人都有自己的事儿干不也挺好。可别指望她们再做什么事业，她要真成了女强人，恐怕你也受不了啊。”

听了赵全像是推心置腹的话，还是不管用。朱北又抱怨现在的工作。赵全抬头看了他一眼，好像想不明白，朱北如此鄙视自己的工作，为什么不离开这里，又没人逼着你在这当囚犯。朱北听了却只是叹气，说哪有那么容易。辞了职，没了起码的生活保障，老婆孩子怎么办？赵全跟着又叹了口气，好像这真是一个难题。

回到办公室，朱北就后悔了。早些年，别人在办公室说些家长里短，他心里颇烦。可现在呢，他不光习以为常，还变本加厉了。一个大男人，竟然朝同事倒开了苦水。翻了一阵《南方周末》，也没读进去。他端着杯子，一边喝着水，一边站在三楼的窗前看着旁边的幼儿园。两个送孩子的女人还没走，站在门口正说得眉飞色舞。

走了一会儿神，又想着他和赵全尽管算不上无话不谈，有事儿没事儿倒也能拉扯几句。便想着自己找人倾诉下，也没有什么不正常。

电话响了。是局长。局长快要退了，有些总结工作要做。他看了看局长的总结，大到门口用火山石造的假山，小到卫生间的卷纸、即热式电热水器，都罗列上了。局长只点明了工作要点，朱北还得把这些事儿的意义在后面解释一番。这事儿的无聊程度不亚于他大清早找赵全倒苦水。

他感到无聊，也是因为晚上躺在床上才想起来。王丽似乎早就看见了男人的疲惫，本来在那里翻佛经，这个时候又掉过身来捏他的腰。她像什么事情都没发生似的，不轻不重地揉着。揉得朱北心里七上八下，肠子都快悔“青”了。他回想起这一天做过的事情，没有一件让他满意。他什么时候就成了这副德行呢？嘴巴松得跟失去了收缩功能的尿道括约肌似的。王丽见他皱着眉头，问他怎么啦？他绷紧双腿，感觉木头一样的腰正在变紧。他说，“没什么”。是啊，有什么呢？这实在没什么特别的。他是背后说老婆的坏话了，那又能说明什么呢？

早上他再次被王丽的念经声吵醒，也不能说是吵，事实上，这回王丽念经的时候，他并没有暴躁。他只是奇怪。他发现王丽的语调和佛经粘连到一起，竟有种陌生的新鲜感。他甚至有些恍惚，好像因为王丽这么一干，整个家完全不一样了。至于哪里不一样，他也没法儿解释。

走到幼儿园门口，昨天那两个送孩子的女人还站在那里说话，说完了还说再见，那副模样就像是等着明天继续站在那里说话。两个女人穿着样式相近的衣服，白色纯棉衬衫，绷得紧紧的打底裤，肉好像随时都要惊心动魄地跳出来。这回离得这么近，他狠狠地看了她们一眼。她们的脸，抹着那么厚的脂粉，还是没有盖住疲惫。

院子里几个老头老太太在树下挥舞着刀剑，好像慢镜头，一招一式，有板有眼。他们只顾着移形换位，踩得一地梧桐花，七零八落。放在早两年，朱北还会有兴致捡两瓣花，或者是一片叶子。朱紫阳特别喜欢收集花花草草。朱北想着能和儿子一起认得几种植物也好。王丽不知是出于嫉妒，还是存心找茬，说，“小孩子喜欢个什么不好，非要喜欢拈花惹草。”朱北听见了这话，眼睛一瞪，问，“小孩子崇尚大自然，怎么啦？”谁知王丽根本不和他讨论小孩子，只说，“朱北你激动什么啊？你是不是心里有鬼？”这样的争执，早些年王丽经常干。她好像就是喜欢看见朱北生气。可现在，王丽懒兴了。

上完厕所，朱北用热水洗着手，坦然地扯了一大长截卫生纸擦手，心想：局长是婆婆妈妈了点，但好多考虑还是挺人性化的。拿着工作总结，进局长办公室时，朱北还想着：这回要说点局长爱听的话。溜须拍马，他不是不会，只是懒得。可他话还没开口，局长看着总结，越看，眉头越皱越紧。

“你怎么回事儿啊，朱北，你说你怎么这么不认真，同样一个字，让你改了两回了，你还是原封不动给我拿过来？你这是考验我的记性吗？就这么一副工作态度，难怪走到哪个单位都不招人待见。我有时候也纳闷，说起来吧，你也是在政府部门工作过的人，怎么就这么不会做人。就知道天天跟赵全孙保他们在一起混，他们能帮上你？”

朱北以为局长说上几句就完了，没想到，见他脸色不耐烦，竟然让他坐下。局长说得那么坦诚，好像完全是因为快要退休了，才和他朱北说心里话。朱北听得出了一背冷汗，没想到平时受苦受累，写了几年材料，到头来却落得这么个评价，早知道这样，还不如待在交城。

“我劝你还是要把精力放在工作上来，要是还这么骄傲下去，碰到下一个领导来，你还得遭罪。”

朱北愣了一下，心想：原来你也知道我做的工作是在受罪啊。他想笑，脸上的肌肉却不配合。他马上想起赵全经常说的话，便来了一句：

“局长，我哪里会骄傲啊，我一直自卑得要死。我不是不爱跟领导请求汇报，实在是怕影响您的工作。”

“别说这些没用的了。晚上有没有空一起打几圈？”

朱北正在气头上，心里抵触，嘴上却立马就答应了。答应了才后悔，晚上又回不去，该怎么向王丽解释？给王丽请假时，朱北还振振有词，说就是为了巴结领导。为了显示自己不是那么无能，又加了一句，就跟你要给领导收拾办公室一样。他说得那么愤怒，好像做这些烂事，实在是身不由己。不料，王丽听了，火星直冒。“你们领导都是什么样的领导？他们就没老婆没孩子没家吗？你是不是这辈子都得天天巴结领导？”王丽好像是看到了那样的前景实在灰心得不行。她以为找的是个丈夫，哪里知道是个溜须拍马的小人。

她还在暗自神伤呢，却把朱北吓坏了。他以为不过是为了消遣消遣，不承想，王丽却把他一辈子大概的样子都预测到了。他真没想到自己活得这么窝囊。这么多年，说是通过努力改变了自己的命运，其实呢，干的却是同样一件事，巴结领导。本来，他平素在单位看见那些上蹿下跳的家伙，不是给领导端茶倒水，就是出门拎包，就厌烦得不行，谁知道他现在，为了给自己的堕落找理由，竟然编排了这么一曲。他还演得那么逼真。她还是与他几乎天天睡在一起的女人呐。想到自己从来没对人说过一句实话，不知不觉就成了自己最鄙视的那一类人，朱北急得出了一身汗。牌桌上也老是点炮，局长还笑话他，问他是不是想老婆了。要是想老婆了怎么大晚上还不回呢？演得太不像了。朱北看了一眼局长，又低头整自己的牌。他该碰就碰，也不管局长的脸拉得有多长了。

三

沿迎泽大街一路往西，过了杜儿坪，就到了孟如月家。站在她家挤挤挨挨的阳台往外看，沿路一溜儿，都是被煤灰覆盖的平房。这个地方说旧也旧，日本人来时，就开始采矿了；说新也新，过了这么多年，除了增加点人口，面貌也没大的变化，甚至连公交站都没起个正经名字，就叫个菜市场。朱北头一回来，还以为是回到了七十年代的电影场景。他对七十年代也没什么印象，不过是看了意大利导演安东尼奥尼的《中国》。时光在这里仿佛慢了好几拍。到了饭点，广播准时响起来，满街都是一个女人字正腔圆的声音，说完方针政策，又说开了矿上的生产。朱北侧耳在窗户跟前听了会儿，眼光从灰扑扑的雪桦上收回来。窗户外蹲着几个花盆。室内种着两盆绿萝，一大盆仙人掌，还有油亮的君子兰。冰箱的风扇声很大。朱北回过头来看了一眼客厅，孟如月坐在桌前抽烟，腿上放着每晚穿的大红舞蹈装。他又看了眼窗外，路边灰塌塌的雪松好像突然抖了一下，扬起一阵尘土。

聊得多了，朱北才知道，孟如月的爱人几年前去世了。男人的离去并没有打击到她生活的信心。她像突然想明白了什么似的，剧团的工作也不要了，竟在万达广场拉起一支跳舞队。按别人的称呼，她是总教练，每天晚上指挥着上百人。只是朱北从没把她归到中年大妈的行列，就像他从没深刻地意识到自己都到不惑之年了。她也就比他大三五岁吧，要是化了妆，感觉要更小。

孟如月摁灭了烟头，说：

“走吧。”

这就是朱北的兼职，给孟如月开车。本来孟如月提出这个建议时，朱北还有些犹豫，他哪里有时间天天往西山矿务局跑呢？好在孟如月也就周末回一趟，平时为了在万达广场领舞，就在湖景公寓租了套房子。

上了车，孟如月又点了根烟，吸了一口，才给朱北：“你今天怎么心不在焉的？是不是又和老婆吵架了？”起初，他半开玩笑地说起王丽的举动时，还有些愤怒，聊到后来，朱北又有些泄气，好好的，提王丽干吗呢？实在没什么意思。

到了万达广场，朱北停了车，又拉开车门，孟如月才探出一双趾甲涂得猩红的脚来。朱北又从后备厢搬东西，聂卫红已经和孟如月搭上话了：

“孟教练，我又给您拉过来一个人，我的发小，崔银霞。”

孟如月仍是淡淡的，点了点头，说：“那就站在第七排吧，跟着大家一起练。”说完，也没有继续敷衍的意思，径直就往广场中间走。聂卫红对着孟如月的背影指指点点，尽管说的是悄悄话，朱北还是听见了。

“这个孟如月别看只是个唱戏的，能量可不是一般的大，手眼能通天。”

说完两个人又扫了眼朱北，见朱北撅着屁股在那里忙活，声音越发高了，好像周围的人都和她们一样，得有足够的嗓门才听得见对方。

朱北打开音箱，“我种下一颗种子，终于长出了果实”响了起来。

孟如月站在万达文华酒店的台阶上，看着自己的队伍。和旁边戴着头盔滑旱冰的小孩子们比起来，她的兵也是装备齐全，清一色的汉服。人多了，孟如月开始检查前四排的舞牌。

放完《小苹果》，朱北抱着纸箱子上场，给前四排的人挨个发东西。崔银霞也凑过来伸手，朱北本来都给了，孟如月却说："乱发一气，通盖网公司的钱就不是钱？"

崔银霞脸红脖子粗的，说凭什么啊，几个围观的老太太也问：凭什么啊？她们平时去超市，有什么打折活动，商场派送点小礼物，不都是谁挤到前面谁就能得到那份好处吗？怎么她孟如月就有这么多规矩？但孟如月扫了众人一眼，一句多话都没有，只说这是前四排的福利。说到前四排，没人吵了。是啊，她们都是在单位工作过的人，知道这里面的秘密，说白了，无外乎前四排是孟如月的关系，不是街坊，就是她的朋友，也有几个是有闲钱的人，当然，你要是跳得实在出色，也可以站在前面。

发完东西，朱北又在纸条上写开了，小手机，大手机，平板电脑，这是准备现场抽奖了。当然，这还是前四排的福利。之前站在第七排的崔银霞，好像忘了自己是来干什么的，她看见前几排的人扭着屁股，接下来的舞蹈也是扭得没精打采。

朱北站在旁边看了半天，见对面的天主教堂有人进进出出，信步走了过去。进去了，他才意识到信教的人竟然有那么多。黑压压一屋子。好多人下跪都找不到垫子，就定在走廊里的水泥地上。每个人的脸上都看不出什么表情，反正该唱的时候唱，该跪的时候跪，到了后来，对着前后左右祝福的时候，朱北还有些心慌，好像他这个不诚信的人，成了叛教者，一个格格不入的人。

腿麻了，才想着站起来。出来正赶上孟如月收拾东西。聂卫红崔银霞魂不守舍的，像个影子围在旁边。聂卫红嘴里还有话，说这回发的东西算什么啊，前两天发的是各种水果，站在前四排的，整箱整箱地往家搬，吃都吃不完。她甚至夸张地说，“你不知道我的妒忌啊，就跟你现在一样，就见前四排的人往家搬东西，而他在我跟前一晃而过，连个小亮灯都没有”。她说得那么大声，好像之前领不到奖品，都是朱北的错。

朱北听出来了，这个老太太在炫耀。“你埋怨我也没用啊，一切都还不是孟总说了算？”

结果，崔银霞不知听了聂卫红的什么话，非要请孟如月吃宵夜。孟如月说，“吃什么宵夜，一晚上不是白练了？再说啦，你们又有几个钱？要请也得我请。”结果就在马路边，一人吃了一碗王萍面皮。聂卫红说她还得招呼孙子写作业，先走了，剩下了崔银霞一个人。坐在大马路上有什么话说呢？来来往往的汽车使劲按着喇叭。朱北和孟如月说了会儿通盖网公司的业务，崔银霞冷不丁蹦出一句，“早知道你们公司效益这么好，我就不买股票了”。崔银霞肠子都悔青了。她苦恼啊。原来，万达广场拆迁她的小院，给了她三套房。四个孩子三套房怎么分呢？本来家里没什么矛盾，因为突然多了这么一笔钱，家里乱了套。孩子这个刚走，那个又回来了。都说不想要她的钱，只是想好好陪陪她。天天做不完的饭，没把她累死。后来听了邻居的建议，既然孩子们都这么大方，想着把钱留给她养老，她又怎么能不领孩子们的情？她也不想怎么把钱分给孩子们了，听说买股票划算，就把拆迁款全放了进去。结果，套牢了。

孟如月说，“贪那点小利太不划算了，炒股，内部没人给你透露行情，你能赚到钱？”说到关键位置得占人，孟如月大方得很，说她现在供职的这家通盖网公司，做的是互联网生意。“你那十万块钱要是存到它那里，每月至少可以拿到两千块的利息。”她说的是至少，上限能有多少，得看集团的运作，反正是吃大户，完全不用自己操心。崔银霞被这个不一定逗得眼睛都直了。天底下还有这样的好事？她说一把年纪了，事事都得自己来，觉都睡不好。她哪里是图什么利呢？她就是想图个好心情。

朱北也在旁边帮腔："派给团员的所有东西，都是通盖网公司赞助的。人家现在做大啦，想的是怎么回馈社会，做点公益。"

说到投资，崔银霞脸上有些怀疑。孟如月好像也看出来了，说："过两天有个聚会，都是些教授、高级知识分子，有的都是通盖网的老资格了，你要得闲，可以来听一下。"

清明这天，崔银霞都没顾上和儿女们好好吃饭，到了晚上，就往孟如月说好的地点跑。也不是饭店，是孟如月高中同学赵利民弟弟的公司。赵利民是谁？大律师啊。他弟弟也不简单，煤矿转型，先是投资了一家有机农业，搞大棚种蘑菇。接着又靠赵利民在司法、公安系统的关系，开了家消防器材的公司。这不，办事处都开到太原来了。崔银霞本是抱着看热闹的心态来的，等到酒喝到一半，看见一桌子男人都在恭维孟如月，不免有些失落。尤其是那个其貌不扬的摄影家王有德，说是当年读高中时如何暗恋孟如月，整夜整夜睡不着觉。一帮五六十岁的人，好像真又碰到了人生第二春，话里话外都是赤裸裸的躁动，讲完了青春期，又说开了结婚头一晚如何闹洞房，好像光回忆一番当初的骁勇善战，也足以过瘾。朱北呢，饭也不吃，双手抱在胸前，时不时地给大家添茶倒水。突然一个不怎么说话的中年人，毫无征兆地就站了起来。崔银霞还以为他又要表白。他把衣服一披，像个农村老干部似的，一只手叉在腰上，另一只手指着大家：

"你们都悄悄儿地吧，我跟你们说了，自从跟着孟总投资了通盖网，我的账上，每个月挣的是这个数。"

男人做了个手势，崔银霞没看清。其他人开始起哄，问他是不是有上百万的资产了。他没怎么搭理，又开始讲这个通盖网的来历，提到了互联网战争，还说哪个大领导都是指挥长，又说总部就在北京石景山。中心意思就是一个，买这个通盖网，不单是个人赚钱，其实也是在为国争光，照他的话说是，只有牢牢把互联网控制在中国人的手里，大家才会有希望。崔银霞平时也看点新闻，大概也知道点国家领导人的名字，但从没意识到他们与她的生活靠得如此之近。她有些着急，自己的思想太落伍了。摄影家王有德也开了口，他说话慢悠悠的，之前的嬉皮笑脸全不见了，脸色还有些凝重，说：

“十万块对我们这样的人也不算个什么大钱。谁手上没个十万八万闲钱？大家就当是一种投资。人生总是在投资，成功了，我们自然会获利；损失了，也不见得就会要我们的命。退一万步说，大家可以去网上查一查，现在的信息这么透明。免得人胡乱猜疑，说我们搞的是传销。好啦，好啦，不说这个啦，总之，孟总，我敬你。”

孟如月却不举杯：“你说错话了，先自个儿罚一杯。什么孟总，大家坐到一起，就都是兄弟姊妹，有钱同赚，有福同享。来，大家一起喝一下，什么都不说了，都在酒里了。”

中途，崔银霞上了一趟厕所，出来见朱北也在旁边站着，就问了他几句通盖网到底是怎么回事儿。朱北好像没有工夫搭理她：

“他们也就一说，通盖网公司成天忙乎着互联网资本运作，哪里顾得上你那点钱呢？咱们不说钱。也是和你投缘，过两天通盖网公司搞团建，组织大家去新疆玩一回，权当过劳动节，你有没有兴趣？”

“多少钱一个人？”

“钱？我们组织的都是公益活动。你要想参加，问问你老伙计聂卫红。”

回到家，王丽把《菩提道次第广论》往茶几上一放，双眼瞪着他。朱北却像是没看见女人的表情，放下几块奶酪，嘴里也开了腔。他下午带着一帮老太太去阳曲小牛站村参观了一回荷兰人的手工奶酪工厂，受刺激了。他说想不到就在离太原那么近的地方，竟然还有人这么讲究地生活。形容了半天奶酪工厂的情形，话里话外都是在暗示，他们离文明的地方并不算远。“也就几十块油钱的事儿，关键是看你有没有那个心。”他没说奶酪是跟着孟如月一起去买的。看见朱北坐在那里心安理得地抓起苹果就吃，她拽着男人的手就往阳台上走。阳台上辟出了一块独立空间，一头放些杂物，另一头挂了块帘子，里面挂着观音菩萨像。小音箱的声音很低，成天播着一个老和尚的念经声。王丽说：

“你看看都几点了？是不是过上两天，就准备搬出去？”

朱北脑子里还想着去新疆的事，也没说话，掀开帘子看了眼菩萨，又回过头看了眼王丽，好像是在琢磨，菩萨这么低眉顺眼的，为什么一心向善的王丽却对他不依不饶。

“我跟你说过啊，在兼职，给别人打工。”

为了加重自己说话的力度，他也把晚上做的事情说了个大概。“差不多全是公益的。”甚至为了显示他的正当性，还把他正在做的事，与她周末去放生的活动做了对比。“我们是正儿八经关心活人的困境，不像你们，从菜市场买点动物再扔到山里。你们有没有想过，那些家养的畜生在荒郊野岭能不能存活？你们哪里是放生，明明就是变相的杀生啊。”

王丽本来紧捏着他的手，听到男人入了魔怔似的说个没完，就松开了。

女人很快睡了过去，朱北却失眠了。

他摸到阳台，打开窗户，把头伸到窗外，点燃了一根烟。清凉的月亮就在头顶，连散落的白云都看得一清二楚。他很久没有注意到天上的这些东西了。他总是心事重重的，每天都有做不完的事，可这些年到底都做了些什么呢？他一件都想不起来。

将头缩回来，才意识到浑身发凉。他钻进被窝，紧紧搂着王丽发烫的身体。迷糊中的王丽，霸道地把腿压在了他的腰上。他也没敢乱动，生怕把她惊醒。

四

到了乌鲁木齐，把众人安顿好，朱北才给郝媚打电话。没人接。过了两分钟，打过去，却关机了。朱北想，这个郝媚。微信风行时，大学同学建了个群，郝媚时不时地都要跟他聊几句，到后来，好像嫌打字太慢，就直接打开了电话。大学的时候，朱北喜欢过她。不光他喜欢，胡涛也喜欢，但他们的喜欢也只是停留在暗恋阶段，很快一个体育系的男生就把她追到手了。毕业会餐那天，朱北趁着酒劲还表达了自己的遗憾。郝媚笑个不停，还大方地给了他一个拥抱。毕业后，都结婚生子，也没多少联系。突然在微信上聊开后，郝媚放得开了，态度热情不说，还时不时地感慨，说她遇人不淑，倒是嫁了个老公，却也跟守活寡差不了多少。这话，让人想入非非了。他纠缠这个话题不放，才知道她老公成天飞来飞去，用郝媚的话说是，“说是出差，鬼知道他都干了些什么”。朱北以为有戏。有两回喝多了，骚扰她，露骨地说些想搞她的话。他以为说得色情一点，就可以满足她和自己一样的变态想法。谁知郝媚一点态度都没有，这是他没有想到的。她总是说，有什么用呢，隔这么远，这么多年了，有什么用呢？朱北不能听这话，越听越血脉偾张。待到酒醒，又后悔得不行。倒是郝媚，似乎并没有往心里去，时不时地还会给他打个电话，问山西的投资环境，话里话外，都是打算到山西投资办厂的意思，搞得朱北也是想法不断。去新疆前，他们都约好了，要见面，一定要见面。她说得那么果断，搞得他如果不告诉她，就是有负于她。他兴奋了。倒不是想着和她非得发生点什么让他兴奋。当然，发生了似乎也不错。他一直在想，当年要不是害怕对不住父母，草率地和王丽结了婚，他的生活是不是会有点不同。想到后来，他没了兴奋，对自己有的是鄙视。他要做什么，该做什么，用得着去拿父母当挡箭牌吗？一路上，别人为一眼看不到尽头的沙漠感叹，只有他，满脑子胡思乱想。谁知飞机落了地，郝媚却关了机。知道联系不上她，朱北还有些释然。好像庆幸自己没有做出什么出格的事。他马上就给胡涛打电话："我来新疆了。"他说得那么大声，好像到了新疆实在是他这么多年梦寐以求的事。

胡涛在克拉玛依，直问真的假的。确定了朱北真在东方丽人假日酒店，说马上就过来。朱北说，"几百里地呢，别跑了，我给你打电话，就是告你一声，我又专门跑到阿扎提路学校门口吃了一回灌蛋饼"。一句话就带起了当年的穷困情形。那时年轻，总是吃不饱，才在操场看了会儿练体操的姑娘，就饿了。说起大学的事，胡涛激动了。说这么多年乌鲁木齐没少跑，还真没心情专门去学校门口回忆一下，总想着机会多的是，谁知一晃就到了现在。朱北就说，"我们明天就去喀纳斯了，你要不直接去布尔津得了，在那儿会合也方便"。

晚上，到了鸿运宾馆，宾馆不大，大门口的电子屏上却写着："欢迎通盖网公司顾问团下榻我酒店指导工作。"这话隆重了。中年大妈们哪里想得到自己一不留神就成了国际融资集团的顾问呢？真是意外的惊喜。招呼一群志得意满的中年大妈坐上酒席，孟如月开始汇报集团业绩。正闹腾腾的时候，胡涛也到了。

两个人先是在酒席上喝，众人散了，开完一瓶白玉汾，又拿了瓶伊力特英雄本色。朱北就说，“别影响老板生意了，打包点凉菜，到房间里接着聊吧”。结果收拾床头柜时，朱北看了眼告示牌，写着“按摩五十”。朱北就说，少数民族就是朴实，现在五十块钱能干什么啊？坐了一天的车，也实在是累，接下来的一半夜，还得长聊呢，为什么不刺激一下当地的消费？胡涛说，“都到了我的地头了，这个客得我请”。朱北说，“客气什么呀，我们可是读大学伙吃一桶方便面的感情”。胡涛兴奋地回忆起了大学，说当年真的是穷，哪里有钱找小姐按摩呢？连吃个夜宵的钱都没有。而现在呢，谁手头还没点闲钱？这么一说，越发显得没有隔阂了。胡涛拿起电话，就说上来两个姑娘。他口气大得很，就跟在小馆子里点菜一样。倒是朱北有点不安，说，“不会有什么问题吧？这么便宜”。胡涛说，“担心什么呢，我本地人，离克拉玛依又近，再说我们只是正经按摩一回”。说到新疆的距离，有两回听说暴乱，朱北担心，给胡涛打电话，说，“听说出事的地方离你很近？”胡涛就说，“是啊是啊，挨着呢，就隔四百来里地”。

正闲话呢，敲门声就响起来了。朱北跳下床，喊了声，“谁？”对方说什么，朱北没听清，便拉开一条门缝，这才看见两个姑娘。朱北本想问一句多少钱，又怕楼道里有人看见，就心惊肉跳地把她们放了进来。灯光下看到两个女人，朱北挺失望。他本以为少数民族姑娘嘛，不说是貌若天仙，好赖也有点异域风情。不过他又意识到自己的失落实在是没有道理。一分价钱一分货嘛，他才花五十块钱，怎么能那么贪呢？再说啦，也就是拉扯下酸疼的肌肉，他又何苦嫌弃她们的长相。他还想说句别的，姑娘们就说，躺下开始吧。一句多余的废话也没有。朱北刚爬上床，就听见胡涛床上的姑娘说，“大哥，这么热，不好按，把衣服脱了吧”。胡涛还在开玩笑，说，“就只剩个裤衩了，再脱就啥也没有了”。

朱北还想看看胡涛一身横肉瘫在女人跟前的样子，身边的姑娘却趴在他的耳边说，“大哥，能不能利索点?”“看他们干吗啊，力道如何，感觉怎么样?”就跟多年没见的老朋友似的。朱北哼哼叽叽，也学胡涛脱掉衬衣，结果上衣刚蒙住头，就听见胡涛在喊，“怎么关了灯了?唉，你怎么坐在我身上了?”朱北还想坐起来，看看发生了什么，胡涛又没有动静了。身边的姑娘还喊，“看别人干什么啊，你快点，我们本来都不做这些的，就是想趁老板不在做一回”。

接下来的故事，就像俗套的故事情节，无非是被恐吓，被敲诈。人生地不熟的，能怎样?朱北后来像是为了缓解恐惧，和人脸红脖子粗地说起过几回。再过些年，他连回忆都懒得了。但在当时，横亘在俩人眼前的，是没边没沿的尴尬，倒像是这两个外地女人把他审判了一回。

气氛都这样了，还怎么好对着继续喝酒?两个人在黑暗中胡乱说了几句话，胡涛很快就打开了呼噜。朱北又摸进卫生间洗澡。他一遍又一遍冲洗下身。第二天起来，两个人说话也闪闪烁烁，好像昨晚的事把两个人的友谊打回了原形。一车人要继续往喀纳斯走，胡涛给他放下了一包土特产。

大巴启动了，朱北想打开窗户再和胡涛打个招呼，却只看见满院子明晃晃的阳光，一只卧在台阶下哧哧喘气的狗。他又躲回车内，拿起手机试图给胡涛发条短信，编了半天，也不知道该说点什么。大巴一路往北，在山里盘来绕去，正为窗外黄蓝色的河水感到惊讶时，电话响起来了，胡涛说是把五百块钱给他存了话费了。朱北说，“你客气个什么劲呢”。话是这么说，两个人都没了深入聊下去的热情。

导游还在煽情，说喀纳斯的图佤族是最后的蒙古人，反反复复强调的，喀纳斯是个世外桃源一般的地方。还说他们培育的纯种蒙古马，直供部队，做军马。朱北脑子里闪现了一个词儿，汗血宝马。导游说了那么多，把朱北的心思也撩逗起来了。他顺手发了条朋友圈，好像对即将踏入的地方期待得不行。

山里的信号时好时坏，车晃了一下，手机也跟着响了。是郝媚。问他打电话是不是有事。他说他在新疆啊。郝媚说，“来新疆了也不告我一声？”反而弄得朱北不知如何应对了。他想直接打电话说，又想着满车子人，怕人听见。

到了景区，他也没心思听导游讲什么图佤族的故事，看见一排排木头房子就在景区门口，朱北失落得不行。这和他想了一路的世外桃源一点都不一样。怎么会有那么多人呢？全是外地人。郝媚还在一个劲儿地给他打电话，说是到了乌鲁木齐一定要聚一下。一群人在喀纳斯湖上又跳又喊，直问那翻滚的波浪是不是就是水怪。风灌过耳边，郝媚说了一堆，有些话朱北没听清。

到了白哈巴，朱北的心才真正静下来。住的地方，建得挺排场，可惜没怎么好好维护。或许是为了节约成本，晚上连电都没有。别人都去村子里闲逛了，朱北在院子里坐了半天，又掏出手机编短信，他想着待在这么安静的地方，得说点煽情的话。他需要说点掏心窝子的话，要不然就会一直想起在布尔津干下的龌龊事。

“谢谢你还能想起我。我记得当年给你说过，我总是抱着最坏的打算，这和信不信任你无关，只是想着即便你有了更好的选择，我也不会怪你。但经过了这么多年，好像什么都变了，又好像什么都没变。变的是我们对这段感情的认识。更感同身受的是你说过的话，人和人之间不是简单的非黑即白的关系。我会永远记住从中受到的教益，这应该也是你所说的共同成长吧。不变的是一些对彼此最基本的认知吧。很想你。在这个白哈巴的边陲小村，在没电的夜晚，月亮大如脸盆，星河闪烁。”

半夜了，郝媚也没搭理他。早上起来，走过满是雾气的村子，到了牧场边上。正疑惑怎么没看到马呢，只听得一阵轰隆声响，一群马风驰电掣般从白桦林跑过。他还以为是自己惊扰到了它们，大气也不敢出。走出林子，才看见马群正在路边的水洼里饮水。初升的太阳打在它们身上，就像披着闪亮的锦缎。马尾时不时扫过健壮的臀部，看得他激动不已。

待到想起应该拍几张照片，马群又像刚出现那样突然，很快消失在树林里了。虽然只拍到几张背影，他还是发在了朋友圈，说，“这就是当年跟随成吉思汗到处征战的功臣啊”。也是玩手机的时候，才看见，昨晚发给郝媚的短信，竟然没有发送成功。他又读了遍自己编的短信，那么矫情。幸好没发出去，要不太尴尬了。他有些讨厌自己动不动就想占人便宜的行为。巨大的太阳从山头冒了出来。被露水打湿的裤腿，很快就干了，都没有留下半点印迹。

回来还是住在布尔津，还是住在鸿运酒店。同行的大妈们都去逛玉石市场，朱北也跟着去了。看到满街都在卖手镯手串，朱北扫了几眼，挑了几个。后来，他也不逛地摊了，就去路边卖石头的小铺里东看西看。不知怎么，他突然就相中了一块锤子样的石头。店主要价不高，朱北却像捡到了宝贝。孟如月还笑话他，说，“飞了几千里，跑到新疆来，你就买块石头，不怕你老婆说你？”朱北却越摸越喜欢，他没心情和孟如月开玩笑，只想着，晚上要是再有人往房间打来电话，就拿石头收拾她们。临睡前，又和胡涛打电话，回忆之前的情境，朱北说，“妈的，我想了一路，她们哪里是什么少数民族姑娘，明明一口东北口音嘛”。胡涛说，“你就假装一下她们不是汉人，要不然，就更生气了”。挂了电话，朱北还是心绪难平。给郝媚拨电话，全是忙音。点开她的朋友圈，一条条翻下去，卖的全是化妆品。联想到她之前动不动就说要去太原办厂，做玫瑰精油的生意，朱北心里一慌。这个郝媚不会是在搞传销吧？

他听到隔壁的门一会儿开一会儿关。等了一晚，也没人打电话。几点睡着的，他压根儿没有意识，半夜醒来，才看见石头压在胸口。

五

从医科大验完血出来，晕头晕脑的，朱北还是坚持走到单位门口才吃早餐。这回，那两个经常遇见的少妇也走了进来。他还没看到她们，就听见了她俩叽里呱啦的声音。他抬起头，不承想她们竟对他笑了一下，他像被蜇了一般，慌忙低下头拿勺子。一股香风逼近，熏得他半天没缓过气来。

“我跟你说，我真是快烦死他了。”

“男人就是那个德行，你不能惯他。”

“不说他了，把我惹火了，改天直接把他休了。”

“休了也好，你高中同学就有戏了。”

“什么啊，再找，我可不想找个对我知根知底的人，一点新鲜感都没有。”

朱北侧过脸，再次看了看这两个女人，穿着样式差不多的衣服，暗黑色短裤里面套了黑色打底裤。一只涂满猩红色指甲油的手抬着满头黄发。头发染得够精致了，他还是看见里面探出几根白头发。她们说着那么狠的话，却还在这里心安理得地吃着东西，好像离婚和吃喝拉撒一样自然而然。

“我和你说过我那个嫁到德国去的同学吧？她在德国待了两年，又回来了。”

“生活不习惯？”

“什么原因不清楚，反正那边没离，这头又和前男友搭上线了。”

“都是些什么人啊。”

“人家也算半个外国人嘛。她和我说起来，也轻松得很。说就是喜欢刺激，佛万耐。”

佛。万。耐。朱北明白了。这英语得瑟的。for one night，整得跟接头暗号似的。他哆嗦了一下，要是王丽听到他这么说话，肯定得让他马上道歉。怎么能乱说话呢？要留点口德。她总是那么说。

结了账，往单位门口走，碰见一冬天没见到的老大爷，说是出来走走，到胡同口去晒晒太阳。去年的时候，老人家还能走到楼上让他帮着买陶菊隐的《武夫当国》呢，这会儿竟拄上了拐棍，半天才往前挪动一步。

局长又把几年的工作总结增补了一番，朱北按照要求改了，也没打算马上送过去。浇了半天花，又在淘宝上看石头。他也没指望这些石头能增值，就是看着它们规规矩矩地躺在那儿，心里愉快。看到后来，还不断暗示自己，再看一页，再看一页，别买了。买这么多烂石头烂木头有什么用呢？王丽都说过他好几回了，好东西没必要非得弄到家里来，不能太贪心。到了最后，还是买了块清江石。他就喜欢看到不同地方的石头不断地在他手中汇拢，感觉好像如此一来，就坐拥了全世界。

回到家，给朱紫阳辅导完作业，见王丽没看《菩提道次第广论》，就问：“今天怎么不念你的阿弥陀佛了？”

“心情静下来时念才有效果。”

“你怎么啦？”

“没怎么。就是一想到单位改制的事麻烦。”

“我还以为又是因为我。”

“你把自己想得太重要了。对了，我问你，你最近怎么动不动就去医院验血？”

“我没给你说吗？我老家一个爷爷得了艾滋病死了。现在县里头责成专人去镇上查，但凡和他有过接触的女人都得送到医院去检查，吓得好多女的都跑了。”

“干吗跑啊？不是为她们负责吗？”

“她们害怕查出来就更丢人了。”

“那跟你有什么关系？”

“我是担心嘛。你看，他小时候经常来我家串门。据说艾滋病潜伏十几年的也有。”他没说在新疆布尔津干下的荒唐事。

“那你也没必要搞得神经兮兮的。我还以为你在外面找小姐了。”

“什么啊。我专门问了医生，不光我得查，你和朱紫阳也要去查一下。为了保险起见。”话题都说到这儿了，他就把早上的见闻说了一遍，“你说说现在的人怎么这么混乱呢？居然流行什么 for one night。”

“那不是你最渴望的吗？”

“我渴望什么？”

“别以为我什么都不知道。朱北，我也不是傻子对不对？我是人老珠黄了。我真是受不了你成天含沙射影，给我说这些恶心巴拉的话了。你是不是认为别人都在那么干，你也可以再找个女人？你要以为这样就能给孩子树个好榜样，我也不埋怨你。只要你说实话就行，我保证不会阻拦你追求幸福。”

“说什么呢？干吗又和我联系到一起。”

他拉开窗户就吐痰，清了嗓子，还要继续抱怨，说太原的空气如何糟糕，他真是一刻也不想再待下去。也是那时候，他看见对面窗户里的女人，看了半天，才想起她就是前些天晚上搬过来的那个姑娘。女人穿件吊带衫，在阳台改造成的厨房里洗了碗，又抹水池子，完全没有意识到有人在偷窥她。过了会儿，男人进来了，进门就脱衣服，一副迫不及待的样子。男人粗暴地一把伸进了她衣服里面，女人扭了下身子，还给他喂了颗红艳艳的草莓。朱北看得兴致勃勃，以为俩人忘乎所以，会做点什么。可他们就那么喂着草莓，完全没有考虑到朱北眼珠子都瞪绿了有多累。就在朱北准备离开时，那一男一女终于走进了卧室。朱北激动得脸都快贴上了窗户。他一直在等灯灭。灯一直亮着。一只白绒绒的狗一会儿跑进去，一会儿跑出来，不知道是因为什么暴躁得不行。王丽在电视机跟前问，外面有什么好看的？朱北说，“没什么”。他说了句没什么，又问王丽怎么还不泡脚。王丽说，“泡什么脚，你验完血再说吧”。

朱北却没去医院拿化验结果，早早起来，先拐到万达广场，给崔银霞打电话，开口就是问她还打不打算入股。在新疆的时候，朱北的办事周全就讨得了崔银霞的欢喜。平日里，也是嘘寒问暖的，这会儿听见朱北的话，也不好意思直接拒绝，想着孟如月住的是万达的湖景房，跑不了，就让他等着。去银行取了八万块钱，见四周没人，做贼一般，赶紧塞到了朱北怀里。朱北当即撕下一张借条。虽然没有通盖网公司的章，孟如月飘逸的签名却是清清楚楚。朱北还特别交代了一句，说这事儿不要到处声张，也就是给她一个人开个后门。崔银霞说这点规矩她还是懂的。

孟如月大方得很，当下就给了朱北两万块提成，连个收据都没打。朱北很少一次性拿到这么多现金，到了单位，也不趴在电脑跟前改材料了，揣着钱到处串门，和赵全说到激动处，就说晚上喝酒。还把局长叫上了。局长本来都声称不再参加这些吃吃喝喝了，可禁不住朱北的邀请。他说他这么多年，还没请大家喝过一顿酒呢。话都说到这份儿上了，再不去，就是不给他朱北面子了。

局长大概平时被惯坏了，以为坐在主桌上就能随便训斥人，反复指责朱北，说他不会办事，怎么才拿这么几瓶酒。朱北喝了酒，起初还一个劲儿地奉承，说自己不会办事，要是会办事，也不至于混得这么惨。为了表现下地主的热情，又招呼大家喝酒。开了一瓶酒，又开了一瓶酒。局长也有些激动，好像是教育了朱北多年，这个家伙终于开窍了。他说他现在非常地不自由，成天想的都是怎么搞点钱，为手下人谋点福利。过了一阵儿，听见局长又在和人说，就是退了休，也有个企业聘他去当副总。朱北站了起来，说："要不把我也带走得了。"

怕局长不明白他的意思，又说自己平时就没什么主见，要是有个领导天天要求你进步，也是好事。他甚至从自己的没主见，说到了信仰。他说他这样的一个人，哪里想得到还要为别人考虑呢？朱北越来越喜欢这么贬低自己了，好像如此一来，就和那些投机钻营的人拉开了距离。他怎么可能没有追求呢？他要没有追求，也不会那么焦虑，这也不满意，那也不满意。他一直都渴望能改变目前的局面，用赵全的话说是，谁不想过得更好一点？至于要改变些什么，朱北也不清楚，反正打麻将赢了点钱，或者戒掉一些坏习惯，他都会兴奋上好半天。不知不觉，他就跟个争强好胜的斗鸡一样，对自己狠一点也就罢了，和人说话，也免不了带出几丝刻薄。这一点，是王丽最受不了的："我也不是怨你没用。我只是讨厌你这股穷酸劲儿。"王丽喜欢说实话，除了形容他穷酸，还说他每天穷忙。虽然王丽说的是句实话，朱北还是窝火了好一阵子。有些东西，与生俱来，他怎么改变得了呢？他也不知道为什么说话要阴阳怪气的，似乎时刻都在准备和人唱反调。等到第二天醒来，朱北恨不得咬下自己的舌头。但只要在单位待着，就免不了这样的形式，他都没想过不跟着他们混了，他还能干什么。他感觉自己成了社会习惯的奴隶了，能不怀念从前吗？一想到成天这样，不过是为了那两三千块钱的工资，朱北就悲愤异常。无数次，他发了狠，做梦都想和过去划清界限，但一想到王丽朱紫阳，又生怕一冲动做下错事，连这点起码的保障都没有了。十年的老白汾喝到第五瓶，朱北不知怎么就兴奋地说他现在有个心愿。

局长还没接茬，赵全就接上了嘴：

“朱北你不会是想跟着领导远走高飞，这样就可以休掉老婆了吧？”

赵全甚至还开起了玩笑，说现在混出点名堂的朱北，也人到中年了，一心想的就是学当年进城的土八路，再找个女学生。赵全自以为幽默，说了那么多，根本没注意朱北的脸都气青了。朱北说：

“赵全，你他妈胡说八道什么呢？”

赵全脸上挂不住，不知道该怎么下台，就说：“不好意思，不好意思，我开玩笑呢。来敬你一杯。”

可朱北却认了真，装作没听见，根本不跟他喝。局长还劝朱北不要介意，大家同事一场，何必因为一句酒话影响感情。朱北站起来，一仰脖子，就把分酒器的大半壶喝了。

“我也不是故意影响气氛。只是开玩笑也要有个度。怎么能拿我和我老婆的事开玩笑呢？你们不知道我当年结婚有多难。我二十八了还没对象。我天天在高速路收费站待着，去哪里找对象？正好参加了一个函授班，我老婆那会儿也在那儿。我看见她诗写得挺不错，就和她通了几封信。但也没有说什么。有一天，我跟她说，要不我们结婚吧。结果她扔下一切，大老远地从四川过来了。你们说说，我要是和我老婆离婚，我还是人吗我？”

局长这个时候严肃起来了，说，“就冲这一点，我也得跟朱北喝一杯，做人做事，就得有个原则。没有原则这个社会还能正常运转？”他像个唱白脸的，跟着朱北一唱一和。喝到最后，还是赵全脑子清醒，去埋了单。

出了门，朱北正抱着一棵树干呕。局长大手一挥，说，“朱北就交给你了”。说完就钻进了轿车。赵全去拍朱北的背。朱北茫然地看了赵全一眼，低沉着嗓子吼道：

“赵全，我是真生你的气，你他娘的怎么能把我的话到处给人讲？”

“我还以为你想好了。”

“我想好什么了？”

“离婚啊。难道你真不想吗？”

“不，我不会和我老婆离婚。一想到要和她离婚，我就伤心得不行。”

“那就别想了。”

“可我还是伤心。你说他妈的活个人怎么就那么难？”

说完，也不等赵全回应，朱北双手抱着肚子，高一脚低一脚，就往儿童公园北门拐。赵全不放心，不紧不慢地跟着。到了真善美按摩店门口，朱北径直走了进去。赵全在门口站了一会儿，看见肉头肉脑的老鼠在挖开的管道内跑来跑去，又怕朱北出事儿，也跟了进去。进去了也没敢看前台的姑娘，眼神乱转。见几个穿着皮短裙的姑娘正不停地吹气，好像是方便面太烫。热气弄花了她们的眼睫毛，流下来又把粉底冲开了。还是个孩子模样。

坐了半黑夜，才见一个瘦瘦的小姑娘披头散发地从楼上跑下来，直喊：“妈的，气死我了，今天碰到个变态，口了两个钟他都不射。”赵全正看得津津有味呢，朱北扭着胯，疲疲沓沓地扶着楼梯走了下来。朱北好像完全忘了之前的不愉快，出了门，还有些意犹未尽，又回头看了一眼，说：

“这个姑娘不错吧，下回来了，我还要搞她。”

赵全听见他咽了一下口水，在这暧昧不清的夜晚，显得特别清晰。

六

咬着牙，攥着笔，想来想去，打了半天腹稿，他才拨通电话。电话一直在通话中。过了两个小时，孟如月才回过来。朱北正在办公桌前看《公民凯恩》，一部老电影，电影里的配音刺啦刺啦的，他也看得昏昏沉沉。

“你是不是遇到了什么事？”

“没有。”

电话已经通了，不能半路停下。朱北脑子发涨，没有更好的解决办法，只能说下去。

“说吧说吧，别吞吞吐吐。”

看到窗户边的多肉植物，这么多天没浇水，居然还长得这么肉滚滚的。朱北定了定神，打开免提，手机里传来熟悉的回声。

“没有，就是好久没有你的消息。”他把局长的工作总结整了整，又划掉了两个感叹号。

孟如月最近也不去万达广场了，说是几个投资的老太太不停地找她要工资。她去哪里给她们找钱呢？她心烦得很，索性搬回了杜儿坪。她说她没事，“真的，你不要为我担心。”朱北能听出来，她握着的电话有些抖。

“我去找你。”他没问她方不方便。

孟如月双手抱着肩窝在沙发上，眼眶发黑，也不知是没睡好，还是画的眼线太重。他想讲个笑话，缓和下气氛，结果却来了句：“你今天的眼线没画好。”孟如月拿张纸巾擦了擦脸，挤出一丝笑容。

“王有德老婆死了。”

朱北听她说过她和王有德的故事，还是弄通盖网公司之前。她成天在文艺圈里混，太原能有多大啊，就这么认识了王有德。王有德说是给她拍一组人物照，一来二去，两个人就好上了。也是太忘情了，有一回俩人过于热烈，都忘了反锁门，结果王有德的妻子带人闯了进来。都没有找她撕扯，直接把王有德送进了精神病院。当时朱北听了，还开玩笑，说，“天哪，还有这样的老婆？王有德没吓得阳痿吧？”朱北并不是存心要去嘲笑谁，他就是认为说点插科打诨的话，这样一来，就能往尴尬的空当里塞点什么。但现在，他该怎么接茬呢？也许，根本不用他说话，她就是想找个不太熟悉的人聊聊天而已。

“他人并不坏。我都不知道那是不是我最好的时光，如果我也有过好时光的话。”她说早就想摆脱掉这种关系，却又不知该怎么开口，幸好他妻子帮了忙。“我和他好上了，尽管实际上没那么好，但你也不能和任何人说这不好。偷偷摸摸的事，能好到哪里去呢？不好，还要那样相处，不是有病吗？”

“我理解。就像我和我老婆。我跟好多人说过我老婆的奇怪之处，可要是别人真的戳穿了，说我想离婚，我还火大得不行。”

尽管孟如月说了一大堆，朱北对王有德还是没什么印象。他只好没话找话：“能天天听到你唱歌的人也挺幸福。”他没说他这一阵子每天晚上看她跳舞也挺幸福。他一直感觉她像个大姐大，什么事儿都难不住她。

“我是说，他出来几个月了都没找我。老婆死了，突然想起我了。一想到自己去填补一个死人的位置，就特别硌硬人。”

朱北盯着孟如月的眼睛，想了想，她其实什么都知道，并不需要他的回答。

朱北起身上了个厕所，出来后，拿起 iPhone 放了首歌，嫌声音小，又插在了音箱上。他也不是非要听什么歌，就是感觉太压抑了。接下来，有那么好半天，两个人都没说话。朱北去菜市场买了一堆菜，回来系上围裙在厨房里忙活。他像个男主人般，熟练地操弄着厨房的一切。本来冷清的家里，在烟熏火燎下，终于有了点声色。孟如月歪在门框边看，说，“没想到你还有两下子嘛”。朱北在哧哧啦啦的油声里喊，“有什么用呢？”他说得那么无奈，好像成天跟一个吃素的老婆在一起真是委屈得不行。

吃饭的时候，孟如月还开了一瓶红酒。她端着红酒在那里摇啊摇，似乎正在字斟句酌地考虑要说点什么话。

天色渐渐暗下来，矿区的喇叭又准时响起来，嘹亮的歌声里，女播音员中气十足的声音不断干扰着朱北的注意力。他问晚上用不用他留下来。孟如月神经质地笑起来：“朱北，我这样，你是不是特别看不起我？”他说不是。他说谁都有难过的时候。他反复强调，他就是有些担心她。

“放心吧，我不会想不开。只是事情突然堆在一起，麻烦得不行。”

朱北本想建议她出去旅个游，比方说，到三亚晒晒太阳，又怕惹得她更不高兴，便说：“有什么事就给我打电话吧，回去晚了，朱紫阳他妈又要疑神疑鬼啊。”不等孟如月接话，又说，“我也不是怕她，就是不想让她的胡乱猜疑破坏了我们的关系。”孟如月笑了笑，说，你走吧，你放心，不会有事的，什么事都不会有。

有大半个月，俩人都没有再联系。

这天，王丽正在看太原新闻，说是在万达广场破获了一起广场舞诈骗案，警察在出租屋里收缴了大量廉价的礼品。新闻报道说，嫌疑人就是靠这些不值钱的东西诱骗孤独的老人们上当。王丽边看边批判，说现在的人真是疯了，为了赚钱简直是不择手段。朱北本来卧在床上翻《一只特立独行的猪》，听到王丽在那里唠叨，也凑过来，越看越心慌，嫌疑人虽然打了马赛克，他还是能看出来，那是孟如月的轮廓。

王丽倒了台，还在控诉现在的人心不古，她说那些老太太也实在糊涂，骗子拿她们自己的钱给她们一点小恩小惠，她们竟然还感恩戴德。朱北听不下去了，不由自主和王丽争论了起来，好像生硬地解释一通，就可以减轻内心的压力。

“搞了半天，无非就是在骗老太太的钱呗。”

“什么啊？她们可一点都不傻。你知道股票经纪人吧，他们忽悠人投资，赚了钱再投资，给他们造成一副有钱的假象，抽的是货真假实的佣金；而这个广场舞组织者可不一样，一开始就挑明了，没有说谎，就是让她们把钱存进来，一起去搞投资。”

“这不是骗人吗？到头来，那些亏空谁来补上？”

“不用专门去找谁，她们还想着拉更多的熟人进来提成呢。到了最后，大家就是一条绳子上的蚂蚱。”

“说得好像你干过似的。就是要骗，也应该骗有钱人。他们不在乎赔这么一点钱。”王丽说这话的时候，朱北不知怎么就想起了马尔克斯的小说，《礼拜二午睡时刻》，小偷的母亲说，“我告诉过他，不要偷穷人家的东西。”

“不是报不报应，她不做这件事，也有别人去做。谁不想不劳而获，何况她制造的这个幻觉还能帮助她们抵消点孤独呢。再说啦，有钱人哪个是傻子？”

王丽瞪着他：“我说什么你都要和我唱反调。你脑子里都在想些什么？”

朱北不争了，说了半天，不光没有平静，心跳得更厉害了。他跑到阳台上，试着给孟如月打个电话。电话关机了。一着急，他就想蹲厕所，也是坐在马桶上，他想着总得做点什么。便把平时和大妈们联系的手机卡扔进了马桶。

这一晚上，他一直等着警察冲进门把他也带走。连王丽催他泡脚，他也没听见。躺在床上的时候，王丽的手指头在他背上游来游去，朱北突然掉过头，问家里现在存的有多少钱？王丽问怎么啦，朱北含含糊糊地说，没事，我就是想看看这些年我到底赚没赚到钱，万一将来有个急用，也好应付。他没敢说要把那些赃款交给警察。他想，兴许把钱退回去，能让孟如月少受点苦。

第二天去单位，赵全还把他堵在楼道，说起万达广场舞诈骗案。他说得那么劲头十足，似乎是在问，你不是也在那里兼职吗？朱北不想和人谈论这件事，侧身想绕过去。赵全却追在他的背后喊，哥们儿，你可得小心点啊，现在形势紧。朱北挺烦别人这么说话，看起来像是关心他，其实不定在指望他出点什么岔子。

到了楼上，他眼皮直跳，干什么也不得劲。他看见那两个送孩子的女人还在幼儿园门口闲扯。一人骑一辆电动车。这回她们穿着红色上衣，黑色紧身裤。背后的旧砖墙上，黑猫弓直了腰，好像随时准备逃跑。

胡涛就是这个时候打来的电话。他说他下岗了。他一句多余的话都没有。大学毕业时，就数胡涛的工作找得好，专业对口，去了白玉集团。没多久，就结了婚，老婆，岳父岳母，都在集团上班。朱北一直挺羡慕他，不像自己，回来一直找不下合适的工作，头一份工作竟是在高速路当收费员，就这还是托了半天关系。后来有人听说他会写，就把他调去写材料。每换一个单位，领导差不多是同样的话，都说你有才，那就写材料吧。搞得朱北快郁闷死。现在听到胡涛突然这么说，朱北还是反应不过来。

“为什么啊？”

“集团把市区的地卖了，又在更偏的地方盖了个工业园，说是我们可以自由选择。能选择什么呢？我可不想努力了半天，让孩子在乡下长大。”

胡涛说他现在没事儿干，就贩点干果。还声称新疆的干果好，问朱北的地址，说给他寄一点。朱北就说，“我帮你打听打听，看能不能把你的干果在太原代理一下”。朱北本来想说说自己的恐惧，又想，说出来能顶什么用呢？

晚上，朱紫阳学完小提琴，非要吃火宴山，朱北去得晚了一点，王丽已经和朱紫阳吃开了。沙发上放着朱紫阳的琴。王丽往嘴里塞着煮得泛灰的牛肉，不停地喊烫，见朱北坐着不动，说：“怕煮过火了，就没给你往锅里放，你自己去拿吧。”朱北倒了杯伊利原奶，感觉味道不错，又去倒了一杯。王丽就说：“别光喝牛奶啊，还有那么多好吃的呢。”朱北一个劲儿地只吃一种东西让她想起了什么，就在那里摸着肚子笑。朱北问她笑什么，王丽说：“我想起我们一起放生的一个大姐了，有一回大家听完大师讲课，去吃素斋，是自助餐，她一个劲儿夹凉菜，盛了一满盘子，到后来，才发现还有热菜。”她说得那么兴奋，好像比起来，她要更聪明。就像现在，她吃完了四盘牛肉，又端了虾和鱼。吃完青菜，她又吃了一堆点心。她边吃边喊撑，到了最后，朱北给她倒的一杯牛奶实在喝不下去，就往锅里倒。朱北喊都没喊住。他解开抓绒衣服，汗还是不断冒出来。看着邻座小姑娘边吃东西边玩手机，锅里也是红绿搭配，清爽得很，独王丽那一头，糊得鼻子眼睛都看不见了。朱北有些心酸。说到底，还是他无用啊。竟逼得一个吃斋念佛的老婆会如此饕餮地吃自助餐。他抓着自行车钥匙问：

“王丽，你想没想过不在太原待了？”

“什么？”

“我是说跟我回乡下，或者找个你喜欢的地方。”

“你疯了吗？”她没想到朱北一把年纪了，说话还这么不靠谱。她给朱紫阳夹了一块披萨，又给朱北夹了一块，“你不会是又想让我跟你回村里养猪吧？我跟你说，那些杀生的事，你最好别做，会遭报应的。”

好好的一个话题又拐到了生死轮回因果报应上。朱北气得想站起来就走。她说得那么大声，难道就没觉察周围的人在奇怪地打量她吗？“我跟你说啥，你又跟我说啥呢？”

“养猪不是你自己说的？你一不高兴的时候就说要回去养猪。你要真这么不待见这个地方，你干吗努着劲儿往太原调？真不知道你们男人成天都在胡思乱想些什么？”

他对未来的美好期待，竟然换来这么一番评价，朱北抓狂了。“你不觉得待在太原太憋屈了吗？为什么不找个有山有水的地方养老？现在的社会多自由啊。”

王丽好像实在不想回答这么荒唐的问题。到了家，她抢过朱北手上的《马克思传》：“我知道你在想什么。从一开始，你就希望我也是那种女强人，至少能和你一样，去做点什么。朱北，我不是那样的女人，我也想那样去做，可是，太累了。这么多年，跟着你从四川跑到交城，又跑到太原，搬来搬去，我连个朋友都没有。你以为我是真的喜欢信佛吗？我就是觉得跟那么多人在一起，显得自己不是特别孤独。”

朱北又捡起床头的树根，好像只有手里抓点东西，才有安全感。王丽说话的时候，他听得时断时续，也不用砂纸打磨，不停地用手摸着。他摸得那么认真，似乎这才是目前他唯一值得用心去做的事。王丽控制不住自己了：“你以为我跑到山西来，真是因为找不下别人了？我的同学，她们有的还住在村里，过得也要比我强。我从来没对你抱过什么期望，就只想着和孩子一起，好好过日子，可你呢，你总是贼心不死。不是想成名获利，就是成天泡在外面不回来。你说说，我结婚和不结婚有什么区别？我跟你说，你还不理我，嫌我要求太多。我不跟你说了，就去跟居士们放放生，你还不满意，嫌我，我为这个家付出的还少吗？”

她说得嘴边冒起了白沫。

朱北说，我也不是心血来潮。就把白天胡涛打电话的事说了一遍。他好像只有不停地说话，才能缓解内心的焦虑。“人家都混到副处，又把工作辞了，自己出来单干。”他没说胡涛出来是因为迫不得已。他是想说胡涛都能放弃那么优厚的待遇，那自己的这份工作还有什么好留恋的？他想起毕业这二十来年，为了一份有编制的工作，赔尽了小心，受够了各种羞辱，没有一件让他满意。他总是在妥协，总是以为明天会有什么不同。为了获得那些不同，他和同事耍过心眼，和王丽呢，也是人话鬼话混着说，他竟然认为这样的生活说起来也还凑合。他嗓子里憋闷，感觉那些邪恶的谎言和背叛，就像丢人败兴的补丁，生硬地插在他死板又乏味的人生履历上。

王丽说：“我和你讲过支玉叶的事吗？就是那个和我们一起放生的居士，他老公喜欢摄影，拍个什么不好，偏偏喜欢拍女人裸体，还说是什么人体艺术。把支大姐气得，最后得了甲亢。再然后，给活活气死了。你说说，男人即便想做什么怎么就不能光明正大些？非得做挂羊头卖狗肉的勾当。”朱北明白了。这个王丽，她是在委婉地批评他呢。他像破了件大案似的，突然问，你这个支大姐她老公叫什么名字？

女人还在那儿感叹，他清了清嗓子，还想再说点什么，一句也想不起来了。

风雨一夜不停，敲打在玻璃上。

七

中午去食堂，他没穿外套，风灌进衬衫，起了一身鸡皮疙瘩。新来的年轻人说他身体好，他还敷衍了几句。饭桌上，也不知是谁先提起一起去山上骑自行车，赵全就来了一句，要不这个周末就去看车子吧。结果，走到巷子口，朱北又问，“为什么要等到周末呢？现在就去买，周末就可以骑了”。

见朱北推回来一辆崭新的山地车，王丽还以为是给朱紫阳买的。听说是他自己准备周末去锻炼，看他的眼神不免有些意外。

“你也知道你的腰不行了？这下好了，过两天，朱紫阳放假，我带他回四川，你就更逍遥了。”

八十平米的房子突然只剩下自己一个人，他竟有些怀念原来的拥挤和吵闹。朱北在房间里走来走去，到最后，他脱掉衣服，做开了俯卧撑。待到浑身湿透，才找来扫帚，扫了一遍，又拖了一遍，好像还不过瘾，又试了试王丽为擦新房子买的哥俩好，把窗户抹了一遍。住进来这么几年了，他一直准备搬走，从没想过要把这地方好好收拾一番。等到窗户明亮，越过乱糟糟的棚户区，天空也像是用水洗过了一般。看着每一样东西都规规整整的，他又放开音乐，看了会儿小说。他脑子里有无数个计划，但现在，他只想自由自在地躺着。

约好见面的时间是早上七点，就在解放路的天主教堂。出门的时候，朱北只觉得腰发沉，也没当回事。一路往阳曲，骑到青龙镇，他就有点坚持不住。赵全见他脸色不好，问是不是昨晚又去找小姐了，要不要休息一下。朱北没理他的玩笑，说到了小牛站村再歇吧，顺便去那荷兰人的手工作坊买点奶酪。他极力夸赞这个在中国行医的基督徒，他甚至用了个很夸张的词儿：棒极了。他说他羡慕他们的生活，既是在努力工作，又能为他人带来好处。他这么说的时候，想起了孟如月。孟如月带他来的时候，说就是让大家看看什么是真正的奶酪。他这样的土包子，哪里明白西餐的讲究呢？也是那回受了刺激，看见人们如此安逸的生活，他发了誓，想着要努力挣钱，不说为自己，也要给儿子挣一份体面的生活。

可等到进了工厂，原先的手工作坊早拆了，说是生产手续不合格。院子里一群白色、黑色外国小孩在那里坐着，据说是来参加夏令营的。

奶酪没买上，虽然有点失望，想着板寺山就在不远处，兴致还是很高。继续往红沟新村骑。腰越发疼了。在半山腰的天主教堂，赵全孙保跟一帮人跑到里间看孩子们唱颂歌，朱北却累得坐在核桃树下直喘气。待到他们出来，又有一拨老人骑上去了。朱北就说，要真是等到六十五再退休，他肯定骑不动。他现在的腰都不对劲了。谁知赵全竟说起局长的延迟退休，说是月底到龄，却一直也没人来找他谈话。“看来还得再干几个月。”朱北就有些急了，说，“怎么能这样呢？”摆明了一副再也忍不下去的意思。孙保说，“你还是别表现得这么明显为好，毕竟你在市环保局借调几年，都没转正，局长一来，就把你弄成了正式编制”。朱北又看了孙保一眼。他本来腰疼，听了这话，更是郁郁寡欢，便推着自行车继续往山上走。

远远看见板寺山圣母堂的尖顶，路上人也多了起来。这才知道，八月九月，这里都有朝圣活动。越往上骑，人越多。看着成群结队的人们手挽着手，从山上走下来，唱着欢快的歌曲，每到耶稣受难苦处雕塑像，都要转过身来跪拜，朱北心底又震了一下。他想起了王丽。他从没问过王丽都是在哪里放生，也没问她在放生的过程中都体验到了什么。他还是想当然了，以为老夫老妻这么多年，没必要再问东问西了。他到底还是不够关心她。他要是平日里多和她说说话，她也许就不会去放生了。当然，放生也没什么不好，要是能有这么一帮朋友在山里手挽手地自由高歌，那她平日隐忍在厨房里做功课，也还是值得的。

天主教堂前的人还是很多。和赵全也走散了。他先是在石头墙上躺了会儿。晒热的石板烫着他的腰，皮肤都快要炸了。正想着要不要挪一下位置，感觉眼前飘过来一道阴影。他直起腰来，脸红了，好像是被人看到自己像条狗随处乱卧，太不像话了。是一个姑娘。姑娘的脸也晒得红扑扑的。知道他是骑上山的，还挺惊讶。也不知道她感叹的是山太陡，还是他一把年纪还能骑上来。她问他的山地车多少钱买的，说她也有一辆自行车，平时也出去玩。但她是驴友，更喜欢徒步。

朱北累得脑子发木，不知道姑娘和他说这些是什么意思。他眯着眼，看见从教堂出来的人，都低着头在院子里捡什么，后来才意识到他们是在拾烟头，拾杂物。不知道他们出了教堂还会不会这么做，反正他们在这里收拾得非常迅速。姑娘戴着胸牌，写着“路德新”。朱北还以为她是导游。她脸色红润，看上去健康极了。朱北便问她是哪里人，她说住在义井十六中附近。问她做什么工作，她说搞销售。正想问她电话时，只听人喊合影，她小跑着过去了。他凑近了看，见她们跟前都戴着块牌子，都是以“路德”开头，这才反应过来，这是一群路德派教友。刚刚和他说话的姑娘，白色小西装里面套着黑色紧身T恤，T恤上的大嘴猴张着猩红色大嘴。她扛着十字架，蹲在第一排。朱北手忙脚乱，也对着拍了几张。后来就有些发傻，一直痴看她。她出堂门时，也看了朱北几眼。

等赵全出来，朱北还说邂逅了一个信教的姑娘。赵全说，“为什么不要电话?”朱北说，“不怕，我们骑车下山，肯定还能碰追到她”。可下山的路太陡，朱北没敢停下来。主要是她和一男的走在一起，还谈笑风生的。

回到太原，他到底不死心。老婆孩子都不在，他的精力旺盛得吓人。洗了澡，又猫在电脑跟前。想着她那么年轻，应该用社交网络，就用了些关键词，在微博上搜了半天，到底也没搜到太原人发布当天关于板寺山的信息。倒是因为在网上闲逛，顺手加了几个驴友小组，想着春暖花开的时候，也可以结伴出去走走。后来，又鬼使神差，加了个“天主的儿女”小组。起初，他想着太原也不大，说不定还能再碰见她。他从一个网页浏览到另一个网页，网上的世界如此丰富，到了后来，他完全忘记了最初想要的是什么。他不知道自己期待什么。无论期待的是什么，都没有发生。不过，这有什么关系呢？也许到了明天，焦虑，抑郁，愤怒，各种各样的负能量，会像潮汐一样再次扑来，但至少现在，他不想再和自己较劲了。

那段时间，他甚至还和一帮人去福利院做了几回义工，陪那些残缺的孩子唱歌跳舞，做着这些他过去从来没想去做过的事，整个人好像都好了不少。

孟如月庭审那天，朱北也去了现场。孟如月看了他一眼，就绕到了后排。他跟着她的眼光，落在一个中年男人的身上。不知怎么，朱北认定这就是王有德。眼前的王有德，彻底击溃了朱北脑中的想象。他不光不委琐，甚至还有中年男人少见的干净。他穿着得体的衣服，白衬衫外套着灰西装。他说不清楚那种印象从何而来，后来才明白，王有德不像常见的中年人那般脑满肠肥。

王丽回来的时候，朱北成天想着的就是这些事情。她看见朱北晒得满脸黑红，直问他是不是去非洲了。就连朱紫阳也嫌弃他，说开家长会他就不用去了。朱北含混地说开了他的事，他说他想明白了为什么人们都爱去教堂。他以为说点信仰，王丽就能更理解他。

“朱北，你一个人也过得挺好嘛。”

要是他不接话，她也许生上几天闷气，日子又照常了。偏偏他忍不住，又说开了那些信教的人，他说起她们的精神，她们的气质，一句话，和他这个信佛的老婆比起来，真是不可同日而语。哪个女人受得了自己的男人如此含沙射影地攻击自己呢？她实在是受够了。

“你就是存心的对不对？你就是存心想气死我，对不对？你每回出去陪人喝酒，出去开车，我都要祈祷，初一、十五都要去庙里烧香拜菩萨，结果你倒好，你折腾够了，居然跟我说你信了耶稣。这日子真没法儿过了。”

朱北还没有意识到问题的严重性。他皱着眉头，试图和女人讲讲道理。

王丽根本听不进去什么解释。她只是反反复复地说他是故意的。说他这是往她的胸口捅刀子。“你还不如杀了我。”话赶话说到最后，她好像看清楚了和他在一起的处境实在没什么盼头，又好像是早就想好了似的，脱口就来了这么一句话：

“我们离婚吧。真的，我们离婚吧。”

设想过无数次的离婚，没想到最后竟由女人说了出来。但就这么痛快地答应，也太不符合离婚的氛围了。总得悲痛欲绝一回吧。他一头倒在床上，干号一声，才发现眼泪这个时候却不来配合。为了弄出点眼泪，他只好想些伤心往事。想起刚毕业那年，还想赖在学校，就想离郝媚近点，满城应聘，没一家合适，鞋都走烂了，在地摊上花了二十块钱买了双新鞋，硌脚，索性趿拉着鞋，拖拖拉拉地往前走。十来里路，全是大车，车子呼啸而过，带起一地尘土。抬头眯眼一看，几点寒星，满月高悬，想起前途渺茫，鼻子一酸，眼泪就挂到了嘴边。又想到在单位受到的窝囊气，想到在新疆做下的腌臜事，他意识到这辈子做了那么多荒唐事，没有一件称心如意的，而且还不能怨天尤人，都是自作自受。要是有点血性，何苦隐忍到今日？本是做给王丽看一看，到了后来，就控制不住。竟一口气哭了大半个小时，倒把王丽吓着了。

“你怎么啦？你怎么还在哭啊？你一个大男人家，怎么哭起来像个女人似的？”

朱北本以为两个人痛哭一场，紧接着去民政厅办个手续，这事儿就了了，不曾想王丽又说："你要是这么不好受，那我们不离婚好了。我们不离婚了。我们一起去看床，我们一起去看看怎么装修新家好不好？"

朱北一听，离不了了，越发哭得大声。他想着，要是王丽能在乎一下他的感受，能听进去他的两句话，那这哭也值了。哭到后来，他又真的有些难过。那么多年，没有痛哭失声，偏偏这么哭了一回，都没有专心致志，感觉好像时刻都在想着怎么算计。意识到自己连真心实意地哭泣都不会了，他一声没号出来，还把自己呛了一下。这个时候，他哭得顺畅了。他哭得那么忘我，简直像初生的婴儿。

八

去居然之家闲逛，朱紫阳说他要个蓝色的床。王丽说她结婚的时候都没买新床，这回一定要买。结果相中一张床头镶钻的。朱北就说，"你一信佛之人，怎么净爱花里胡哨的东西？不能简洁一点吗？"王丽不爱听这话，没再吭声。逛到实木家具区，王丽指了指一张胡桃木的，床头就一根整木头，看上去也确实简洁大方，说，"这个简洁吧？"听得朱北一哆嗦。他早看见了上面的价格，将近四万。几根木头就要四万，这不是讹人吗？几家家具城逛下来，虽然东西没定下一件，王丽的兴致却很高。她好像琢磨了无数回新家该怎么装，每一处都有她自己的考虑。这个时候的王丽，又让朱北想起了最初认识的那个王丽，爱写诗，心里装着不知道多少灿烂的梦想。他不知道的是，这回两个人相中的家具，在店里看上去是那么漂亮、合适，简直就是为他和她量身打造的，等到后来放在他那不到九十平的家里，才意识到多么拥挤、憋屈，感觉整个家都是家具，人反而成了多余，没了位置。

逛了半天，不是要价太贵，就是样式不满意。本想着就在外面吃一口，王丽却说，正是用钱的时候，买菜回家做吧。朱北洗完菜，伸了伸酸麻的腰，无意中看见对面那个姑娘的家，她的家里就摆放着一张镶着珠子的大床，和王丽头一眼相中的床一模一样。朱北说：

“你来看看，那样的床摆在家里好不好看。太小气了。主要是时间一长，落了灰，还得你打扫，就太累了。”

王丽都没凑过来看，只是坐在那里翻装修的书，说：“为什么是我打扫？我嫁给你，就要给你们当一辈子保姆吗？”

她虽然说得不太好听，但一点也看不出生气的样子。她一遍又一遍地说：“家里漆成蓝色的会不会显得太幼稚？门框都用白色的，家里会不会太素了？”

朱北没怎么听进去，他看见对面的姑娘走到床边，用一块布子把镶钻的床头苫了起来。他说：“先别想得那么远，什么时候给这客厅里也挂个窗帘吧。”像是怕王丽多心，又加了一句，“毕竟朱紫阳也大了。”

王丽没说话，只是低头择菜。朱北穿上围裙，先用菜籽油炒了香菇油菜，又涮了锅开始给朱紫阳做回锅肉。两道菜出锅，他还想着顺手把锅洗了。王丽却不让，说他洗不干净，下回炒她的菜就带一股肉腥气。朱北听了一笑。过去他认为别扭的部分，现在做起来自然而然，摘下手套，就把锅放在了一边。

吃完饭，朱北还很正经地给王丽看一段话，里面说的是下层阶级的品质，什么只顾当下，及时行乐，不爱惜身体之类。下等阶层哪里有品质呢？朱北让王丽看，是想着好像王丽身上找不到对应的缺点，可王丽却忏悔开了，不停地感慨，说，“说得真对，这是谁啊，看得这么透彻，都快赶得上天一宫的大仙了”。结果又往前翻，去找上等阶层的品质，也罗列了好几条，中心思想就是，为了将来的幸福，当下要百般努力。朱北愿意相信这段话，倒不是因为说出了真相，而是说这话的人的身份。他是尼克松和里根两届总统的顾问。能给一国之主吹吹耳边风的人，应该还是有点真材实料。

“什么总统顾问？当年你去二龙山，通盖网的老总不也是这么忽悠你的？你不也努力了？你努力换得了什么？天天陪领导喝烂酒打麻将。”

朱北愣怔了一下，在他看来如同久远的往事，女人说起来历历在目，好像刚刚发生过一样。朱北说，“我就是想着我们既然明白我们的处境，为什么不能和和气气地相处”。大概是因为朱北说话不再那么阴阳怪气，王丽鼻子一哼，说是暂且信他一回。见女人不再像之前那般无理取闹，朱北也不去琢磨她宽宏大量的背后是不是隐藏着更为狂暴的躁动。没料到，王丽突然又问了一句：

“朱北，我认真地问你，你还喜欢我吗？或者说，你喜欢过我吗？”

朱北看了女人一眼，一时不知如何回答，在想着要是说实话会有什么样的后果，结果，顺手拉过朱紫阳，说：“你帮你妈猜一猜，说我喜不喜欢你妈。”

朱紫阳看了父母一眼，跌出来一句：“幼稚。”

一下子，搞得两口子反而不好意思了。上床的时候，王丽还使劲掐了朱北一把，说：“你现在都不愿意敷衍我了，小心我弄不死你。”

朱北不知道是不是受了妻子的刺激，第二天去给局长送材料，平时敲门生怕影响到别人，这回咚咚咚的，擂鼓一样。局长问起来，朱北还装得特别不好意思，说是最近经常去山上骑自行车，感觉浑身都充满了干劲。

“干劲那么大，那就好好写材料，你这么有才，总有出头的一天。”

听见局长这么一说，朱北笑了笑，也没往心里去。

这回，他拿上材料，也没想着修改，顺手就放在了桌边的一堆文件里。他看见那两个女人送完孩子还在那儿说话，那只黑猫呢，这回不是蜷在那里晒太阳，它竟然跳到了牧马人的前挡风玻璃上。它的背上还压着一只灰白条纹的猫。猫的叫声如此撕心裂肺，他隔得这么远都能隐约听到。而站在旁边的两个女人却对猫的叫声无动于衷。一切都没有变化，只有他知道，有些无法言说的东西完全不同了。

他洗了手，泡了杯茶。茶叶上下翻滚，他端到嘴边闻了闻，又放到了桌上。他双腿搁在办公桌前，顺手点开了米哈尔科夫的《西伯利亚理发师》。看到一半，才想起多年前看过，便又虾着背，趴在网上找他的其他片子。他点开一个又一个网页，有的他仔细看了；有的他也只是溜上一眼。一想到把这段时间熬过去，明天就能骑上山地车穿过嘈杂的人流，去柴村桥下，去汾河里来一次痛快的裸泳，他就兴奋得不行。汾河也曾经浩浩荡荡，如今虽被圈住了，但那宽阔的水面也足够他兴奋。想着三三两两的人在水波里自在起伏，完全可以游到精疲力竭，游到他尽兴，爱怎么扑腾就怎么扑腾，他连抓鼠标的手都濡湿了。

越野

一

王艾劝过王有德，照相馆生意这么差，干脆改行，开个饭馆，再不济，把房子租给附近卖海鲜的人，也是一本万利。王有德不听。他大眼一瞪，好像特别地不理解。他坚持的只是一个照相馆？

“你不知道我小时候，爷爷带着全家人去开明照个全家福，中午到认一力吃顿羊肉蒸饺，下午再逛逛开化寺，那么多人，其乐融融的感觉，有多好。”

王艾却认定他怀念的也不是什么开明照相馆，不过是贪恋饥饿时代的一顿饱饭。话都说到这份儿上了，还怎么往下聊？

不知不觉间，王有德也在迎春街上开了快三十年照相馆了。早些年，前面是店，后院就是一家三口住的地方。挣了些钱，索性把整个院子都做成了工作室。家搬到了东山半山腰的孟家井，远是远了些，吃住却要舒服许多。支玉叶还在世时，他每天锻炼完，吃了女人准备的早饭，就骑上山地车一路冲到飞地照相馆。遇上天气不好，就开着那辆破旧的北京吉普 212。生意最好那几年，一度还把后院改成了广告公司，招了几个年轻人，想着怎么干一票大的。有事没事，总要去钟楼街转一转，纳闷开明照相馆这么个地方，怎么会做到年利润上千万。再跟在别人屁股后面追，显然迟了。光那些数码设备，就是砸锅卖铁也买不起。转行的事，不是没有想过。多少个清晨，他开着车在东山转悠。看着灰蒙蒙的太原城，想着怎么能做一点自己的事情。就是这样，到头来他什么也没琢磨出来，倒是因为拍了几张不错的照片，入了个省摄影家协会。刚开始，热情劲儿也高，跟着摄协的一帮人天南海北地转，指望拍出些引人瞩目的作品。

这样的事，在支玉叶看来，相当地不靠谱，照她的原话说是，“这个王有德，有了两个钱，不成体统了”。有次王艾从学校回来，支玉叶当着王有德的面说，王艾啊，你将来要是找男人，可不敢找你爸这样的。一个男人，成天夜不归宿，这个家还像个家吗？有些话，支玉叶没有点透，王艾也明白，这是疑心王有德外面有人了。一回两回，王有德还可以翻个白眼，次数一多，终是没忍住，说，你天天不是找我吵架，就是和我生闷气，你就不能给自己找点爱好？女人没再多话。像是担心男人在错误的道路上越陷越深，她竟找了几个娘家人去王有德的作案现场堵门。不承想，这对狗男女丧心病狂到无法无天的地步，竟然大开着门搞行为艺术。她一气之下，把男人送到了南十方精神卫生中心。

支玉叶呢，像是也从此明白了男人是什么生物，信开了佛。

王有德关了几天出来，老实了一阵子，却也没再找女人的麻烦。看到支玉叶不是唱经就是诵佛，松了一口气。

事情闹到这个地步，两个人好像都找到了事情做。入摄影家协会也有收获，比如捎带着认识了几个书协的人，其中有一个副主席，还送了他一幅字：“家和万事兴。”关系还不错的摄友跟他讲，只要是副主席以上的作品，都值得收藏。王有德也不是想搞什么收藏，他就是想把这么一幅作品装起来，挂在家里，图个吉祥。谁知道支玉叶铁定了心思，认定他是心里有鬼，一切都不过是在演给别人看。好在王有德摸清楚她的性格了。妇人之见嘛。他是明人不做暗事，总想着自己是为了能在摄影方面有更大的进步，女人的那点含沙射影已经影响不到他的心情了。

去了一回精神卫生中心，王有德好像懂得收手收敛了。不在照相馆，他就开着那辆浑身是泥的 212 在东山上转来转去，也不拍照片，更不想什么转行，他就是感觉憋屈，想到更高的地方透透气。山上到底要比城里冷些，偶尔看到路边的酸枣，他停下车，也不摘，只是取下镜盖，拍一拍那果子上沁出的露水。他很少关注城里到处拆建的工地，北沙河那样的污水沟更是走不进他的镜头。柯达胶卷太宝贵了。他喜欢那些有诗情画意的东西，好像那么咔嚓一声，就能一下跳出原本变化、含混的世界。

照相馆紧挨着五龙口海鲜市场。原先不是这样。飞地照相馆的门面也不小，至少看上去要比旁边鑫广铝塑商行门口堆得乱七八糟的防盗窗感觉要好。自从五龙口海鲜市场搬到了附近，照相馆更是显得冷清。女儿劝他，就是卖点生鲜水果，也比这强。王有德却像是麻木了，任人怎么说道，都是油盐不进。他总是准点拉起卷闸门，打开电脑，放一首老歌，不是邓丽君，就是李宗盛，好像只有这样才能应对附近切割铝合金窗的噪音。他墩地，擦洗柜台，规整散乱的相片，等到凌乱的空间恢复了原位，他才坐下来烧一壶纯净水。坐在照相馆的后院，时不时地扫几眼自己拍下的巨幅艺术照片，王有德又啜了一口普洱。他还是不太适应门口人体感应门铃电子红外迎宾器发出的声响："欢迎光临。"之前多年，这个小区谁来照相，或者洗照片，王有德都认识。看到他们冲洗的照片，他总会和他们聊几句，问问又去什么地方旅游了。他带点惊叹的话，不经意间又把他们的快乐拔高了几个调子。这几年，高楼一幢接一幢地盖起来，来洗照片的人不怎么认识了，他仍然会微笑着，好像是在随时准备着和他们做更深入的交流。

从小见惯了父亲的蛮横，王有德很少和人起过争执。要是顾客希望他便宜两块钱，他也不会讨价还价。支玉叶却嫌他大手大脚了。做的本来就是小本生意，这个要求省两块，那个来砍点价，又不是菜市场，完全没有规矩了。王有德也不争，等到支玉叶发泄完了，才说能怎样呢，都不容易。唯一一回的吵闹，是因为支玉叶信了佛，把照相馆快折腾成经堂。她把他的艺术照全揭了，贴着她不知道从哪里请来的菩萨像。先前还会好好给他做顿热饭，现在呢，成天就在电脑跟前趴着，好像那个净空法师的声音胜过了人世的一切。

如果不是有人提起，他完全忘了还有过要成为马格南摄影师的梦想。他没少和王艾说起他的梦想。只是没料到，活到了五十好几，还是在赛马场给人拍证件照，为多收入个三块五块斤斤计较。

王艾听到这样的故事能说些什么呢？她只是当作一个快乐的段子发到了朋友圈。她不理解父亲的苦恼，也对自己目前的境遇无暇分心。她的心思全在自己的孩子身上。

这都是多久前的事了？支玉叶都不在两年了。

折腾的心思早就没了，他来照相馆已然成了习惯。一个人到底是忙不过来。和王艾说起来，女儿一脸的不理解，还说他早就应该顺应时势，把店盘出去。人人都有智能手机了，谁还会来洗照片？做个生鲜超市也比这来钱快。王有德听不得女儿胡乱提议。见父亲着急要走，王艾说，实在想招人，去58同城贴个广告。到底怎么张贴，最后还是女儿帮忙。王有德站在电脑跟前，紧说慢说，可不敢把工资写高了，吊人胃口，一个月一千五就行。要是生意好，还可以提成。

来应聘的人还不少。马丽芬探头进来，王有德还以为她是来照相。

一问是应聘，王有德连忙把自己能给到的都说了。马丽芬倒也好说话，没提什么条件，就是问兼职行不行，她下午还得去五龙口上专升本的选修课。怎么不行？像是生怕她跑掉似的，他一口应承下来。

和女儿说起来，王艾还不可思议。都什么年代了，还怕找不下个干活的人？再说了，就是想找个年轻的，也得比孟姨好看吧？图啥呢？王有德说，就是个打杂的有什么好挑的？好像马丽芬是他随随便便找下的。要不是女儿刻意提起她的容貌，王有德还真没怎么注意。但这样的话连他自己也不相信。他好赖也是搞摄影的，怎么可能没点判断？或许是见惯了声色，马丽芬的朴素大方反而让他感到不可思议。就像女儿说的那样，都什么年代了，竟还有这样的年轻人。

他就是想着有个人帮着看看店。怎么就把一个小姑娘和孟如月放在一起比对？他琢磨女儿是不是话里还有话。这么多年过去，虽然支玉叶把他和孟如月捉奸在床，还把他扭送进了精神病院，女儿王艾倒也没有完全偏向她妈。甚至听到孟如月因为诈骗被抓，还含蓄地暗示过她，怎么不去看看。

马丽芬也没有王艾形容得那么不堪。胖一点能说明什么呢？富态。她不怎么爱收拾，没事的时候，就坐在柜台前嗑瓜子。王有德坐在里间喝茶，时不时地听见马丽芬一颗一颗地嗑瓜子，感觉好像就不只自己一个人在孤军奋斗。时不时他仍会想起，头一回面试完，他还装模作样伸出了手。她的手温热，有力。她穿着军绿色的裤子，剪发头下是晒成古铜色的皮肤。

有一天，见马丽芬翻一本《无望的逃离》。王有德说，一看书名就这么丧气，年轻人看个啥不好。马丽芬瞪着双眼睛直视着他，“王叔，可逗了。没想到俄罗斯还经历过那样的时候”。王有德倒完烟灰，听见后半句，抓过《无望的逃离》，像是想看个究竟，到底是什么样的故事把个小姑娘看得五迷三道。马丽芬见王有德有兴趣，说，叔，你差不多经历了同样的年代，那会儿你有没有为瓶鱼子酱挨过处分？有没有给人浇过花？说到浇花，马丽芬的脸腾地红了，胸口一起一伏，扣子简直快要崩开。王有德说，你说计划经济？马丽芬说，不是不是，我是看他把吃的写得这么有声有色，感觉为口吃的，什么都可以不管不顾。王有德这才知道马丽芬平时没什么爱好，就喜欢满城转悠，但凡发现一处苍蝇馆子也要品尝。

说到吃，王有德的话题多了。他摸了摸腆起来的肚子，像是特别的有罪恶感。这么多年，什么都没做成，倒吃成了酒囊饭袋了。马丽芬却像是非常理解，说，能吃好，能吃能干。我妈头一回见杨武，看他瘦得像根面条，劝他多吃点，他却说要保持身材。你说他一男的，就是健身，也没必要把这话挂在嘴边。我还不能说他，一说他就和我急，说我就知道吃吃吃。马丽芬也不管王有德爱不爱听，噼里啪啦就是一大篇。

再后来，王有德有事没事就和马丽芬聊些零食。太原哪里有什么小吃，味道地道，王有德门儿清。和马丽芬一聊才知道，他喜欢的那些还是太老套了。她连哪家店卖的红糖瓜子好吃，徐福记什么牌子的软糖最正宗，哪里卖的袋装老干妈味道最香都知道。他见过马丽芬和隔壁美容美体店的姑娘聊天。她还把她的零食递过去和她们分享。有两回，听马丽芬和美容院的姑娘闲话，才知道她已经结婚了。王有德慢慢捋清楚了。马丽芬结婚早，小丈夫杨武也没稳定工作，就是个健身教练。

清明前一天，杨武不知怎么跑到飞地照相馆来，当时王有德在里间研究股市走势图，也没注意。不经意间听见马丽芬说话，才意识到是她的小丈夫过来了。

“神经病啊，不好好上班，跑过来干吗？”

“每回打电话，你都说在和你们老板买零食。我就想看看到底是个什么样的老板，这么闲。”

“你要死啊，小声点。”

“小声点，你又没什么亏心事，你怕什么怕？”

“杨武，你到底是什么意思？”

“一打电话你就说跟他在一起买好吃的。你和我在一起怎么就没想过给我买点好吃的？”

王有德差点没把一口浓茶喷出来。男孩不知怎么唱起了歌，带些沙哑，却有种说不出来的味道。他想凝神再听听，小两口却没什么声音了。过一会儿，门又推开了，响起欢迎光临的声音。王有德走出去一看，杨武拿着三个冰淇淋进来，顺手递给他一个。愣头愣脑地来了一句，我家媳妇儿最喜欢奶油味儿的。还说他媳妇儿以前不是这样，就是好吃零食变成了个这。马丽芬就在旁边抱怨，说他心机太深了，把她养成这样，现在都没人看了。王有德愣怔了一下，不知道年轻人要表达什么意思。他被杨武的样子牵住了眼睛。这个年轻人，和马丽芬完全不搭，瘦瘦高高的，牛仔裤上没有洗掉的油渍隐约可见。猛一看其貌不扬，倒是一双忧郁的大眼睛到处乱转，灵活得很。王有德客套了两句，问他们今后有什么打算。杨武说他现在的工作虽然不太稳定，好在有时间做点自己喜欢的事。听到后来，王有德就有些着急，说年轻人千万不敢贪图享受，精力最好的时候，还是得逼自己一把。他说了一阵，才看见杨武有些心不在焉，就住了嘴。

二

晚上回来，王艾见王有德歪在沙发旁看书，头一句就说了个稀罕。王有德摘下眼镜，问，喝玉米糁子还是小米粥。王艾说，都行。等到吃了饭，又陪安安玩了会儿积木，王有德像是无意中聊起似的，说，“我和你提过新来的那个姑娘吗？”王艾说，“就是脸盘子巨大的那个？”王有德想不起来还曾这样形容过她，又说，“你说现在的年轻人怎么这么冲动，都没有稳定工作，居然敢结婚”。王有德时不时地要和王艾说这么几句。他说得不紧不慢，心底却捏了一把汗。现在的年轻人怎么什么都不怕呢？王艾却像是听出了别的意思。她认为父亲是在埋怨自己都快三十了，也不找个男人结婚，不过又好像是在羡慕马丽芬的年轻。她鼻子哼了一声，没再接王有德的话。

洗完安安的衣服，王艾才想起来回应，说，“好像你们当年啥都有了才开始生殖繁衍似的”。王有德本来正翻朋友圈，听了女儿的话，又走了截神。他完全没有意识到这么多年过去，他竟然成了个前怕狼后怕虎的人。他捡起《无望的逃离》。等到家里的喧闹消隐，他才放下书来。拿起手机一看，已经凌晨一点。翻了下朋友圈，马丽芬刚从 KTV 嗨完，配的照片里，有杨武的背影，还有马丽芬堪称壮硕的两条长腿。

生小孩前，王艾的脾气还不至于是个这。有了个孩子，她变得多疑，说话也阴阳怪气了。有时候，王有德听着王艾和安安的对话，一点也不像是母亲和孩子交流。王艾总是在命令，在教安安一些规矩，稍有不对，就是在吼，要勉强他。“你看看你，叫你不要吃那么多垃圾食品，现在知道难受了，咳咳咳。”她身上的脾性那么蛮横，越来越像曾经的支玉叶。不过怎么说呢，有时候，母子俩吵得一塌糊涂，过了一阵子，王艾抱着安安又是亲又是啃，完全想象不出来就在前几分钟，小家伙曾经因为试图反抗哭得死去活来。一旁看着的王有德，常常不知所措，他想起了暴躁的王焕文，还有固执的支玉叶。他在想，基因这个神秘的东西是怎么在他这个家族传承，又是怎么在他身上发生变异的呢？

早上起来，王有德也没着急去照相馆。支玉叶死之前，家里从不用他收拾。女儿生下了孩子，家里更是乱成一团，也没想过要拾掇。只是今天不知怎么特别憋烦，想着总得做点什么。刷完牙，先是拿块布子抹洗手池，不承想，脏东西越抹越多，到后来，索性把家翻了个底朝天。

起初，他不知道该怎么收拾家里的佛像。门背后、窗台上到处都是佛像。他找个纸箱子，全堆了进去，好像是要清除掉家里陈年累月的痕迹。支玉叶的东西烧的烧，扔的扔，只有这些佛像王有德还没想好怎么处理。王艾说，“要是你听妈的，应该把这些像送到庙里，当初都是请回来的。活着的时候都没怎么听支玉叶的话，人都死了，又做给谁看？”王有德只是埋头收拾。待到家里变得清亮起来，他才感觉整个腰都快断了。

到得店里，却看见马丽芬正在种花。说是有几个芋头在菜筐里发了芽，便到附近卖花卉的小店要来两个残缺的花盆。种完，还立在了门口。过了俩星期，亮黄的绿芽冒了出来。不经意间，就长成了两盆高大的绿植。猛一看那翠绿的大叶片，还以为是荷花。

平时说起马丽芬平日所为，王艾都像是听不见。这回见王有德又夸马丽芬会持家，理由是连两颗烂芋头也知道种起来。这样会过日子，小两口倒也不怕。王艾却像是听出了父亲嘴里的嫉妒，直说他是咸吃萝卜淡操心。这怕那怕，就你那么担心她。要真替他们着想，你把他们两口子叫到屋里来好吃好喝伺候上不就行了？不用成天惦记，白天黑夜还能见到真人。也不知道是被女儿戳破了意图，还是因为脸上挂不住，王有德脸红耳热，都忘了斥责几句王艾没大没小。

这日和王艾、安安去吃火锅，上到贵都九楼，进了火宴山，竟然在里间遇见马丽芬和杨武。两家人隔了张桌子。王有德时不时看过去一眼。王艾也跟着看，看完了转过头来问，熟人？王有德说，店里的小孩和她老公。王艾说，男的长得还行嘛，怎么看上她的？王有德说，马丽芬结婚前不是这个样子。她说是上了他的当了，什么好吃给她买什么，活生生吃成了个胖子。王艾说，明明是自己不知节制，也好意思怪罪别人。

吃开水果，杨武端着杯啤酒过来敬王有德，马丽芬也跟在后面。王有德往里让了让，杨武坐下来。马丽芬在对面逗着安安，说些一惊一乍的话。

王有德问杨武工作忙不忙。杨武说还行，又要当教练，又要给朋友的酒吧撑场子。王有德说，年轻，忙点好。见杨武不说话，王有德又问，还这么年轻，怎么就没想着去北上广闯一闯？

“我这学历，不知道自己能干点什么。现在这个工作也还行，轻松。”

安安把一碗芝麻酱给掀翻了，王艾掉转身子，眼睛瞪着。小孩开始哭泣。边哭还边说，妈妈，对不起，我不是故意的。杨武在旁边打圆场，说，现在的小孩真是有礼貌，哭都不敢大声哭，哭着还得道歉。我小时候要是做错了，肯定早被我爹一巴掌扇到爪哇国了。我爹说起来也是个舞文弄墨的，脾气却是火爆得不行。一句话不对，劈头就是一巴掌。才两三岁呢，我爹给了我一玩具，让我好好走路，别摔着了。话音刚落，我就摔了。从地上爬起来，我头一个是要号，才号到一半，就看到了我爹竖起来的眉毛。我哭得差点噎住了，还要不停地解释，爸爸，爸爸，我不是故意的，我本来是想笑来着。

几句话说得王艾脸绷不住了。马丽芬早拿卫生纸擦干麻酱，又端来一碗。

王艾见他们聊得起劲，就站起来，说得看看还有什么能吃的。回来的时候，见安安坐在马丽芬身上。刚开始他还往外挣，过了会儿熟悉起来，就翻自己的书包，掏出几本童话，又让马丽芬看他的玩具。那种架势，似乎恨不得要把他所有的宝贝都要献出来。王有德就笑：

“这个安安，一点也不矜持，看到自己喜欢的人就忘乎所以了。”

马丽芬就笑着摸安安的脸，问：“快老实交代，你是不是也喜欢阿姨啊？”

安安抱着玩具好像害羞了，低头摸着玩具不说话，时不时地还斜着眼睛看王有德。王有德就假装板起脸，说：“安安你怎么这么没用？你平时不是可能指挥人啦？”

杨武端起杯子喝了一口茶。王有德偏过头问杨武父母都是做什么的。其实马丽芬早就和他说了，她的公公婆婆都在一个小县城。王有德又问他工作怎么样？

“还行啊，健身房就是个这，说忙吧，空闲时间一大把；说不忙，天天都还得去。好在得空了，我就去听讲座。别看五龙口这个学校以前是个专科，和山大合并了，站位也高，总有机会接触一些文化人。”

听到文化，王有德一时不知该往哪里接茬。他听马丽芬说，她公公在县里编了份报纸，发些朋友们写的文章。文章有没有意思是另外一回事，重要的是她公公爱好。王有德听到另外一个和他差不多同龄的男人还在干这样一件事，不知怎么就叹了一口气。人就是这样，本没有什么想法，不知哪天得了一点好处，就想得到更多的好处，就像他，本是拍几张照片，哪里知道会拐进摄影家协会的门呢？结果进去了，又听人忽悠，说成了会员，还应该获点奖。结果有好多年他都陷在了这条不归路上。他提了提安安的裤子，又说：

“这么说，你是喜欢写点东西？”

“是啊。正在创作几首歌。”

“多做几份工作，长点阅历也挺好。有时间了要多读点书。过两年有孩子了，有没有精力看书另说，时间就完全不属于你了。”

“我读过不少书呢，好多书都有所涉猎。我妈就在县城开书店。”

马丽芬扯了下他的衣角，低声说：“你不能小声点？就你看的那些书。汪国真余秋雨。”

杨武耸耸肩，好像特别地无奈：“你看看，我现在是有时间，可看书的环境实在恶劣。除了我爸看好我，没人支持我做这些无用的事。有回单位聚会，我仗着喝多了酒，站起来就给大家唱李白的《将进酒》，有个领导还夸我有文化。也可能是受到了鼓励，回到家里，夜不能寐，披衣而起，凝思苦想，创作点什么，憋了半宿，才思没来，尿意来了，上个厕所，看看电视，睡尿去哇。”杨武神经质地笑了起来，好像为自己能有这么豁达的想法深感得意。倒是马丽芬眉头拧上了疙瘩，头低得不能再低了。

好像聊不下去了。王有德正想着起身，王艾却又来了一句：“这么早就结婚了，没有压力？”

杨武说：“我爸答应给我们在太原买一套房子，也去看车了。”

王艾不知怎么就被杨武一副什么我家里都不缺的嘴脸激怒了。下得楼来，王艾才发开牢骚。“爸，我总算是明白我妈为什么爱说你了。你自己想想成天招惹的都是些什么人。你好心好意关心他，让他多读点书，他就回答说他妈是开书店的。”

“现在的年轻人可能就是个这。去年你让我看的电影《老炮儿》你还记得不？里面就有一个染着黄头发的小子，仗着自己是官二代富二代，特别地跩。我也知道电影是把这些人刻画得太脸谱化了，可就是看得人特别憋屈。”

“问题是你想帮衬的这个年轻人有什么啊？就因为爹娘是小县城里的公务员，就可以这么嘚瑟。什么都不缺，从来就没受过制。看看那副嘴脸吧。你说过什么，他都要和你讲一番道理，好像他什么都懂似的。还说就是喜欢什么音乐。”

“他可能是没吃过亏，所以才那么自信。什么都没有，自信一点又有什么错呢？”

他想到了马丽芬。马丽芬应该对杨武成天谈论什么音乐也没什么把握。一想到她对杨武没什么把握，年纪轻轻还嫁给了他，将来怎么过下去呢？王有德又叹了一口气。

“那回看完《老炮儿》，我同学问凤梅还和我说了半天。她说她有个堂弟，穷得丁当响，从小的梦想就是当歌星。染头发，穿吊裆裤，成天唱大张伟的《嘻唰唰》。初中没毕业，朋友受了欺负，他想都没想，冲上前去就把一个他完全不认识的孩子捅了几刀。在少管所关了两年，又跑到福建打工。很快也结了婚。结了婚，又找不下正经工作，说是想去歌厅当DJ。他打着当DJ的名义找我同学借钱，说是苹果电脑的音响效果好，想买一台。我同学听到了那个气啊，她自己在天津省吃俭用，自己用的都是联想台式机，堂弟却要找她借钱买Mac Book。她生气的倒也不完全是堂弟找她借钱，而是他说的话。他媳妇儿在歌厅陪唱，他呢，也是穿西装打领带，感觉特别光溜，还成天发朋友圈，好像过的是一种灯红酒绿纸醉金迷的奢华生活。你说说这个杨武和我同学的堂弟有什么区别？什么都没有，还要装成什么我家里都有的样子。”

王有德又叹了口气：“你说能怎么办呢？”

“我就纳闷了，人谦虚点会死吗？我真是烦他你说一句什么他都要接话，好像他无所不知的架势。”

“是啊，接下来的日子他们可怎么办？”王有德像是看到了马丽芬惨淡的未来。

“还有那个姑娘，你说她看上他什么了？”

“谁没有犯傻的时候？当年你跟那个小九处对象的时候不也是五迷三道的？婚也不结，还给他生了一个孩子。”

“我那不一样。我不是想要为他生一个孩子。我就是不想再吃药了。”

“女儿呀，我没有埋怨你。我就是想不明白，你们好像什么都不怕了。”

王艾没说话，站起来又去厨房打豆浆。九阳豆浆机的声音响了几声，又低了下去。王艾端着两杯豆浆出来，递给王有德一杯，又漫不经心地来了一句：

“爸，我在富力城看中一套小户型房子，准备买一套。”

“差多少钱？”

“我不会动你的养老款。”

“这着着急急又要搬出去，图什么呢？”

“爸，我想了好久了。你看安安也不小了。你呢，还年轻。我不能那么自私，拉着你一起陪葬。”

“怎么说话呢？”

本来，他琢磨着七月半还是中秋，叫马丽芬两口子吃顿饭，也没别的意思，就是想着事情做得大方点，什么都摆到明面上，杨武可能又会稍微改变看法，重新评价一下他。只是没想到经过火宴山这一出，好不容易鼓起来的勇气又被摁灭了。

三

接到杨武的电话，马丽芬才知道下雪了。杨武说，买点羊肉吧，晚上我给你包饺子。出门一看，整条街上都飘着雪。提上羊肉回来，见店里没有客人，她索性拿起王有德放在柜台下的案板剁起来。王有德听见外间响声一片，披衣出来，问：

“怎么今天又准备做大餐？”

马丽芬说她怕回去再剁馅就太晚了。王有德站在旁边看了一会儿，说，要不我来试试？接过她递过来的菜刀，王有德慢慢切起来，好像一点都不着急。马丽芬说他刀法不错。王有德就讲，慢工出细活，吃的事情上，最享受的是做的过程，急不得。

暖气不太好，王有德又把空调打开了。吹着热风，小店里逐渐温暖许多。若是在平时，马丽芬也不怎么说话，今天却好像一下话多了起来。

“王叔，我和你说过没？我是老大。你肯定想不到，我们这一代还会有弟弟妹妹。临县那边都是个这。小时候可没少帮家里干活，就是书没念好。不过我很感激了，至少我爸我妈一直供着我。”

她说她之所以早早结婚，就是不想再让父母担心了。她说她婆婆人特别地开明。

“结婚前，我和杨武说是谈恋爱，磕磕碰碰，矛盾也不少，好几回吵得最厉害的时候，我跟他说，要不分了算了。结果他让他妈给我打电话。还别说，一聊，都能说到我心里去。等到见了面，婆婆个子小小的，心胸却特别地开阔。要说我有什么看法，也就是他们太惯杨武了。”

王有德本以为她和别的女人不同，现在反应过来了，她和她们并没有多大区别，不管是十八岁，还是四十八岁，当她们放弃了希望的时候，就管不住自己的嘴巴了。她没完没了地讲啊讲，也许到了最后，自己都不明白自己到底要表明什么，她就是想说点什么。他试图理解她，结果还是纳闷她会有如此怪异的想法。不过看到她说起杨武的表情，有那么一点纠结，也有那么一点无所适从的迷茫，就像街头流浪的猫狗。他不知怎么就想起了这对年轻人待在一起的时光。杨武把她气哭了再道歉，而她呢，还会陪着他一起疯。她以为这些狂热和偏执，这些糊涂和纠结，也是爱情的一种。事实就是这样，无论王有德在心里如何诋毁马丽芬身边的男人，他还是有种莫名的冲动。他想起了过往。那个时候，支玉叶还没信佛，他和她也是像小狗一样到处追来跑去。只是想象中的画面，那个女人的样子始终是马丽芬的形象。他不怎么想得起支玉叶的模样了。

只是，马丽芬和支玉叶完全不一样，说话绵绵的，好像她的概念里就没有发火的字眼。有人来洗照片，不管他们多么着急，她都会细心地再调调光，把每一个人的样子处理得更自然。

后来她又说到了店里的流水。她说她之前在茶楼打过工。“店里也不全是喝茶，靠门的地方还有块空间，会卖一些茶叶茶具什么的。你看照相馆这里有这么大一块地方，空着也是空着，要是摆点有特色的东西，客人无事转悠，说不定就买了。就像超市，谁逛超市是直奔一个地方呢？就是在那里消磨时间，也许无意中看到一件东西，就放在了篮子里。”外面的雪早就停了，店里也亮堂了许多。

“我也摆了些相框相册。”

“光靠这个吸引不了什么人。我去过北京的南锣鼓巷，可多有创意的小店了。如果再搞搞会员制，先交点钱，再给人打个折，没打算洗印的人，一来二去，就洗得多了。”

王有德不是没有想过要重新装修一番店面，甚至也想着要不听王艾的话，重新开张做点别的生意。只是想到后来，他就嫌麻烦。还能怎样呢？就这么拥挤嘈杂的一条街，就这么破败的地方，他收拾得再与众不同，又有几个人进来关心他的摄影艺术？这回听马丽芬这么一煽乎，王有德又有些心动。他馅也不剁了，说，“过完年再说，你们年轻人想法好，你也帮着想想，琢磨琢磨，看还有什么更好的点子”。

隔壁美容美发店的姑娘看起来比马丽芬还要小一点，有事没事儿也会过来转一转。有时候两个人嫌外面的饭菜不好吃，马丽芬就在王有德的店里用电磁炉煮白菜豆腐。也不用别的作料，就放点芝麻酱。吃完了，马丽芬还顺手递给她一张纸巾，比划着提醒她擦擦胸前的衣服。上面稀稀落落的，全是溅出来的芝麻酱。

“吃沾串串就是个这，一不留神就糊得没鼻子没眼了。”

好几回了，王有德都听见马丽芬这么对她说。马丽芬确实管不住她的嘴，要不然也不会这么胖。倒也不是胖得有多离谱。她是稍微肉了些，却一点都不邋遢。就像平时她也爱吃零食，店里却从没见掉一粒瓜子皮。她总是一颗一颗地嗑好，把瓜子皮再放进柜台下的塑料袋里。

圣诞节的时候，王有德破例给马丽芬放了两天假。再见到马丽芬，王有德墩着地，随口问了一句：

“这两天都去哪里玩了？平安夜有没有去解放路的天主教堂？”

他试着没话找话。前两天发生的事快把他憋坏了。当时，正赶上王有德叔叔的生日，要在御花园摆席。王有德叫王艾也去参加。王艾就说，从来就没听说过他过生日，怎么了这是？王有德就说过八十大寿。王艾还是不想去，就说，“那么多人，吃又吃不好，我还带着小孩”。王有德却不这么想。谁不知道他的姑娘生了个私生子呢？大大方方地带到亲戚们跟前，总比听他们天天在背后议论要强。

“你忘了你二爷爷小时候还经常给你零花钱，带你去看电影？”

有一段时间，王有德天南海北地跑，名义上说是去寻找灵感，其实就是逃避家庭的纠缠。那段时间，就是这个二爷爷帮衬着。现在呢，老人过八十大寿，想见见孩子们。就这么一个简单的要求，王艾却死活不愿意。

“我就是不想看见他们那副嘴脸。你不知道应付一个你不想看见的人有多累，还是一群。是啊，他们多会装啊，表面上和我打着笑脸，背地里还不一定怎么说我呢。”她抓起沙发上的一堆衣服又往卫生间走，

"光天天洗尿布收拾家做饭就够麻烦的了，你还要让我应付那些我再也不想看第二眼的亲戚。"

王有德感觉脑子像被敲了几下，半天都不知道该怎么回答。听王艾这语气，显然是埋怨他不懂事了。当初是谁要把这个孩子生下来的？这个时候知道要脸了。谁料第二天，王艾早早就起来收拾，还让他帮忙看一下孩子，说是先去洗洗车。在老人的寿宴上，根本就没有出现意料中的尴尬局面。三四桌客人，小孩子也不少，好像没人注意到王艾带的是私生子。光是让老人吹灭蜡烛就费了半天劲，等到蛋糕切开，小孩子们就四处跑开了。大家说些不咸不淡的话，感觉还是其乐融融的样子。兴许，亲戚们想着这个王有德刚殁了老婆，再谈论他的家事，太不厚道了。

"还不错啊。我跟着杨武他们到乡下看他爷爷奶奶去了。"她说他爷爷都七十八岁了，还在地里忙活。老人之前得过一次肺结核，据说破了拳头大一个洞，咳了好几个星期的血。都以为老人不行了，谁知道隔了两个星期，老人又能下地了，打桌子，锄地，完全闲不下来。"我劝他，这么大年纪了，少干点活。你知道老人怎么说吗？他说，难道让我坐吃等死？我和杨武就跟着老人下了回地。说是地，其实是杨武他爸在村里给盖的两个大棚，里面种些瓜果蔬菜。在地里半蹲半站，累得我骨头都快散架了，但还是好开心。你不知道，只要让我做点什么，我就觉得自己还有点用处。我从没想过我会喜欢上乡下生活。以前我总是害怕那里没有抽水马桶，没有冰箱。现在我明白了，那是因为我没有真正地在乡下生活过。就像杨武给我读过的一篇小说，好像是契诃夫在《醋栗》中写的，'谁哪怕一生中只钓到过一条鲈鱼，或者在秋天只见过一次鹌鸟南飞，看它们在晴朗凉爽的日子怎样成群飞过村子，那他已经不算是城里人，他至死都会向往这种自由的生活'。今天早上起来，我和杨武走在五龙口拥挤的街道里，还争论过，我们干吗不回到乡下去呢？可杨武嫌我的想法太幼稚，他说只有大城市才可能实现他的梦想。我都没好意思说，待在太原，待在五龙口这样拥挤的城中村，全是日租房和堕胎的小诊所，就有机会接近梦想了？”

王有德生怕自己再动一下拖把，马丽芬就不说下去了。他看着门外的街道，附和了一句：

“是啊，最怕的就是你们这一代，就像生活在悬浮的空中，好像去哪里都不得劲儿。兴许，你们得再努力一点，就可以回乡下置房买院了。”

“真要等存够钱再去那样生活，什么时候是个头呢？问题是和杨武说不通。他总是说他爹还有他，努力了两代人，好不容易才爬到现在的位置，现在就是打死他，也不会回乡下去了。好多个早上被窗外的声音吵醒，我就想，也许命中注定，我就是得有这么一段时间消耗在五龙口。不过，一想到迟早有一天我会离开这个鬼地方，我就开心得不行。”

王有德想知道迎春街上的这家照相馆算不算她嘴里的鬼地方。只是，弄清楚这些又有什么意义呢？她如此年轻，什么都还没有定型，和她谈论任何一件事情都足够令人神往。

马上就新年了，他和马丽芬擦洗着照相馆。有些平时注意不到的死角，俩人也移开柜子做了彻底打扫。马丽芬还搬起梯子擦开了窗户。这样的天气，擦窗户实在太冷。王有德就说，“不行找个钟点工吧”。马丽芬却说就是抬抬胳膊的事儿，何必花那冤枉钱呢。王有德还是不放心，就过来扶梯子。头一回从这个角度看马丽芬，王有德的心脏狂跳了几下。她穿着紧身牛仔裤，袖子挽起来了，露出白生生的胳膊。她张开双手擦着窗户上方，特别地有力。他端来清水。她不停地蹲下洗洗抹布，又站起来。有时动作幅度太大了，水还会滴到他头上。他擦掉，再望向她，她呢，竟毫无征兆地笑起来。看到曾经灰暗一冬的窗户突然变得光可鉴人，王有德觉得门外的阳光像是透进了他的骨头里，都快酥了。

四

等到马丽芬在外间柜台摆满了创意绿植，王有德才意识到她带来了多大的活力。王有德常常想，他这一辈子也有过可以和人吹牛的浪荡时光，但从没有哪一段时间像现在这般惬意。在家里受够了小孩子的哭闹，王艾打电话的吼叫，每天去照相馆拉开卷闸门，他最悠闲的一件事就是拿着小喷壶在每一盆绿植跟前巡视一遍。不知什么时候起，马丽芬零食也吃得少了，没人的时候，她站在柜台边看《财务成本管理》，又过了一阵子，她翻开了《战略与风险管理》。听她的口气，反正闲着也是闲着，干吗不趁着年轻考个注册会计师？

王有德没想到她还有这么充沛的学习热情。他问她，“同样是学习，干吗不考公务员？不是更稳定吗？”马丽芬说考个注册会计师更省心。

“把证挂到事务所，一年下来，也有好几万呢。”

话是露骨了些，却有种踏实的生活态度。她还说她其实也没想好到底应该去干什么。“人总得给自己找点事儿做是不是？要不然活着就没有心劲儿了。我就想着等这考试完，再看看农业养殖方面的书。”这是王有德最喜欢的。和他认识的好多年轻人不一样，跟电影《老炮儿》中的年轻“九〇后”也大不相同，更别提王艾的谬论了。

“现在的年轻人就没有一个靠谱的。”

王有德怎么可能相信这样的结论？确实，生活中总会遇到那么几个不可理喻的人，报纸上、网络上也充斥着各种各样的负面新闻，难道就能把你看到的那一点点问题无限放大？到了这把岁数，王有德不会再一惊一乍了。他相信，正是有了这么多像马丽芬这样务实的懂得节制的人，这个社会才不至于让人那么绝望。就像马丽芬，聊起来她竟然说她没有梦想。

“嫁个好老公，是不指望了。孩子还没生，我不敢肯定会不会喜欢。去乡下找块地盖房子，这算不算梦想？说起来挺没出息的，我不是喜欢吃嘛，就是想找个干净明亮的地方，可以种我想吃的菜。”

王有德当时没有和她讲，她的想法一点都不低级。不过，听到最后，他也只是笑了笑。他不是嫌她幼稚。得多有想法的人才想着逃离这雾霾肆虐时不时就要开膛破肚的城市？他本应该严肃地和她讨论一下将来。去乡下，肯定要受苦。受苦意味着要把大量时间都用在体力劳动上。光死受，脑子就有可能转动不起来。一想到她的一生将会耗在一块土地上，被物化，被圈养，成为奴隶，王有德就有些着急。

要是王艾这么想，王有德或许还会喋喋不休一番。可马丽芬不是他的女儿。他只是不停地说：“娶你的那个男人有福了。”

很难说他是不是也被她的想法打动了。他也曾经想过逃离城市，但最终也只是搬到孟家井，这个地方离太原也就七八公里路程。好几回他站在地图跟前，心想，世界那么大，竟然有那么多的人，勤勤恳恳一生，都只是在营建他的巢穴。

三月份，马丽芬突然说她专升本考过了。这话的意思是她暂时不能来照相馆上班了。王有德怎么会不明白呢？她说了些拿到本科学历就能找个更好的工作、工资能挣得更多之类的话，话里话外都有藏不住的雀跃，好像看到她的生活终于有了点起色。他还说要是没找到更好的事做，照相馆随时都欢迎她回来。

他和好几个朋友也说起过马丽芬。他向他们描述她的样子，说起她为了招徕照相馆的生意，曾经想过一些什么点子。每一句话似乎都在强调，这个二十来岁的胖姑娘多么与众不同。

“说白了，你就是看上她了呗。”

“什么呀。说了你们也不懂。”

“就不嫌累？过去支玉叶厉害你的时候都忘记了？就不怕孟如月再收拾你？”

或许朋友们道出了他内心角落的某个真实想法。他迫切想要和他们分享的其实是一种无法准确描述的感情。一想到毫无生气的照相馆，贴满了不同年代巨幅照片的空间，还有另外一个人，一个浑身饱满充盈着活力的姑娘，他就忍不住微笑。

可他们却认定他的满腔心思都停留在肉欲的层面。他更多的时候是把她当成自己某个未完成的幻想。

有段时间没去孟如月家了，起初打电话，她说在忙，也没更多解释。都是成年男女，他又不是她的谁，凭什么要她给他解释？只是人的惯性由不得他，这回没约上，下回喝多了，还是不死心，继续拨她的电话。孟如月这回却爽快得很。

进了门，趁她在厨房里忙活，他迫不及待地解开她的胸罩，野蛮地分开她的双腿。其实两个人都有些力不从心了，只是见了面，总要这么疯玩一阵，好像才是爱情应有的样子。孟如月呢，也配合，明知道男人不过是假动作，仍会大叫一声扭过头来，好像死活想不明白男人哪里来的劲头。偶尔，王有德会想起马丽芬，更多的时候，他更像是在发泄一种怨恨。他不知道到底是对年轻人朴素的梦想怀有敌意，还是想着马丽芬竟然和杨武这样的男人结了婚心生嫉妒。兴许，他嫉妒的也不是她嫁给了杨武，而是她竟然理解他、支持他做一些虚妄的事情。也是在和孟如月撕扯的过程中，王有德好像看清楚了自己。多么可笑，他以为他有的是经验可以指引她的人生，谁知道她闯进了他的生活，又扰乱了他好不容易得来的平静。

“你真是疯了。”

王有德半开玩笑地问：“你是不是就从来没想起过我？”

孟如月说：“想听实话吗？”

王有德说：“肯定啊。”

孟如月就说她不是不想他，就是比较害怕王艾。她说她也不是怕王艾，就是一和王艾对视，就好像看到了支玉叶。“那样的眼神简直是要杀人。”

“再过一段时间。再过一段时间，安安大一点要上幼儿园，王艾就搬到富力城了。”

他没有再解释别的什么，他只是感到亏欠。不熟悉的朋友，和支玉叶的想法差不多，认定他是副花花肠子，只有惯熟的人明白，他不是没想过当恶棍，考虑离婚。没有选择和支玉叶离婚，实在是因为他自己太懦弱。一个女人时不时地提醒他，得对她负责任，他哪里还敢轻举妄动？支玉叶发现点风吹草动，就有本事没日没夜地审讯他。事情反反复复，到了后来，支玉叶吃斋念佛，他呢，也不再抱有非分之想。反正活着就是一场苦熬，看谁能熬过谁呢？那一段时间，他是悲壮的。就像他的镜头，只看得到他眼前的那一点点世界。哀莫大于心死，他早就放弃反抗，任凭她自以为是的想法在他的脑子里兴风作浪了。

他甚至和孟如月说起了店里的小姑娘。他说起马丽芬，更多的是在反省自己。他说他怎么就没正儿八经考虑过逃离那段绝望的生活呢？孟如月却相当地体贴人，说：

“时代不一样了。”

这话还是有些空。只有王有德自己明白，马丽芬身上的朝气和活力是他已然逝去的。她就像一面镜子，让他看见了自己的委琐和没有出息。也是看着她年轻的面孔，曾经涌动过的任何一点细微心思都常让他在半夜不寒而栗。她们都在有所追求，渴望得到理想的生活，而他竟然把全副心思琢磨在一些难以说出口的地方，不是中年男人的庸俗，不是中年男人的委琐，又是什么？

就是那段时间，几个朋友来店里喝茶，说是现代汽车在内蒙古库布其沙漠搞了个越野嘉年华比赛，问他想不想参加。王有德自然一口答应。玩越野也有几年了，他谈不上多么迷恋，就是喜欢发动机咆哮起来肾上腺素直灌头顶的刺激。

沿路的景致谈不上好或坏，荒凉的高原好像亘古如斯。没少逛旅游景点，也曾爬到雁门关的城墙上感受辛辣的北风，站在杀虎口遥想两军对垒，杀进逃出。他以为山西境内就够苦寒了，直到开进茫茫沙漠，才感到什么是不着边际的绝望。

期间接到过马丽芬打来电话。她好像特别着急，问他都还好吧？他以为还有什么急事，马丽芬说，“没什么没什么，就是看到网上有一条新闻，说是越野赛上有个五十来岁的中年人出了意外”。她没说她是多么担心他，王有德还是感觉到了。

回到太原，他不知道是不是因为参与了这项赛事高兴，特别地想和马丽芬分享他这些天的见闻。

“不知道你去过沙漠没有。秋天的时候，我也去看过胡杨林，印象是绝对震撼，一片一片的，据说是千年不死，死了也千年不倒，倒了也是千年不腐。那真是一种赏心悦目的景致。我们这回去，才发现，塞外真不是人待的地方。平日闷在城里，想着这回去了，总不能再在城里玩了，就在离路老远的地方找了个小店，住了下来。地图上介绍这也是当地的一处名胜，我们倒不是想着去游玩，就是想看能不能发现点意外的野趣。那真是个无望的地方。同行的朋友还感慨，说这鸟不屙屎的地方是个什么名胜，游客来了连个转一转的地方都没有，好赖摆点义乌小商品市场批发的旅游产品也行啊。他们动不动就说，国家的财富都全球第二了，怎么还有这么破败的地方？他们就是这样，以为自己有了两个钱，走到哪里都认为自己是个大爷，得有人来伺候他们。”

马丽芬似乎有些魂不守舍，平素安安静静的她，这个时候，不是捏自己的衣角，就是望向门口。

“朋友们住不习惯，我倒是没有什么想法。突然闯到一个不熟悉的地方，风土人情啊，总有一些东西值得好好打量一番。我当时就是这么想的，当地人都在这里生活了成百上千年，既然都来了，干吗不老老实实住几天？我就想着找点事情做。也像村里的老头老太太蹲在墙根晒太阳，意思也不大。不过，倒也拍了些关于他们的片子。我问他们，附近有什么有意思的地方。他们说的别的我没有记住，倒是有一句话让我琢磨了半天。他们说，找乐子谁来乡下啊，乐子不都在你们城里吗？我就想，我跑出来也不是来找乐子的，我来是找什么的呢？有那么两天，我哪里也没去，就看随身带的本《无望的逃离》。小说看完了，才去泡温泉，也是那个时候，你好像才意识到你是有身体的，你不是活在自己的假想里。很小的时候我就有一种错觉，好像整个世界的存在就是为了考验你，包括那些难以启齿的折磨。可这些念头平日里，你哪敢和人说啊。一说别人肯定骂你是神经病。结果我努力想做别人心目中的老好人，却丢掉了当一个疯子的好多快乐。”

他注意到马丽芬本来好像坐立不安，听到他的这一番话居然插了句话。

“兴许你的那种症状叫参照性躁狂症。”她好像为道破了这一事实感到特别地抱歉，“我瞎猜的啊，你别多心。不过碰到困难能想着是别人在考验你还算好的。好多时候，和杨武吵架，他动手了，我也不知道该和谁说。到最后逼得没办法了，只好和婆婆讲。你知道我婆婆怎么骂他吗？我一说什么你都知道，你什么都知道，不知道把人家姑娘打坏了，你是要负责任的吗？”

她捏着嗓子学着她婆婆的话，完全忘了被打的痛苦，好像还在为有这么一个明事理的婆婆感到庆幸。

这个时候，王有德才知道杨武脾气暴得很。

“你不是说他还是个文化人吗？”

马丽芬说他就是嫌她之前谈过两个男朋友，两个男朋友都要比他厉害，一个在北京，一个还出了国。

“我也知道他就是纯粹因为嫉妒。”有些话她没有明说。其实也不全是因为嫉妒，他嫌她邋遢，她呢，见不得他成天无所事事，总想着改造对方。“不过，有一回他不知怎么生了气，真的把我打傻了。我喊了半天他都没停手，直到我瘫在地上，他才揉自己的手。”

“天老爷，你嫁的是个什么样的男人。这是家暴啊，犯法的。”

“他也不容易。他是和人说他没什么压力，什么家里都有，其实他心里苦。他也不想当官，也不想挣钱，就是喜欢唱歌。你说人有点追求也没什么不好吧，他还那么年轻。他就是看到别人成名成家，自己还没折腾出点动静，心里急。”

“问题是他怎么可以因为自己有压力就打你？这可不是好习惯。有了第一回就有第二回。”

“他除了脾气暴躁点，其他都挺好的。结婚前，他在太原上班，我又没有工作，就和他爸妈在县城里住了好几个月。他每个月都回来，会当着他爸妈的面问我，他们有没有欺负我。”

王有德不吭声了。他能说些什么呢？安慰她？他知道他说的话连自己都无法相信。他站起来，像是突然才想起，从包里拿出一件礼物。一匹胡杨木雕的骏马。凑近点看，那粗犷的样子，似乎都能听到它奔跑的蹄声。

“据说成吉思汗当年率领军队南征北战骑的就是这种马。”

有些话他没法儿说出口。他就是看到这个木雕的时候，想着应该给马丽芬带一件礼物。现在，突然听到她的小丈夫还动手打她，更是想着她需要这么一匹马，她需要更多的动力。要不然接下来的大半生怎么熬下去？

五

和孟如月提过几回结婚的事，她却说她早就对婚姻没了信心，现在这样的相处不也挺好吗？她说她现在有的是事情做，都这个年纪了，怎么可能还相信男人会是归宿。她模棱两可的态度，好像是早就看透了他王有德是个混球儿。他不知道该怎么解释，她才会相信他的诚意。有时候想得转不过来了，就有些恨，他恨自己的愚蠢。那个顶着爆炸头的犹太老头说得多么在理，世界上只有两样东西是无限的，一个是宇宙，一个是人类的愚蠢。既然他对提升自己的智商无能为力，为什么不好好看看那无限的宇宙呢？他成天不是看侦探小说，就是记两句名人名言，好像这样一来，日子才不至于那么难受。他是不太理解她，甚至也能感觉到她还有另外一个男人。这个年龄段的男女，又没有结婚，谁还没有两个相互取暖的朋友？说起来，他和她也就是这两年见面的次数多了些。他找她，未必是因为有多少热情，而是他习惯了身边有个女人。一想到自己抱有的是这么一种目的，他又有些恨自己的懦弱和无能。

看见马丽芬每天活得信心十足，他不免想到自己的处境，好像这才意识到他是真的人到暮年了。

中秋节前两天，马丽芬突然问他：“王叔，你每天骑车上下山不危险吗？”

“危险？”王有德想起有时候自己在拉煤的大卡车中间左冲右突。并不是所有的锻炼都令人舒服。他的目的就是想看自己能不能坚持下去。“什么事情都怕个喜欢，喜欢上骑行，路上的危险算什么呢？”

“杨武非要叫嚷着再骑行一趟什么川藏线。你说他是不是太不负责任了？”她没说因为这件事，俩人争吵，杨武又对她拳打脚踢。或许，他是真的憎恨她，憎恨她不尊重他的爱好，好像就因为结了婚，就能完全控制他。要不然怎么解释他下得了那么狠的手？

这个时候，王有德才看见马丽芬脸有些肿，眼角还有道淤青。

“他负不负责任，我也不敢乱说。毕竟过日子是你自己。”

“换成你，你该怎么办？”

“我年轻时可比你家杨武野得多。为拍几幅照片，经常没由来地玩离家出走。我老婆可没少唠叨我。我能怎么办？后来我就不怎么出去了。至少我出去也会找到合适的借口，不会让她听到就不痛快。一个男人要是让女人不痛快，那日子就没法儿过了。”

“我也不是不让他出去，就是担心他的安全。你知道他怎么说？他说，不就是个死吗？他说得那么吓人，好像时刻都准备着去死似的。”

看得出来，马丽芬吓坏了。她完全忘记了身体上的那点疼痛。王有德说：“他是犯横了。不过我认为你现在应该考虑的倒不是他的人身安全，毕竟他也是成年人了。你得为自己想一想。”他的意思很明显了，既然杨武这么对待她，为什么不去离婚。他也这么问了。不承想马丽芬却反问了一句，她之前也听他说过早年的事。

“我那不一样。拖家带口，那个年代的人也传统。”

“一样啊，我也是习惯了有他的日子。”

王有德却不这么看。他认定她之所以愿意耗在现在的困境里，实在是害怕遇到新的麻烦。谁敢保证再冒一回险，得到的结果就一定比现在更好？人就是这样，逆来顺受惯了。

“好多次挨了打，我就骂自己。结果，到了第二天，我就又恨不起来了，该给他做早饭做早饭，琐碎的事情搞得我没法狠下心来，家里虽然没什么东西，可哪一样不是我们一件件淘来的？再说啦，你又不是不明白，离婚在国外可能算不上什么大事，人都是要追求自由的嘛，可在中国，一个离了婚的女人好像就完全贬值了。我这么想也不对。王叔，我真的想过离婚。我甚至都想，要是他不同意，直接一走了之。都不跟他废话。可是，能走到哪里去呢？我没有存下钱，也不想再让我爸妈为我的事操心。”

“你还那么年轻。”王有德的意思很明显了。年轻就是她的资本，她有什么好害怕的呢？他甚至和她还讨论了待在一个陌生城市的成本。他说他姑娘的一个同学，年纪轻轻未婚先孕，把孩子生下来了也没和家里人说。大学毕了业，也不找工作，在丽江泸沽湖的一处客栈当了大半年义工。说是义工，说白了就是当服务员，也没挣下什么钱。她又跑到了杭州。他想着女儿带孩子的决绝，不免又往虚幻的图景里添加了几笔。王有德甚至暗示马丽芬，她要比他刚才故事中讲的那个姑娘更年轻点。“生活就是这样，要相信自己的直觉。一辈子能有多少好时光呢？年轻的时候就隐忍，活在不痛快中，等到结了婚，生了孩子，生活又不规律，各种病痛都冒出来了，想着再后悔，根本就来不及了。”

“我是想走，可我连生活费都没有。我好几回都和杨武讲，别把我逼急了，逼急了我就跑呀。你知道他怎么说？他说男人结了婚夜不归宿，肯定是外面有人了，女人吵个架就想离婚他还是头一回听说。说得次数多了，恐怕他早就不相信我能跑了。”

“马丽”，他没有叫她的全名，叫得那么自然，好像掂量了千百来回，“你到一个新的城市会不会赚到更多的钱，我不敢保证。但我相信，换一个地方，你心情肯定会好很多”。

门口响起了电子感应器“欢迎光临”的声音。有客人进来照相，说是换驾驶证用。王有德拉开墙上的红布，露出白色的墙面。马丽芬接过相机内存卡，插在电脑上。客人说：“我脸上的斑点太多了，帮我修得好看点。”马丽芬拿起鼠标点击了一阵，问：“这样行吗？驾驶证的照片都要求脑袋大一点。所有的证件照都是个这，不可能照得太好看。”

等到客人走了，王有德端起茶壶出来又问：“怎么样？”

“我已经想好了。能不能在别的地方待下去，我总得先去试一试。反正这段时间杨武也不在。我要是实在混不下去了，还可以回来。”

“千万不敢这么想。知道什么叫破釜沉舟不？”

她咬着嘴角，好像终于鼓足了勇气，说：“王叔，这回我听你的。”

“这样，马丽，我给你多发三个月的工资。这算不上你欠我的。你落下脚了，给我打个电话就行。”

接过钱，马丽芬像是突然想起来一件事。她说：“叔，杨武打我也不全是因为他要去骑川藏线。”

她含混说了半天，王有德明白了。原来这个杨武出去骑行，也不单是年轻人的血性冲动，还跟他王有德有关。杨武当然早就知道马丽芬时不时地和王有德一起吃个午饭什么的，没想到好几回闹了别扭，马丽芬还扬言，说不要以为结了婚她马丽芬就离不开他了，她说至少她的老板对她还挺有好感。她说她的老板老婆死掉没有多久，肯定饥渴坏了。她的原话就是这么说的。本来两个人还气鼓鼓的，听了马丽芬的话，杨武突然崩溃了。他问她是怎么知道的。

“女人的直觉。”

“我早就看出来了，这老男人肯定对你感兴趣。可我没料到你也对他感兴趣。”

“是啊，我要不是对他感兴趣，会在那个破地方待得住？他可比你好多了，成熟，稳重，懂得尊重人。”

“屁，他不就是有两个钱嘛。说得那么好听。说一说，你们都干了些什么？”

“能干什么？该干的不该干的都干了。”

“你她妈真不要脸。”

“是这么干的吗？”

杨武一巴掌把她扇到床上。马丽芬完全被打懵了。等到男人撕开她的衣服，她才想着反抗。她说他简直就是个牲口。她越骂，杨武越来劲。杨武还说，“牲口？牲口也比你们人模狗样来得实在”。撕扯到后来，马丽芬已经没什么脾气了，倒是杨武还是怒气冲冲。他说他没想到马丽芬竟然可以这样对待他。他说，“既然你这么迫切地想和那个老男人在一起，那也得给我一点赔偿。”什么赔偿？当然是要敲诈王有德一笔。难道自己完全成了男人的私有物品？马丽芬绝望了。她本意不过是开个玩笑，刺激下杨武，哪里知道男人却走偏了。他发泄着怒火，还不停地问她：“他就是这样干你的吗？就是这样干你的吗？”她被他掐着脖子，一句话都说不出来，憋了半天，才求饶似的喊出一句：

“求你，别闹了，疼死我了。”

等到她决绝地想结束这一切，杨武却先提了出来。他说，既然你们都私通了，我也不阻拦你们。有什么用呢？他好像痛恨自己过了这么久才明白这一切。他像个男人似的，表现得非常大度，说，“既然你们喜欢，那我杨武就祝福你们。”

他表现得那么大义凛然，好像完全是受不了这样的刺激，才想着要跟着哥们儿出去鬼混一下，散散心。男人一走了之，她要是再待在迎春街的飞地照相馆，就显得她好像真的是投奔了王有德。

王有德哪里会想到自己不经意间卷进了这样的漩涡。他看着马丽芬，说："看来事情真的复杂了。我也不能撵你走，你说你们现在这样的情绪下，要真出什么事儿，我该怎么和人解释？"

"你是个好人，王叔。"

"我算哪门子好人？我是个烂好人。就像我老婆有时候骂过我的那样，我有当恶棍的心，却没有当恶棍的胆，结果就是把自己搞得骚哄哄的，不招人待见。"

接下来的几个月太煎熬了。煎熬不单是因为想着马丽芬有没有离开太原，还有孟如月被控制了。他才知道这女人的事业是组织传销。王有德头都快炸了。开庭那天，他也去了。也是听见孟如月做下那么多事情，他才意识到过去的这段时间，他从来没有关心过孟如月的死活。而他误以为的那份洒脱，那份人与人的边界，现在看来，如此苍白，毫无说服力。

这天下午女儿打来电话，说是要回来一趟，取点东西。他这才去超市买菜，洗好水果，又忙着切洋葱，准备炖牛肉。也不知道是不是被辛辣的洋葱辣着了眼睛，他满脸是泪。

要不是安安在背后猛喊一声姥爷，他恐怕要任凭眼泪一直流着。电话就是那个时候响起来的。他让王艾帮着接一下电话。王艾说，不合适吧？万一又是什么马丽又是什么孟姨，你让我怎么应答？王有德说，胡说什么？王艾还白横了他一眼，好像他老不要脸了，还不让人说。他听见王艾喊了一声：

"什么？"

他从厨房探出头，看见王艾虎背熊腰的身子挺得笔直，脸上神情凝重。

挂了电话，王艾才说："天哪，你店里那个马丽芬，她老公骑车子从折多山上摔下来了。"

六

给马丽芬打过两回电话，也没人接。

王艾在富力城的房子晾好了，天天收拾东西，准备搬走。过了两个星期，王有德正帮着往车里装衣服，电话响起来了，是马丽芬。

"我本来想在县城里住着，顺便也照顾下我公公婆婆，可我见不得他们天天和我说话红着眼睛的样子。我也伤心啊，可我还不能哭。我真是快崩溃了。"

她在电话里号啕大哭。她哭得上气不接下气，好像是在向他倾诉，她到底该怎么办呢？

"好啦，马丽。来太原了一定要来找我。"

王有德走进厨房，吃了片波依定，又喝了一大杯白开水。他看着王艾把她最喜欢的一些杯子都放进了箱子里。

"我和你说过吗？给我帮忙的那个小孩太可怜了。丈夫摔断了一条腿，自己还不知道怎么办，还得压下痛苦安抚公公婆婆。"

"一个人一种命。妈死的时候，你不是和我说过吗？死亡不过是必然到来的节日。你也应该拿这话劝劝她。"

"王艾，你不能这么说话。"

"我说什么了？"

"我知道你这几年过得不顺心，但人心都是肉长的，你要往好里看。你天天看这也不顺眼，那也不顺眼，日子那么漫长，将来可怎么过？"

“我怎么不是个过呢？你有你的那个小姑娘，还有孟姨，老年生活充实着呢。”

他顾不上和女儿斗嘴。送走王艾，看见空空荡荡的家，他一刻都不想多待了。

到了迎春街，拉起卷闸门，放音乐，烧水，准备泡茶。茶壶里的声音越来越尖厉，就是半天烧不开。他一刻也不想等下去了，又打开电脑上网，瞎逛了半天，无意识地点开58同城，一页页翻下来，他突然就写了个帖子，说是要把迎春街上的照相馆租出去。

好不容易熬到了黄昏，他坐上3路车，想去广场看看人跳舞。有那么一段时间了，他总是喜欢到广场上去。别人在那里唱啊跳啊，他却是干坐着。好像就这么看着，什么都不参与，也要比待在家里强。正闭目养神呢，却听见后排几个老人在激动地说着什么。听到后来，他明白了，他们是准备出国。说是辛苦了一辈子，干吗还要给儿女做牛做马？决不。出一趟国能要几个钱？然后就说什么日本的马桶盖如何人性化，人老了，儿女会不会养老送终不重要，得要有那么一款贴心的马桶盖。王有德听得好奇，扭过头去，也不管人愿意不愿意，自顾自地聊了起来。

女儿王艾听说他想去日本，就说自己还有同学在东京呢，去了完全可以叫他做地陪。

几乎是很匆忙地就决定了要去日本自助游。

没过两个月，他又报了团，参观了泰国、柬埔寨。说是一群陌生人，好赖都是中国人，年龄也差不多，没过多久就熟了。偶尔王艾给他打电话，他匆匆说了两句就挂掉。他唯一坚持的一件事就是，每到一个城市都会寄两张明信片，一张寄给王艾，一张寄给安安。有一回，看了吴哥窟，他被那宏大精美的佛教世界震撼了。出了庙门，还没从众僧肃穆的唱诵中回过神，又被门口几个残疾人的声音打动。看了半天，到底也没听懂。有推销旅游产品的小贩子走上前来搭讪，他让了让，又看了歌唱者几眼。他们的样子触目惊心，以手代脚，每一个人都那么卖力，脖子上的青筋暴起。他放下几块钱，退到一边。瞥见小摊上有卖明信片的，便给王艾写了一张，给孟如月也寄了一张。导游已经在吆喝了，又给马丽芬寄了一张。他只能想起一个大概的地址，怕送信的人不负责，把她的手机号也写在了上面。写了地址，他才意识到还得附上两句话。为写点什么内容，他没少动脑筋。写“心有多大，世界就有多大”，也太假了。再说了，马丽芬用得着他去安慰吗？这不明显印证了支玉叶说过的话，“老不正经”？他努了半天劲，却什么也没想起来，索性装在了钱包里。

感觉很久没有见到女儿，其实也就不到半年。自从搬离孟家井，王艾整个人的气色好了许多。听她的意思，她又在谈恋爱了。对方年龄是大了点，还离过婚，这些又能证明什么呢？重要的是和她能说到一起。就是说不到一起，他也懂得节制，会安静地听她先把话说完。她看重的也不是他和她有话，而是他还有耐心陪安安一起玩。起先，王艾还有点担心，怕他是在表演给她看。等时日一长，她感觉到了，他没有她那么深的心机。唯一让她担心的是，他工作太忙了，总是出差。

“有一回我就直说了，怕他在外面胡来。你知道他怎么解释吗？他说，我一搞考古工作的，成天不是在挖墓地，就是在野外走来走去，哪里有心思想什么男女之事呢？就是有心思，也没有作案的客观条件。”

他的意思太明白了，一个人天天走在大自然中，又怎么可能做出那样不合规矩的事？这个理由说服不了王艾。不过，她还是从他的态度里读出了真诚。他甚至还建议她雇个保姆。

“你这么年轻，不应该成天被家务和孩子套牢了。”

听到女儿开口闭口都是那个搞考古的男人，王有德走神了。他完全无法想象她现在的生活。就因为又认识了一个男人，她就能从那团泥淖似的生活中走出来吗？后来又说到了马丽芬。王艾才像突然想起了什么似的，说：

“她拿过来一包东西，让我转交给你。一直在车上放着呢。”

都是些什么呢？有他送给她的一串崖柏手串，几本关于摄影的书，还夹着两页信纸。

王叔，我不知道该怎么解释这该死的一切。当年，我不愿意和他结婚，他妈就给他出了个主意，说是先让我怀上孩子，肚子大了，我就没有办法了。怀孕后，我家人也觉得丢人败兴，我能有什么办法？两个人就匆匆领了证。我是不高兴的，天天找他的别扭，嫌他光顾着自己，没有好好陪我，结果流了产。等到赔进去一条命，我好像才反应过来。再这么闹下去，也不是办法。还能怎样呢？认命吧。我想要的简单得很，就是指望有一份简单的生活，每天可以用九阳豆浆机给他榨豆浆，晚上两个人一起吃吃饭，就够了。那段时间过得很慢，我常忘记我是在嘈杂的五龙口，憋闷的时候就坐在窗前，看晚霞火烧一般漫过天际，看楼房里的灯一盏一盏亮起来，一片一片的黑暗里，点缀着无数的光。那时我想，这么多房子，什么时候能有我的一间呢？我明白等着一个人来救我是不对的。便去找工作，结果到了你的店里。说是上班，其实我也没有好好为您干活。有时就在那翻书，E.B. 怀特在《人各有异》里说，“每个人在他人生的发轫之初，总有一段时光，没有什么可留恋，只有抑制不住的梦想，没有什么可凭仗，只有他的好身体，没有地方可去，只想到处流浪。”差不多能概括我当时好多并不清晰的想法。只是我不想流浪。我还不确定该干些什么。你可能会笑，那时我多么幼稚啊，现在也未必多成熟。我感激你收留了我，容忍我。我总想着生活待我不错，只要两个人努力，总有好起来的时候。可他不这么想，他总是说我们过的是猪一样的生活。那段时间我听了不少你的故事，你呢，也给我讲什么幸福与自由的道理。可能就是那时候，我的心思野了。吵架的次数一多，我就着急。动不动就威胁他，说是你对我挺好。他知道了你的一些情况，就更加生气。我刺激他，激起他的嫉妒心，一心想着怎么能让他务实，以为他能多为这个家考虑，谁知结果却起了反作用，让他糊里糊涂地走上了一条不归路。我真是后悔。也是整理他的东西，才意识到，我从来都不了解他。好在他缓过来了，不再寻死觅活。这是我的错。我也不知道哪里出错了。我承认有那么一段时间，待在飞地照相馆，是我这辈子最舒服的时候。我甚至都有那么一点贪恋你对我的照顾。现在待在他爷爷家，乡下安静得很，偶尔他还是会朝我发火，甚至顺手捡起手边的东西打我，可我却能跑着躲开了。

就这么不了了之了。

有那么几天，他休息不好，感觉整个世界都了无生趣。什么事情也不愿做，也不想见朋友，老是恍惚，好像自己的生活什么都不值一提，拥有的一切都禁不起推敲。他想起朋友们的玩笑。每一回他们来到店里，都会胡乱说些故事，弯弯折折的话，似乎都在暗示他有可能打马丽芬的主意。说的次数一多，连他自己也总免不了要往那个地方想。他甚至嫉妒过杨武，一个不靠谱的家伙，竟然娶了个如此通情达理的女人。

王有德为自己曾经有过的那么多想法感到羞耻。

七

到了八月，王艾再次提起让他帮着照看一段时间孩子。王有德能有什么办法？他说试试看。都说老人带孩子未必好，他也希望姑娘尽快找到帮手。

“安安，安安，你又长高了。”说是才半年没见，感觉却相当陌生了。小家伙开始还往王艾身后躲，熟惯了，又跟王有德说个不停。安安说着一口普通话，王有德嫌在家里还这么讲话，别扭了。他教孩子说太原话。安安在沙发上爬上爬下，好像听到这样的话也有趣得不行，嘴里也跟着啊啊地喊。

小小的屋子就是一个战场，到处都扔着玩具，简直没有个落脚的地方。上卫生间的时候，安安也跟了进来，看见王有德站着尿，小家伙也掏出鸡鸡对着马桶。王有德看见洗手盆前放着三个杯子，杯子里放着三把牙刷。

出了门，他看见阳台上种着一些花，准确地说是草。可能是平日忘了浇水，蔫蔫的。他走到厨房，拉开一个又一个橱柜。王艾问他找什么，他说：

“你就没有买个专门浇花的水壶吗？”

多年没住高层，王有德早不适应了。平日里浇花，他都是捡起院子里的水龙头，现在呢，感觉就像是摆弄孩子们戏闹的玩具。王有德蹲在阳台浇花时，偶尔也会看一眼王艾。女儿弯着腰整理衣柜，不停地把安安随手丢下的玩具摆放整齐。安安站在旁边，好奇得很，好像又出现一个男人帮他妈妈浇花，实在有趣得很。

吃完晚饭，安安抱过来一摞相册。他指着支玉叶，不停地叫“姥姥，姥姥”。他还没出生，支玉叶就去世了。而现在，小家伙叫得那么兴奋，好像是在问他，怎么没把姥姥带来呢？王艾就说有时候想不起该给孩子讲什么故事，就会讲一些支玉叶的故事。经过王艾的改编，支玉叶成了一个无敌战士，她为了捍卫自己的爱情，打退了一个又一个爱人身边的狐狸精。自身的修为不够了，她又转向佛法，总想着只要心诚，最终就能得到佛祖的眷顾。

“那姥姥是不是也成了斗战胜佛？”

小家伙天天看《西游记》，碰见一个新鲜的名词，恨不得马上活学活用。王有德没有意识到支玉叶的形象竟然以这样的方式传承到了后一代身上。安安又喊着姥爷，让他讲一个睡前故事。安安甚至都铺好枕头，闭上了眼睛，等着王有德出声。

哄完孩子，见王艾还在电脑跟前坐着。王艾说快要上班了，她得看看英语，找找感觉。转到厨房，一堆碗也没洗，他卷起袖子就忙开了。支玉叶在的时候，总是他负责洗碗。他喜欢把脏乱的东西收拾整齐，还说多做点家务跟锻炼身体的效果一样。直到支玉叶信开佛，坚持吃素，嫌他洗不干净锅碗中的荤腥，他才解脱出来。

他给每一个盘子喷上安利优生活洗洁精，用海绵仔细擦洗了一遍，才打开水龙头冲洗。王艾这个时候走进来，说不用这么麻烦，反正也没两个碗，明天吃了早饭一起洗。王有德却闲不住。洗了碗，又刷了半天水槽。虽然屋子里到处都有另外一个陌生男人生活的痕迹，但感觉并不像过日子的样子。哪能这么邋遢呢？支玉叶信开佛后，也没有这么粗心大意，不收拾家。他总是教育王艾，希望她不要走他经历过的老路，可她现在，却还是这么对付着过日子。这样下去，怎么能把那个搞考古的男人套住？洗锅的时候，因为用力太猛，差点把把手柄弄断。

听着不远处卡车轰隆开过去的声响，还有时不时传来的沉闷狗吠，他怎么也睡不着。他看着墙上的世界地图，想不明白姑娘怎么会在墙上挂这么一个东西。凑近细看，才知道这地图老旧了，是一幅人类文明地图。他研究着地图，发现自己坐飞机感觉跑了天远地远的距离，在地图上竟然只有那么一小截。更让他惊讶的是，之前的人类文明如此发达，而他呢，享有现代科技的成果，却在太原的一个小照相馆里耗了几十年。

这是王艾新收拾出来的房子。他头一回住在这里，看见不大的空间，不知不觉就被乱七八糟的东西填满了。他在王艾这么大的时候，和支玉叶住在职工新村的铁道宿舍里。就一个房间，摆了两张单人床，一张方桌，两把椅子，再没地方了。做饭的炉子砌在门口，上厕所还得走几百米。支玉叶坐月子那一阵，老母亲来照看，四个人挤在那么小的空间，好像也没感觉逼窄。关于过去的事，他印象不深，每天醒来吃了饭就上班，也不知道她们三个人在那小小的天地里都做了些什么。唯一能证明他们曾经有过那样一段生活的，还是王艾小时候的一张照片。她满脸通红地站在帘子背后，只露出一个缺牙的头。当时家里什么都没有。他总是带着王艾到院子里玩够了泥巴，等到天黑透了，才摸到支玉叶身边躺下。偶尔说起来，他对那段岁月也全是怀念，比如房子窄是窄了些，孩子却早早就懂了规矩，但凡遇见他出门，王艾要进来，就先在外面等着。这个习惯，王艾多年没变。他还没辞去铁路上的工作之时，王艾有次去单位找他，见他正和人说话，也是退到门外恭候。同事们都惊讶，问他是怎么教育孩子的。

他是被安安弄醒的。天还没完全亮，小家伙却爬到他的床头一动不动地看着他。衣服都没穿好呢，却拿着铲子和红塑料桶。王有德问：

“这一身装备都闹好了，是准备去哪儿糟害呀？”

安安凑到他耳边，奶声奶气地说："别告诉妈妈，到楼下的院子里我就告诉你。"

楼下有个小湖。水面不大，安安想用桶直接舀金鱼。起先，王有德还怕不安全，后来就鼓励他下手了。

王艾打来电话，问他们在哪里，回家吃饭。进了门，安安直喊："姥爷帮我捉鱼了。"安安端着塑料桶，好像班师回朝的将军。

"一身都弄湿了。先别跑。"王艾看了一眼父亲，像是在询问。

"他看到金鱼想捉一条。"

"先把衣服脱了。"王艾的声音还是那么不耐烦。给孩子换了衣服，她又对王有德说，"下回可不敢让他往水边跑，养成习惯了，他就不知道怕了。"

正吃饭呢，王艾的手机响起来了。她嗯嗯地应着。挂了电话，她说："爸，今天他过来，说是带安安去乌金山欢乐谷，要不你也一起去吧。"

"也行。"他能想见那个山沟里的人造风景。王艾看出了他的疲惫，又说，"顺便帮我参谋一下"。

"什么意思？意思你还准备挑一挑？"

"都说一孕傻三年，我害怕我的眼力不行。"

一夜没睡好，他有些累了。再说了，日子还得她自己过下去，他有什么资格去为女儿出谋划策呢？他都能想到自己和不认识的人在一起，相互敷衍的疲惫。他早就没那个耐心了。收拾东西时，又接到几个老朋友的电话，问他有没有兴致一起骑车爬山。他说他正带外孙，一时走不开。挂了电话，他对王艾说头昏昏沉沉的，就不去欢乐谷扫他们的兴了。

"等你们回来，我订个地方，一起聚一下。"

"不要在外面吃了。要不晚上回孟家井吧？我好久都没吃到你做的羊肉胡萝卜饺子了。”

从姑娘家出来，王有德又拐到迎春街。店面关着，他也没想着要进去。门口的两盆芋头早干巴得不成样子了。远远看了一眼，他完全想不起来曾经有那么一段时间这里也是生机勃勃，让人浮想联翩。他就像看别人的故事一样，慢慢往前开。到了乐百佳超市门口，只见一堆人围着，原来是业主维权。开发商不知从哪里雇了几个流氓，对领头的老头老太太又推又骂。老太太抱住不放，那流氓竟狗一般咬掉了她的一截小拇指。有人远远地录像。老太太躺在地上直号。人群乱了。有人找流氓撕扯，有人打电话叫救护车。王有德看不下去了，帮着招呼人抬到自己的车上。在车上，老太太还直喊，没有王法了。她说她的孙子马上就要上小学了，开发商承诺了七年的大红本连个影子都没见着。她说得那么着急，好像那根被咬掉的手指完全是多余的。王有德听了一阵，脑子里涌起一阵愤怒，好像这个世界真是令人绝望。直到出了医院，呼吸上几口新鲜空气，他才透出气来。

接下来的大半天，他一直在厨房忙活。他耐烦地准备着要做的每一道菜。那种心情就像那年中秋等待马丽芬小两口到来一样，只是这回又有些不同。同样是等待，他早就没了什么期盼。也是做着这些琐碎的事情，他才一点一点平静下来。好像厨房成了他的教堂，只有这里，才有足够的肚量可以容纳他那些模棱两可的忏悔。

忙完厨房里的事，他又收拾起客厅，墩了地，见马丽芬留下来的那包东西堆在门边，顺手捡了起来。先是想着扔到垃圾桶里去，出了门，却又拐到了仓库。货架上，散乱的佛像、经书，还有发黄的人体照片，和他经年累月积攒下来的摄影器材码放在一起，猛一看，好像什么装置艺术作品。但这种荒诞的念头不过是像火花闪现了一下。他还没来得及琢磨，脑子里又想起了别的。想起钱包里的明信片，又出去取了出来，顺手搁在了货架上。他迅速拉灭台灯，一切消失在黑暗中。

天色还早，他又走到院子里，捡起水龙头浇起花来。水龙头冲得草背后的铁皮直响，这才看见那辆废弃的212，那辆曾经跟着他天南海北拍下不少片子的212，竟然还躺在那里。它已经不能叫作一辆车了，成了一堆破铜烂铁，跟他扔掉的那些垃圾一样，散落在黄土之上，考证不出任何有价值的历史。当然，日晒雨淋，它也在不断变化，只不过跟那些不知名的杂草一样，没怎么得到他的照顾，也没受到刻意的破坏，只是在这焦渴的大地上自生自灭。浇到一半，手机响起来，是孟如月。孟如月说，我出来了。王有德手中水龙头一歪，忙问她在哪里。孟如月说，我就是和你说一声，没别的事我挂了啊。王有德说，有事有事，怎么会没事？晚上一起吃个饭吧，菜我都切好了。孟如月既没说来，也没说不来。对于过往的事，王有德没问，孟如月也没提。中间发生的所有变故，好像都不过是舞台上短暂的中场休息。现在开始转场了。

挂了电话，他继续捡起水龙头，射向院子里的角落。暴晒了一天的蜀葵，叶子耷拉着，花早就谢了，这时喝饱了水，重又站了起来，蓬蓬勃勃，和栅栏外的爬山虎纠缠到了一起。

待到日光稍歇，他又捡起窗台边《无望的逃离》读起来。这一回他看到那个逃离者像一块空铅吊在阳台上，眼皮直跳。早先还为读到这么一本书欣喜激动呢，现在却不知道该和谁分享了。书的结尾写着几句话，可惜被雨水浸印，粘到了一起。他细心揭开，想看清楚都写了些什么，天色渐暗，终是一无所获。

纠 正

一

“其实也不难。”

头一回面试失败，罗蔓跑进市政府八楼，到父亲的办公室大呼小叫，好像先入为主发泄一通，就能安抚内心的恐慌。罗天昊听到后来没戏了，就说：“有什么问题，问问你吴哥，小吴考试有经验。”

罗蔓没注意办公桌后面还趴着个男人，撞见他的眼神，脸腾地就红了。吴自凡高鼻梁上顶个黑框眼镜，下巴上的肉溢出了五官轮廓，像极了她在山西读研时认识的一个男人。见她看过来，吴自凡又是搬凳子，又是去文件柜里找纸杯。倒完水，也不说话，仍是讪讪地笑，好像在期待着她说点什么。罗蔓没好意思接他的眼神，低头搜罗了几个问题，吴自凡听了，开口就是“不难”。一句话顶得罗蔓不知道该怎么接下去。为了延续对话，她叫他说得具体点，吴自凡不厌其烦地阐述，首先，然后。隔壁办公室时不时有人进来，吴自凡和他们打了招呼，仍是一本正经地对着罗蔓，慢条斯理地分析，逻辑缜密得很。这是二〇一三年一月份，那个山西男人还在微博里@她，说201314。到了夏天，等她研究生毕业，跑去太原，第二个月还没过完，他没头没脑地来了一句，说前妻明天就要回来了。能怪谁？只怨她之前什么都没打问清楚，不知道他结过婚。莫名其妙，竟然跟一个已婚男人搞到了一起。怎么办呢，她生怕给人添麻烦，稀里糊涂就到了火车站。坐上火车，她还在为那个男人担心，不知道他陷入了怎样的困境。现在，看着吴自凡有板有眼地讲述，罗蔓还是没有完全从震惊中回过神来，时不时地喝口水，把个纸杯捏得不成样子。

吴自凡平日里主要是写材料。说起来也无非是从网上扒拉，找个格式套一套。熬个十年八年，到了罗天昊的年纪，应该也会水到渠成顶替他的位置。只是吴自凡不甘心。他白天上班，得空就做题，为了有个好的复习环境，主动要求周末值班。有人看不惯了，给领导打小报告，说这个吴自凡，不好好为单位做事，整天净想着考试跳槽。领导来谈话，吴自凡脸皮气得白一阵红一阵，半晌说不出一句囫囵话。等领导走了，罗天昊安慰他："没事，谁都知道不是你的问题，小年轻的谁不想多考考，待在一个小单位里算啥出息……"偶尔听父亲说起，罗蔓也没往心里去。她成天想的都是大城市，是职场生活，哪里会想到有一天会和个小单位的窝囊汉有交集。罗天昊说吴自凡有想法，学习能力也强，读了研，又过了司考，还这么朴素好相处，这样的人，全高邮市怕也不太多。罗蔓有时接不上父亲的话，听得多了，无形之中对这个考试达人又多了分好感。可惜考了几回公务员，吴自凡都卡在申论上。他抱怨写不出优美的句子。"字不成章，半句嫌多，为什么一个道理写够一千字才是道理？"熟络了，吴自凡也会向罗蔓请教，好像她学的是中文，应该懂得其中诀窍。

十年前，因为一个女人，吴自凡留在高邮市，教了四年初中思想政治，又跑到福州读了三年研究生。期间稀里糊涂结了婚，又回到县里考了个事业编。迎来送往，人情世故，他不机密，最后发配到罗天昊这里，跟着写材料。见的次数多了，吴自凡说话不像先前，偶尔也会讲点家常。他跟着丈母娘一家人住在人民路竺家巷，“紧挨着汪曾祺故居”，好像因为她念过汉语言文学，这么描述更容易明白。罗蔓平素也喜欢写点影评，写点诗，算是中规中矩的文学青年，只是却从没想过要去汪曾祺生活的地方看一看。她问故居里都有什么，他说他也没进去看过，里面还住着好几户人，好多回路过，都见人端着不知道是尿盆还是水盆出门，碰见熟络的人，还问他们吃了没有。后来不知怎么说到学习和工作，吴自凡就感慨，说自己学成了个呆子，考试还能应付，一旦面试，手抖心慌，像是做贼被抓了现行。罗蔓就说学哲学的都参透了生命终极，简单，直接，没有什么心机。聊到后来，生硬得越来越像是在相亲了。

“是吗？你在山西都学了些什么？”

该怎么说呢？考研时，她第一志愿填的是东北师范大学，目的也简单，就是想离父母远一点。高二那年，父母离婚，她就一个念头，考出去。本科却也只考到苏州大学。到了大四上学期，眼见得工作没指望，罗天昊还劝她，说，“你喜欢读书，就再念两年吧”。结果考得不怎么好，调剂到了临汾。上了研，她也没有心思真的钻研什么学术，好些时候犯花痴，就去学校旁边的军区。她看见兵哥哥身条板正地站着，听他们严肃认真的交谈，好像整个人也跟着清爽起来。只是这些心里的转转角角，怎么好意思说得出口？碰到人再问她为什么不读博，毕业了找个大学教书不也挺好？她总是说：“一辈子钻在故纸堆里多恐怖啊。再说，我爸都快六十岁了。”

“其实也没有想象的那么难。”吴自凡又给她续上一杯茶水，“我的意思是，你要是坚持读下去，可比现在到处参加面试好得多。”他似乎想拿自己失败的人生做例子。刚刚窗外还电闪雷鸣，这会儿又出了太阳。手机响了，他拿起来翻看，说，“又有人在朋友圈晒彩虹”。他像是想起了什么，说：“不过，再提这些又有什么用？既然出来了，好好准备面试吧。眼光放宽一点，不要局限在小小的高邮市。”他说得那么决绝，好像将近百万人口的城市，都没地方容纳他的梦想。

“你这成天一门心思就想考公务员，万一哪天真考到别的地方去了，老婆孩子怎么办？”

“现在还顾不了那么多。我已经三十三了，只能再拼两年。要是过了两年还考不上，就只能一辈子窝在高邮了。”

罗蔓听得心头一酸。男人说得那么悲壮，和她当年非要考出去的想法一模一样。只是几年下来，她越来越害怕，好像只有回到家里才安全。就像她妈说的，“一个姑娘家，读那么多书有什么用？你看看那个谁，还有那个谁，都是你小学同学，人家孩子都五岁了”。母亲竟连生个孩子也要和人比较，好像从此她的人生比人慢了半拍。她到底念的是师范，学过一点心理学，明白母亲不过是上了年纪，控制不住唠叨。她头一回没有顶撞李晓妮。那段时间，罗天昊听见李晓妮手臂长瘤，做了个手术，去医院看了一回，竟想着复婚。亲戚朋友都劝，既然离了这么多年，两个人都没找下合适的，干吗还赌气？罗天昊还问过罗蔓的意见。罗蔓说，日子是你们俩自己过，将来我们大了，肯定也不会住在一起。话说到一半，罗蔓意识到自己冷漠了，又说：“妈妈也不容易，她就是嘴上厉害了些。”

她没有和吴自凡说什么一起努力的话，只是心底暗暗期盼他真的如他所愿，好像他成功了，也会给她一点进取的动力。有一阵子，两个人都没有说话。罗蔓走到窗台跟前看兰花。两个紫砂盆里，一个养了六株，一个养了三株。

晚上吃饭，和父亲聊起来，罗天昊还感慨，说这个吴自凡做什么都用心，就是养个兰草，也搜集了半天知识，把盆和土都用高锰酸钾浸泡半天，养出来，果真清清丽丽，大不一样。

二

离婚的原因也简单，无非就是李晓妮看不惯罗天昊了。简单的一件事情，李晓妮有本事翻来覆去说上好几天。罗天昊倒是能忍，吵架时遇到罗蔓也在，还会自己找台阶下，说，“你妈这是提前进入更年期了”。罗蔓懒得搭理家里的事，高二时，心血来潮处了第一个男朋友。说是男朋友，也不过是平时上下学，一起走一走，或者到校门口的华莱士吃炸鸡汉堡。李晓妮知道后，问她，罗蔓却死不承认。李晓妮说得多了，罗蔓还白眼一翻，气得李晓妮拿起打气筒追着打：

“一看那个什么刘雨坤就不是好东西，胖成猪了……我是你妈，怎么会害你？”

罗蔓怎么听得进去呢？李晓妮仿佛看到了女儿即将面临的人生灾难，又把自己的惨痛教训拿出来做例子，乱七八糟的话总结到一起，就是罗蔓找的这个男生还不如罗天昊。一说起罗天昊，李晓妮崩溃了。她说他自私，什么都只顾自己。她的话没边没沿，可能也只有罗天昊明白。到了后来，罗蔓实在是听不下去，很认真地和父母谈了一次，说，“你们这么凑合着过，不累吗？还有好几十年呢，怎么打发？”她当时才十几岁，对人生哪里有什么感触，好像但凡遇到点事就应该火速解决，拖拖拉拉耗着，简直有违人性。兴许是听母亲说得多了，罗蔓有时候也见不得罗天昊如此窝囊。一个男人，成天写些毫无意义的材料也就算了，回到家里，听见李晓妮的牢骚，还不敢正面回应。偶尔想讲两句理，李晓妮的声音更高了。有本事辞去工作，做更赚钱的事儿去啊？说到这上头，罗天昊却又没了勇气。他总能找到理由，比如现在的工作心烦是心烦，好赖有个保障，几十岁的人了，重新开始，怎么适应得过来？李晓妮到后来都不是鄙视。她怨自己当年瞎了眼，怎么就看上了这么一个男人。

离婚后，罗蔓判给罗天昊，因为还未成年，就跟着李晓妮一起生活。没多久，酿酒厂倒闭，李晓妮一时没了固定收入，就跑到市政府宾馆搞接待。这样一份无所事事的工作，并不适合一个讲求精益求精的调酒技术员。她像当年控诉酒厂老板的铺张浪费一样，指责宾馆接待的花里胡哨，结果没过几个月，就因为消极怠工被开除了。她甚至跑到南方打过一段时间零工，到底适应不了流水线上的机械作业，还是乖乖回到高邮。坐在家里终不是办法，又去姐姐的饭店帮忙。等到罗蔓去临汾读书，李晓妮还不放心，跑过来租了处房子，说是给她做做饭，尽尽这些年当妈没尽到的责任。结果住了半个月，就开始打问，说，“人家姑娘都跟男朋友出去玩，怎么你都二十三了，天天就窝在家里？”罗蔓说，“你看得这么紧，我敢找男人吗？我怕你再拿着个打气筒追着我打。我丢不起那个人”。李晓妮就讪讪地笑，说，“你气性咋这么大呢？多少年前的事还翻出来”。罗蔓处过的几个男人，李晓妮也知道，偶尔她还会把他们的名字翻出来，问问他们最近怎么样。李晓妮说，“按我的经验，家庭很重要，要和睦的，有房子当然最好，能省不少劲，父母有个工作也不错，将来能帮你们不少忙。不过怎么说呢，最重要的还是人要好”。罗蔓听得头疼，直喊，空有一肚子理论顶个屁用。李晓妮说，“你的事情我不想管，下回不要老叫我参谋，你自己主动点。我懂什么呢？你们年轻人的事，我什么也不懂。我来山西不就是想看看你找的那个男生是什么样子嘛。都说你跑到这里，是因为爱情”。罗蔓听不下去了，又拖长声音，大叫了一声："妈。"

得知父亲期望复婚，罗蔓还打电话回去确认了一下。她好像早就料到父亲不可能再受得到了母亲的唠叨，劈头就是一句："爸，你确定你受得了？"罗天昊避开女儿的质问，只说李晓妮可怜。"一个女人活成这样，不容易，我当年但凡争点气，你妈也不会气得身上长瘤。"他不知怎么看了些关于癌症的介绍，想当然地以为女人身上出现的问题都是因为和他怄气导致的。罗蔓不过是按照自己找对象的经验判断，以为父母即便复合，仍得面对那堆陈年老问题。罗天昊说，耗到现在这个岁数，单位的工作可做可不做，工资也照拿，多数时间还可以兼职赚些外快。照李晓妮的说法是：

"喏，你爸现在可是非物质文化遗产继承人。"

李晓妮还是那副冷嘲热讽的语气。罗蔓没想到从小卖的那些灵屋纸马，那些爷爷亲手扎的童男童女，竟会成为文化遗产。说起来，罗天昊当年高考还因为这些历史原因受过制。如今世道竟不一样了。

要不是李晓妮成天抱怨，罗蔓也不会意识到父亲有什么问题。从小到大，她一直在纠结一个问题，李晓妮为什么老是不高兴。起初，罗蔓还做过努力，试图交流，后来她发现了，无论她做什么，李晓妮都不会高兴。或者说，在她的心目中，罗天昊并不像李晓妮数落的那样不求上进。从民办教师到二中的正式职工，再到市政协写材料，哪一步能说得上简单容易？罗天昊虽然不怎么爱说话，罗蔓却从没见过他唉声叹气的样子，他做什么都笑眯眯的。小时候她最喜欢的事情就是躺在床上等父亲讲童话，尽管讲的那些故事烂极了，却也让她意识到她的爸爸就是笨拙，也有别人比不上的亲切可爱。确实，他们这一家，几十年了，日子也谈不上有什么起色，可他们不也从十来平米的平房搬进了一百多平米的楼房？好多个夜晚，他们一家四口还会拉紧窗帘，认认真真地看些

《原野奇侠》《黄金三镖客》之类的老电影。当时他们兄妹俩只是为电影里的复仇、勇气屏声敛气，很久之后才意识到，父亲所有的选择其实都饱含他身为男人的梦想和寄托。和同龄人聊起来，听说她没有看过《圣斗士星矢》，都惊讶得不行，好像她的童年实在凄惨。罗蔓一笑置之，知道有些事情根本和人理论不清楚。

研究生快毕业时，罗天昊还问过她的打算。打算？她愣怔了一下。前不久，罗蔓在一次国学研讨会议上认识了卫中正，会散了，这个男人还坚持把她送到车站。她本没放在心上，以为这些殷勤不过是会议工作人员职责所系，不料有一次卫中正喝多，半夜十二点又给她打电话。男人说了些什么，她都没听清楚，倒是挂了电话，一宿舍人帮她分析，说这个男人肯定对她有想法。意思是她得提防着些，谁知道现在的老男人都在打什么主意呢？她听了，只不过心头一乐，当晚睡得踏实，还打开了呼噜。到第二天，她跟舍友们逛街，正试鞋呢，卫中正又打来电话，问她，是不是对她胡说八道了些不该说的话。罗蔓撩他，说，“是了，你不知道你说了些什么，我都听不下去了”。她像是拿捏住他的把柄，又装出副关心的样子，说，“喝了那么多酒，还到处给女人打电话，就不怕老婆揍你？”她本不是套他的话，卫中正却着急解释，说他单身男人一个，哪里来的老婆。“再说，我也没有四处给人打电话，就是突然想起了你。”罗蔓受不了男人对她抒情，乱七八糟的小说她可没少看，那些男盗女娼的桥段不都是这样开始的吗？她冷静得很。罗天昊问她有没有什么想法，罗蔓也正在彷徨，哪里知道自己将来能干什么？反正高邮肯定是不想回了。不过，她也没有说得那么明显，就说毕业前还有论文要修改，山西这边认识的熟人也多，看看能不能先找个干的。

或许是有些着急了吧。卫中正当时不过是顺口一讲，说是有什么事尽管吩咐。挂了父亲的电话，罗蔓也没多想，就拨通了卫中正的电话，问太原工作好不好找。卫中正说，“找个工作容易，问题是看你想要找个什么样的工作”。两个人就像打太极一样说了半天，工作的事没有着落，倒是男人暴露了他的想法，他期待她去太原。罗蔓以为自己足够克制。父母离婚后的很长一段时间，她对男女之事非常抵触。反正到了最后仍是厌倦，索性就不要开始。谁知道运气不好，竟然招惹上了满嘴是蜜的老男人。一来二去，习惯了，竟多了分贪恋。过完二十四岁生日，给他写短信：

“正叔，我的本命年过完了，一想到今天是我二十五岁的第一天，还要去背书，你就尽情嘲笑我吧。”

卫中正听出了她在撒娇。他没有回应她的焦虑，只说他喜欢听她这么叫他叔叔。好像一声叔叔就让他变身成了那个不太冷的杀手。这是聊到某部电影了，罗蔓自然看过。再续下去，知道俩人还有那么多共同爱好，罗蔓越发信任起来。

听说女儿准备在太原发展，罗天昊还说，太原那么落后，污染又严重，你受得了？那个时候，罗天昊已经在安排退休后的生活。他都五十三了，再怎么努力，也不可能有什么出息。他一心想的是去郊区租几亩地，过一过自在的生活。“就像我们从前看的西部片，能去个没什么人的地方最好。”罗蔓说，你一个人过田园生活？不是得男耕女织吗？这句话像是把罗天昊的幻想打到了地上。他说，“也是啊”。也是这个时候，她才想起母亲的埋怨：罗天昊除了喝酒吹牛，就是爱做白日梦。罗天昊但凡兴高采烈有个什么想法，一定是喝多了酒。她都能想得出来，他穿件暗灰的衣服，摸着肥厚的肚皮，双脚架在茶几上展望将来的神情。她不喜欢父亲还没衰老，就已然自暴自弃，如此邋遢。罗天昊又问太原怎么样。罗蔓什么也没说。她窝在沙发上看电视剧，《冰与火的游戏》。到点了，去楼下买点吃的。卫中正晚上回来，两个人就迫不及待地做爱。她感觉自己被包养了。只是这些话和罗天昊没法儿说个明白。罗蔓揉着磨红的膝盖，说，“正在找工作，每天复习，累得半死”。见姑娘说得含混，罗天昊扣下了电话。

三

从太原回来，坐的是最慢的绿皮火车。进了德州，她想的还是什么扒鸡，对于刚刚过去的遭遇，罗蔓仍没什么清晰的想法。等到上来一对夫妻，不停地和旁边的人聊天，才意识到他们是要去杭州。儿子在那里谈了个对象，他们要和女方见见面。女人的话多些，说这个儿子算是白养了。别人就劝她，说现在交通这么发达，思想不能太封建，只要孩子自己幸福就好。女人絮絮叨叨的，总之是有太多的留恋和不舍。见推销什么黑莓水果的过来，女人又买了四五包，说是路途远，总不能空手去见亲家。罗蔓没想到这妇人心态如此矛盾，忍不住笑了一下。不承想，妇人扭过头来，开始找她搭话了：

“小姑娘，你这是去上学，还是回娘家啊？”

罗蔓一时没反应过来，她啊啊了几声，她真想不清楚，自己的这趟旅程是要去干什么？她完全没有规划。她算是被男人活生生从屋里撵出来的啊。她爬到上铺，火车晃荡晃荡地往前开着，她举起一本《包法利夫人》，半天没看进去，脑子乱成一团麻，到了后来，忍不住，又哭了半夜。

到了家，罗天昊还问罗蔓想不想去新房子看一看。罗蔓说好，脸上的疲惫落下去，又浮起几丝兴奋，脑海里马上就转到了怎么布置自己的公主房。推开门，只见李晓妮左手吊着绷带，坐在餐桌边啃鸭脖，喝啤酒。见他们父女俩进门，歪了歪身子，问要不要来一瓶。显然，李晓妮已经默认了罗天昊的进进出出，他们好像从来没有分开过一样，你问我答，又说了半天口水话。罗蔓知道母亲手上做手术，却没想到拖了这么久还没好。问起来才知道，出了医疗事故，整个左手无法活动，查了肌电图，说是桡神经受损，需要重新手术。看着母亲对自己的手臂无能为力，有那么片刻，罗蔓想起了自己，仿佛自己的生活不也一样吗？她拿起一块鸭脖，默默地嚼着。罗天昊问是在谁家买的？吃了两口，又来了一句，卤得还行。

有一阵子几个人都没说话，她就给卫中正发微信，从母亲的病，说到自己，她满是感慨：正叔，我喜欢你，却不能接受你有孩子这样的现实，想到这个问题，我就觉得自己太虚伪。讨厌这样的自己，真的。那个时候，她也不是有多讨厌自己，就是感觉需要这么和卫中正说一说，心里才舒坦。

卫中正半天没回音，罗蔓坐立不安，又里里外外看了一圈，指望能发现点蛛丝马迹，那个从前老来家里的叔叔呢？什么也没有。新装修完的房子时不时散发出一股说不清的味道，刺激得她鼻子发痒，想打个喷嚏，半天也没打出来，胸口憋得越发紧了。她抓了一块鸭脖慢慢地嚼。听见罗天昊准备出门，她也往门口移动，说是回去看看爷爷。

回到矮旧的巷子里，罗蔓松了一口气。爷爷像是长成了雕塑，多少年了，还是佝偻着背坐在那砍竹削篾。只听一声脆响，长长的竹子应声而开，竹节依次崩裂。她一下子就懂了势如破竹的意思。罗天昊进了院门就坐下来，开始捆扎骨架。纤细的篾条在父亲手下游动生长，不一会儿，一个灵屋就有了模样。

罗蔓走过去摸了摸那些刚刚剪裁，还没粘糊的彩纸，又拿着篾片嗅了嗅。爷爷这才看见她，问：“回来啦？”那语气，好像她不过是离开了一小会儿。

那段时间，罗蔓还没有完全回过神来。得空了，晃回来，她蹲在老院子里陪爷爷说话，或者什么也不说，就看他不停地重复，似乎在琢磨一个人竟然如此有耐心，会把一辈子的时间花在这样一件事情上面。

有两回，罗天昊大概是看见她无所事事，问她要不要先找个地方实习，罗蔓说也行。就这么上开了班。她没想到上班就是这么混时间。有回没忍住，又给卫中正打电话，他像是完全忘记了先前曾经那么恶劣地对待过她，在电话里哈哈大笑。她问他过得怎么样，他还是一副颓废的架势，说，“还活着”。她想他年龄跟她相仿佛，理应有更多谈得来的话，问她到底适合做什么。他说她一个女人，怎么着也应该找个有保障的工作。她本来也这么想，李晓妮的教训就明摆在那儿，可听到卫中正一副女人长女人短的语气，还是稍微抗争了一下：

“我这么糊涂的脑子适合做那一行吗？”

卫中正就笑，说：“你要是连这一行都干不好，别的行业恐怕更不适合。”

她问为什么。他说她太善良。这是什么逻辑。又问他过得怎么样，他说还那样，给孩子们讲讲《孝经》，说说《论语》，有兴致了，写些乱七八糟的故事。罗蔓就说，“发给我看看吧”。卫中正就说，“你不是在准备考试吗？我不过是一个人打发寂寞而已”。罗蔓就来了一句：

“你前妻不是来了吗？你前妻都来了，还会寂寞啊？”

她哈哈笑起来，好像为自己陡然陷入这样的故事里兴奋不已。他也跟着笑，笑完了，才解释，说那些都是过去时了。不过，到了晚上，他还是给她发了过来。看完后，她又把他的小说转给了吴自凡，有段时间她经常和人说起这个卫中正。大概也是她说得多了，引起了他的好奇。罗蔓就说，扔一篇文章让你看看，就是这么一个寂寞无聊空虚冷的家伙。吴自凡看了，就提了一句意见，说：“技术啊什么的都没问题，故事也编得挺好，不过，他大概年轻，没当过什么领导，写出来的东西没什么思想。”罗蔓没想到吴自凡这么考虑问题。她想了想，也不能认定吴自凡说的完全没有道理。确也是，这个卫中正成天写些男欢女爱，关注的境界实在谈不上伟光正。

在给卫中正的信里，罗蔓也说了自己的感觉：“你的文章总是那么嘚吧嘚吧的，又那么神经，让我觉得这个人好自然，和女人乱七八糟地做爱，还能想出许多狗血的段子，好像自己真的试过那么多次惨淡的恋爱似的。文章字词之间的空隙好像有大段的留白，刚有点回味，你又迫不及待，用残留在床单上月经血那样干巴的感情去填充它，有时候看得真是头疼。不过，看到后来，每次总会心里咯噔一下，你写的东西和你的人为什么让人激动不起来，可人情背后的天色暗下来，好像一幅被你乱七八糟涂抹的水墨画，有一种糟糕的美。”她好像还怕卫中正多心，又说，“总体来说，正叔啊，你有点感动我了……文字里才是你本我的样子，很好玩……俗是俗了点……就是怪怪的亲切，有种粗俗的炙热，让我毅然决然地觉得，我的第一个真正意义上的男人，还不赖……好友们都说：哎，正叔啊就是你那个奇怪的正叔啊，我说，是啊是啊，就是他就是他，只是他们都不知道，你对于我的意义。一起加油吧，保重身体……晚安。”

卫中正很快也给她回信了，除了抖搂一些自己的缺点，呼应她，也鼓励她，像是为了表明他的认真，又在信末抄了一些曾国藩的话：“昔吾祖星冈公最讲求治家之法，第一起早，第二打扫洁净，第三诚信祭祀，第四善待亲族邻里。凡亲族邻里来家，无不恭敬款接，有急必周济之，有讼必排解之，有喜必庆贺之，有疾必问，有丧必吊。”这是说养成好习惯的重要性了。她到底不甘心，只是感觉浑身像是粘着一层沥青，用不上劲。看上去是够绝望的了，可是，忍不住了，又会和卫中正说说话。不管他听没听，至少他当时表现出了足够的耐心。

只是，有什么意义呢？不能细想，有些事情她清醒的时候也会感觉虚妄。可惜窝在高邮这样的小地方，她难得有清醒的时刻。那段时间，罗蔓碰到什么事都愿意和卫中正说一说，虽然隔着一千多公里，好多事因为书写，像是回过头来审察，不尴不尬的地方也附加上了意义。

说是去父亲的办公室实习，多数工作吴自凡都做了，她成天都无事可干。吴自凡鼓动过两回，叫她一起考公务员，她只是对考试有些厌倦，嘴里应着，却也没有真的动手去准备。老实讲，除了未来毫无着落，她渐渐喜欢上了这个小环境。不大的办公室，不知是谁买了些不锈钢的货架做书柜，摆满了旧书旧杂志。罗蔓起先只是帮着拾掇，又摆了几盆绿萝，乱七八糟的架子终于变得清爽了。冬天的时候，高邮又冷，她就打开电热扇，窝在沙发上读书。逮住什么就读什么。马歇尔·戈德史密斯的《魔鬼管理学》，尽管读得云山雾罩，她也能坚持读完。当然，她还是喜欢小说，一本《水浒传》，金圣叹的点评本，她更是画了又点评，批几句“写得好”“好有趣”。偶尔从虚构的世界中回过神来，她也会纳闷，这里说是一个政府单位，怎么这个办公室就完全被人遗忘了？

兴致高了，她还会泡一杯浓茶。她双手握着茶杯，从氤氲着水汽的窗户望出去，大地一片萧索，时不时地有几声孩子的叫唤远远地渗过来。她不禁恍惚。或许是被电扇吹得太久，也或许是刚读过的故事让她想象，令人激动，她脸色通红。

这些微妙的感觉，她也在给卫中正的信里提到了。男人安慰她，说既然暂时改变不了处境，有这么好的心境好好读点喜欢的书，一天坚持读几个小时，也委实令人羡慕。过些年，回头再看，会怀念这时光。

男人的话又煽情了。她想表达些什么呢？她只是感觉恐惧，好像在这样的环境里，她切身体会到了当初委身在这个小办公室的人，和她的遭遇差不多，也是因为对周遭的环境不满，所以才一心打造这么一个小的世界。而在她到来之前，这里早就变得零乱。她不知道其中发生了怎样的变故。好像在这个小小的窗口里，她陡然察觉到了一丝人生的残酷。

四

这是五月的南方，窗外浅灰色的云层堆积在蓝色的天空上，要不是阳光发烫，她真想冲到外面，把自己也挂到楼顶的晾衣绳上暴晒一番。窗户装了个卷帘，她从来没把帘子拉下来过。好多时候，她愿意让阳光打进来。好像因为阳光的到来，这个堆满了文件资料的办公室会多少有些生气。吴自凡还说过他有心把办公室稍微拾掇，变得宜居一些，可总有杂七杂八的事情影响他继续下去的心情。房间里倒是挂着几幅照片，只是从那寒酸的装裱来看，更像是什么人在漫不经心地敷衍，粗糙，生硬，多看一眼都会感觉心里麻烦。

卫中正罕见地主动打来电话。接通电话之前，她拿起杯子，喝了一大口水。她还是做不到得知他的任何信息时保持无动于衷。她的头一句话简直像是带着指责。

“奇怪啊，你怎么想起给我打电话了？”

“你是不是恋爱了？”

“什么？”

“你好久没有和我说起过你们办公室的那个男人了。还以为你正忙着恋爱呢。”

“胡说什么呀。”她压低声音，走到楼道，后来索性下了楼，走到院子里来。她举着电话，好像是在听他的话，却又对着阳光下忙忙碌碌的蚂蚁出神。她生恐自己迈得过大的步子打乱了它们的阵形。

“你要真是有了男朋友，我应该为你高兴。”

这话说得，好像都到了这个份儿上了，他还有权利嫉妒似的。她踢了一颗石子，看见蚂蚁受到惊吓，一下子慌乱了。卫中正的猜测是对的，有那么一段时间，她对吴自凡挺有好感。但好感并不代表喜欢。不过是因为平日里一起做事，他的善良和懦弱感染了她。他不算特别地聪明，长得也不是很丑，他的眉目和卫中正还有那么点神似，是她喜欢的类型。这一点，她早就和他说过了。

卫中正好像听出了她声音里的激情。他辨认得出来，这是迷失的第一步。而罗蔓压根儿就不知道自己在做什么。听完了卫中正的影射，她才耐心地解释：

“我跟你说过，他只是和你长得有一点像。我不可能和他发生点什么，我明知他也有孩子了，怎么还可能那么做？”她认为他理解她的处境。她不可能完全不长记性嘛。“再说，我提他，是因为和你分开后，我的生活中也没接触过别人。再说，他很执着，不像你，对什么事情都一副吊儿郎当的样子，一点都不认真。”

说到后来，卫中正还是那么一副阴阳怪气的腔调。罗蔓生气了。她肯定听出了他的嫉妒。她生气是因为他到现在，还是一点也不理解她。他把她想成一个什么样的人了？她有那么不自知，自甘堕落？一想到自己内心里也是瞧不起吴自凡的，她不禁有些惭愧。卫中正说，别生气，别生气，我的小盘子，我这不是想你了嘛，我这不是嫉妒了嘛。“小盘子”是他给她取的绰号，本来是嫌她胖，叫的次数一多，竟也有些可爱的意味来。他说了一大堆话，说了一大堆，好像就能代表他的真情实意。罗蔓也不知道自己听进去了没有，反正，到了最后，听到他不停地求自己，罗蔓才好受了些。

上了楼，见吴自凡躺着，就放慢了步子，像是生怕惊醒他。倒水时，吴自凡坐了起来。他去拿杯子，她端过热水壶，给他续上了。他喝了口水，又歪过去睡着了。

罗蔓百无聊赖。正好隔壁办公室的姑娘来串门，问想不想出去逛逛。她合上书，跟着出了门。太阳晒得脖子生疼，她感觉身上汗津津的，有那么一刻，她想起了卫中正天天搓到发亮的手串。他总说自己满脸油光，时不时地拿手串往脸上蹭，还自嘲，说自己包浆包得好。看到一家卖麻辣烫的，同事问吃不吃，罗蔓说“好”。一人来了一碗。罗蔓辣得额头冒汗，脑中放空，完全想象不到刚才还枯坐在电脑跟前做什么数量关系，也忘了因为什么和卫中正争执。她说做题真是痛苦，同事还劝她，年纪轻轻，那么苦自己干吗？好好找个男人嫁了，才是正经。罗蔓找不到话来应答，只是直吐舌头。

走了一截，市场嘈杂的声音鼓鼓囊囊地挤了过来。罗蔓这才意识到她很久没逛街了。在太原那两个月，卫中正虽然也没怎么陪她逛街，超市却经常去。回到高邮，除了上下班，她竟然很少出门。同事看到内衣商店，迈不动脚了。姑娘新换的文胸咔哇伊得很，罗蔓无意中触摸到了她那硬挺的双乳。她不是同性恋，碰到女人的肉体，也不习惯，只是脑中突然就荡出一股邪念，想着，这要是卫中正的手，会是什么情景。结果，她又在试衣间里帮同事解胸罩。同事在里面花样翻新地试，她呢，坐在外面给卫中正发微信：看到年轻的脸和稍微丰满的腹部，我觉得时光真美妙，仿佛你在我身体里变成了另外一个生活的自己，每天按时上下班，不再乱七八糟地掀出情绪给他人看。那是更加淡然又顽固的自己，也像三十多岁的你。

发出去了，她又觉得这一切挺没劲的，这是要干什么呢？她撤回了消息，起身拿了两件还算满意的文胸，去了试衣间。

把同事送回家，她一个人骑过漫长的马路，看着人来人往的匆忙，忽然意识到自己身处高邮，和卫中正差不多不在同一个世界。像是丢了魂似的，她歪歪扭扭往家骑，根本没注意到梧桐树叶筛下来的斑驳金光。突然听到后面有人喊她："小盘子……"罗蔓停下来，四周看了一圈，又继续往前走。肯定是幻听了，她揉了揉头，像是不可思议，怎么过去了这么长时间，她还没把这段关系理清楚呢？她想起卫中正说过的很多话，又挑不出来哪句是他讲的，只感觉他老在耳边说，哎，小盘子你应该这样，不应该这样。而她竟然都照着做了。这种感觉谈不上愉快，好像这样，她就认定自己可以克服情绪去做一大堆想不明白的事情，并且做得很棒。唯一有点遗憾的是，当她离开了家人和同事，一个人回到家里瘫坐在沙发上的时候，就忍不住想他一下，甚至会习惯性叫两声正叔。

这些隐秘的恐慌，她从没和人提起。甚至和其他男人聊天，聊着好像很开心实际上很无聊的话题时，她也会走神，想着如果换作是卫中正，会怎么说。总是这样，她会模仿他的语气说一遍，可是他们的对话，他的回答总是很糟糕，或者牛头不对马嘴。

正叔，我想你了，你问我用什么想的，告诉你我真的是用心去想的，想你的好，只属于你的，一个笑容或者是一个傻气的眼神，想我们一起读书的时光，想你的大嘴猴睡衣和那间装满书的房子，那是我的家。我知道我不能回头，因为回头就变成石膏像，但依旧时不时地拉着你的影子向前走，好像从来你都是属于我的。我不敢经常骚扰你，因为这样挺无耻，既然不能接受你的孩子，我又何必如此霸道自私，你该有你自己的生活和忙碌。对不起，写到这里我又觉得自己犯了什么错误，罪不可赦理应受到上帝责罚。于是，上帝每次都罚我看不到喜欢的人只会哭。这样的感觉真不妙。正叔，你是不是觉得我想多了？在理想和现实面前是不是原本就泾渭分明有大河难以逾越，我又不自知地觉得现实里应该饱含理想的成分，而这样的想法本身就在虚与委蛇的现实里不断地膨胀，变成睡梦里和迷茫中的一针兴奋剂，朦胧过后又觉苍凉，其实不该这样。

告诉你一个小秘密，我除了喜欢看书，还喜欢看情色电影。看过的电影不胜枚举，开始只是好奇，到后来成为两个月一次狂看的习惯，从法国看到韩国还有中国的禁片，包括你推荐的《感官世界》。最爱的还是韩国八九十年代的情色片，我甚至想把毕业论文写成身体，也是由于这个。后来我分析了一下，可能与没有性生活有关系，而身体到一定阶段是需要的，这样的落差很大。认识你之后我就不看了，可是回来又会想看。这两天回看了几部之前看过的：《丑闻》《美人图》《青春》《密爱》《色即是空》，看完了能管很久……这一年多来，我就是靠这个坚持过来的。我不知道这是不是一种奇怪的爱好，可能有男人就不会这样。我想对你说什么呢？我是说，正叔，我想你了。我想你了，但并不代表我就想任何一个男人。

正叔，我想告诉你的是，无论我以后变成什么样子，走什么样的路，拥有什么样的家庭，但我始终是你的小盘子。希望在遭遇世事百态之后，依旧能在你这里找到自己本来的样子。正叔，我又想哭了，你得容忍我忍不住掉眼泪的毛病。

最近转季，注意身体，想你

碰到这样的时候，她总要漫无边际地瞎想一番。她喜欢给他写信，尽管他的回信总是短，还不及时。但这并不重要。重要的是，这个时候，她认为自己还有爱的能力。

和人聊天，她总要开口闭口提起几句正叔。就是一些普通的琐事，她也是一副神往的语气。要不是吴自凡点拨，罗蔓根本意识不到自己在干什么。那回和吴自凡聊得久了些，罗蔓再次提到了卫中正对她人生的一些建议。她才起了个头，吴自凡就问：

“你成天都在说这个卫中正，你们这是在搞异地恋吗？”吴自凡见过卫中正的照片，有一回用她的手机，见她把他的照片做成了屏保。凭直觉，吴自凡认为手机上的这个男人并不适合罗蔓，那男人看上去也太老了些。

“不是，我们早分了手。”

“那还提他干什么？”

“我只是感觉他算是聊得来的一个朋友。心理学家马龙·龚特不是说过嘛，每个青少年都需要一个成人助其成长，但这个人不能是他们的父母。”

“天，你都二十六七岁了，还在把自己当青少年？”

吴自凡的话确实不算好听，罗蔓受了回刺激，也认真想了想她跟卫中正的关系。是有那么些畸形。他都把她抛弃了，为什么她就从来没想过憎恶下他，反而要那么依恋他？很多时候，她跟他讲一些似是而非的话，在她的想象中，好像那就是爱情的模样，而卫中正呢，竟然也有那么大的耐心敷衍她。毫无疑问，她把他当成了备胎，而他呢，因为完全不用付出任何成本，所以也乐意跟她周旋。

她总想着自己还年轻，这些事情有什么好认真的呢？谁怕谁啊？她喝了一口水，又吐了出去，好像万事都轻松得很。

五

见父亲总是脸憋得通红地蹲在院子里，不咳了，又在那摆弄篾条，罗蔓问他，还有没有别的不舒服的地方，罗天昊却什么也不讲。罗蔓就说，“爸，你不能什么都硬扛着，去看看医生吧”。之前李晓妮的手术是在高邮做的，家里人都怀疑一个小地方的医生怎么做得了这么复杂的手术，可李晓妮固执，说是熟人，是她妹妹的同学。谁知出了事。能怎么办呢？索要赔偿是没法儿张口了。熟人倒是热心，说就是去了上海做手术，也是全额报销。不过家里人还是人心惶惶，毕竟手术费营养费误工费，乱七八糟加起来，也不是个小数目。只是这些都不是目前最担心的，要操心的是去了上海怎么办。头一个想到的还是去找熟人。去上海华山医院给李晓妮做完桡神经重建手术，罗天昊也给自己做了个检查。医生看了片子，说他的肺部有一个漏洞。罗蔓脱口而出，问是不是肺癌。医生既没否认，也没确定，就说还得做一个病理检查。听说还得做什么胸腔镜微创手术治疗，罗天昊连句多话都没说，就起身出了门。新买的房子还欠有房贷，两个孩子工作也不稳定，他不想因为自己多活几天，又把整个家拖到赤贫的境地。罗蔓跟医生又问还有没有更好的治疗方案，医生说，不想动手术，也可以吃点中药，保守治疗。罗蔓说了声谢谢，连忙和李晓妮追出去，问罗天昊怎么了。罗天昊说闻不得医院那股尸肉味，想早点回高邮。

罗蔓还是坚持到医生建议的那家中医研究所开了一大包中药。看到身着白大褂的年轻人，打开一个个抽屉，把或黄或黑的药末放在电子秤上，罗天昊还感慨了一句，说还是中医比较人性化，不会动不动就要把你身上的东西切掉。

坐汽车回高邮时，李晓妮因为做完手术不久，上车就睡着了。倒是罗天昊一直拿着手机看自己的脸，左看右看了半天，好像还是不放心，问罗蔓，他的脸色是不是不太正常。罗蔓能说什么呢？她有很多年不和父亲生活在一起，也根本不知道父亲的生活规律，这回倒是在一起待了半年，她也没怎么注意到父亲。她以为父亲的脸和大多数中年男人的脸一样，褪去了光泽，变得蜡黄，甚至鬓角冒出些褐色斑点，这能说明什么呢？不过是无常岁月的碾痕。她认真看了看父亲，说可能是累的。再后来，一家三口都没再说话。罗天昊坐在靠窗的位置，准备向后仰躺着，却又整了整衣领，好像生怕人看见。躺了一阵，他索性转过头，直瞪着窗外。窗外的世界绿意盎然，没有谁关注到一个中年男人的恐惧和绝望。

晚上到家后，罗蔓做了个蒲包肉，又炖了条鱼。见女儿把菜端上桌，罗天昊又剥了几个咸鸭蛋。直到他打开一瓶汇金酒，罗蔓才意识到父亲准备喝酒。

“刚开了这么多药，还喝酒，不好。”

尽管李晓妮也反对，到底顶不过罗天昊的固执。他说得那么凄哀，罗蔓差点哭了出来。

“我这辈子差不多完了，就让我痛快喝点吧。”

话都说到这个份儿上了，还能怎么样呢？李晓妮脸还是僵着，说，“给我也倒一杯”。结果，罗蔓给自己也倒了一杯。他们还碰了一下杯。碰了杯，罗天昊李晓妮还是没说话，罗蔓就说，祝爸爸妈妈身体健康。这顿饭吃得特别难受，好在后来喝了些酒，一家三口的脸上才和缓了些。中途，罗光皓打来电话，问起父母检查的结果，罗蔓本想着离开客厅到一边跟哥哥好好说说，罗天昊却把电话要了过来，说，“你妈手术做得挺成功，不要担心”。

喝完酒，父母早早就躺下了。罗蔓收拾完，站在飘窗前，看着外面万家灯火亮起来，有一刻特别悲伤。

吃开中药后，罗天昊总说整个人精神了许多。有事没事，都要去卧室的化妆镜前照一照。可能意识到时日无多，他不再像先前那么平和了，总是上网搜一些偏方，一个不管用，又会喝上几天酒。

“我总感觉喘不上来气，好像有个人在里面吹口哨。”

“你是没有休息好，可能出现幻听了，就像飞蚊症。”罗蔓听得瘆人，好多时候她以为那些鸠鸣声是父亲在打呼噜。

“睡不着的时候，我恨不得把肺拎出来洗一洗。”

“爸，你要相信。好多病都是因为自己吓倒了才加重的。”

就是到了这个地步，有时候市里组织一些节目，比如搞什么非物质文化遗产摸底，罗天昊也会化好妆，坐在摄像机跟前安静地讲述。他讲得那么头头是道，听的人完全意识不到这是一个活在死亡阴影中的人。有一回，罗蔓在朋友圈看见朋友晒照片，说是去个泰国，自由行，来回双飞，才要四千块钱，就对罗天昊说了。她的意思是，父亲出去走一走，说不定心情会变好一点。谁知罗天昊听了，眉头一飞，说：“有这工夫，还不如去凤凰，去佛山，去邯郸。”他对纸扎真是上了心，一心想的是看看同行们的成绩。

“你看爸爸写了一辈子材料，谁也不关心。倒是祖辈留下来的纸扎，突然间被市里搞成了非物质文化遗产。我总不能白占上这个遗产传承保护人的名号，什么都不做，对吧？”说到这些，罗天昊来了精神，也顾不上再谈论自己的病了，顺手拿起篾条，随便绕上几段，就有了个造型。“你看，做什么都是个熟能生巧。你读了这么多年书，肯定也知道什么是最适合自己的。爸爸要不是在机关荒废了这么多年，恐怕也不至于才得到一个市级的遗产传承人。”罗蔓喜欢看见父亲雄心勃勃的样子，好像一旦重新振作，整个家里都不再是那种压抑的气氛。

那个时候，她又和高中同学刘雨坤联系上了。到部队上锤炼了几年，他又转业到高邮，去了消防队上班。一米七八的个子，穿着军装，寡言少语，性感极了。微信上一条一条地打字，太慢了。后来她打开了语音。再后来，她等不及，索性拨通了电话。高中毕业，刘雨坤考到东北，毕业后又去了部队。好几回都试着联系她，却没打听到她的地址。她问他为什么要回高邮，他憨憨地说，“哪有为什么呢？在别的地方混不下去了”。这话说得，太尴尬了。她想起了自己从太原那个老男人家里落荒而逃的情形。她问他现在的工作怎么样？他说，挺好的，我喜欢现在的生活，有那么多兄弟。他说了那么多，却又表露了一点遗憾，说单位全是男生，连个年轻的女人都没有，“倒是有个做饭的阿姨，可人家都当奶奶了。”

和刘雨坤重新好上的那大半年，罗蔓没怎么给卫中正打电话。偶尔，她也有困惑，感觉她和刘雨坤的相处，并不是什么爱情，而是两个身处困境的人在相依为命。她总是提醒他，说她那么在乎他，为什么他就不能更爱她一点。刘雨坤听不得她成天说些爱恨情仇，生活不是一点点地过下去吗？干吗非要把这些字眼挂到嘴边？罗蔓也不是要把这些字眼挂到嘴边。她从来没参加过他和朋友的聚会，他好像也没想着要把她介绍给他的家人。偶尔吵起来，他梗着脖子说，有本事，咱们结婚啊？他说得那么轻巧，好像结了婚就解决了所有问题。结婚不是需要准备很多东西吗？他也不提。吵的次数多了，她反而认定，他和她的矛盾，跟电影电视剧里的男欢女爱也没什么两样。天底下的爱情差不多也就是个这。她想起没碰到刘雨坤那一阵子，她的生活也没什么起色，好上以后，做了一番美梦，以为生活马上就有大的不同。可现在呢，她开始意识到他和她一样，都困在了高邮，因为找不到更好的出路，所以才把火气发泄到对方身上。意识到这一点，她又多了些恐慌。

有一回两个人走在街上，竟然遇到了罗天昊。罗天昊看见女儿，瞪了一眼，掉头就走，罗蔓都没来得及喊一声。晚上回到家，罗天昊破天荒地没有看电视，而是坐在沙发上，好像是在硬等她回来。“这就是你处的男朋友？怎么嘴巴那么笨，都不知道喊人？”他像是想说点别的，却又住了嘴，端起茶几上的杯子咕嘟喝了一大口。家里到处飘散着中药味，她打开窗户，想着该怎么和父亲解释。

罗蔓知道父亲对刘雨坤不满意。他认为他的女儿该找个什么样的男人呢？他自己的婚姻都处理得乱七八糟，又怎么好意思指责她？虽然没有明确地反对，他的态度却摆了出来。再见到刘雨坤时，罗蔓就有些心不在焉。这个时候，倒是刘雨坤话多了起来。他说他有个邻居，五十好几了，是个京剧迷，天天大清早一起来就练声，吵死个人。“你说人到了一定年纪怎么就丧失了对自己的判断了呢？就像你爸爸，还要折腾什么纸扎传人。”大概是有一段时间她跟他说过罗天昊。她当着外人说起父亲的时候，本意是要表现那么一点谦逊，也可能从那些没话找话的闲聊中，不经意带出了些鄙视。但她从没觉得父亲的所作所为有什么不堪，就是身为一个失败者，那也没什么好谴责的，毕竟，那是她的父亲。

“我爸爸怎么啦？他又没有打扰到别人。”她想为父亲辩解，可说到最后，连自己也感觉无聊起来。这有什么好争的呢？或许他并不是要嫌弃她的父亲，不过是恰巧印证了罗天昊的判断：刘雨坤就是嘴太笨了。

从凤凰回来，罗天昊又给市非物质文化遗产办公室打了个报告，竟然得了一笔经费。他把小院的墙打开了，又搞了个玻璃橱窗，展示他的作品。罗天昊还请市书法家协会主席题了几个字：罗天昊纸扎工作室。背景加上了LED灯，挂在了院门口。要是在灯光下远远看见，还挺瘆人。不过，罗蔓早就习惯，看到父亲干劲如此充足，也跟着莫名的欢喜，就像小时候，碰见爷爷赶集回来，总盼着能带来不一样的糖食果饼。好多时候免不了失望，到了下一回，她还是要抻长脖子，完全不由人。见姑娘回来得这么早，罗天昊还问了一句。罗蔓说：

“我是不是成了多余人了？娘不亲爹不爱的。”

“你不是在搞对象吗？”

“早不在一起了。”

罗天昊放下手头的篾刀，叹了口气，说：“不在一起了也好。你们天天吵，我早就听不下去了。”

罗蔓这才知道她和刘雨坤原来成天在吵架，她竟然从没意识到。吃了饭，她看着父亲和爷爷仍坐在院子里忙活。他们基本上不怎么说话。罗蔓看了一阵，又站起来走到巷口，试着给卫中正打了个电话。电话竟然拨通了。卫中正好像没想到她会打电话来。问他在干吗，他说在出差。罗蔓听得那头像是有人在唱歌，就说，出差还不忘去歌厅嗨啊。卫中正就说，这不朋友们热情好客吗。说了几句，她也听出了卫中正的心不在焉，就挂了电话。她在街上溜了一圈，抬头看着天上，月亮就挂在树梢。她走了两步，再抬头，月亮还是不紧不慢地跟着。她想起小时候，和哥哥在街上玩，也是看月亮，两个人都弄不明白月亮为什么老在身后跟着。哥哥就说，妹妹你站在这儿别动，我跑到前面，你看月亮会不会跟着我跑。结果回来，哥哥说月亮跟着他跑了，她说怎么可能，月亮一直就在那呀。因为莫名想起了小时候的事情，她有些想哭。她总是碰到点什么事情就要哭。在太原的时候，卫中正稍微对她好一点，她也总是哭。那个时候，卫中正应该是烦她了。他总是说，我他妈最烦女人哭了。可她有什么办法呢？谁让她是双鱼座啊。这个时候，她又想，卫中正烦她是对的，刘雨坤离开她也是对的，谁让她的眼睛水这么不值钱呢？她抹了一把泪，小声咳了一下，四顾无人，才把胸挺起来。她走得那么沉稳，好像心肠真的可以硬起来了。

六

只要不谈工作上的事，吴自凡聊天的兴致还挺高。本来，她对他还存有一点偏见，背后罗天昊没少说过吴自凡。那些话也谈不上闲话，只是话里话外，免不了带出一些看法，比如说这个吴自凡一心想考公务员，都快成范进了。谁知道，有回看见罗蔓在那看小说，吴自凡慢悠悠来了一句：

“你应该看看理查德·耶茨的《革命之路》。”

“是社会学方面的书？”

“一本小说。”

“一听名字就倒胃口。”

“什么啊，那是本励志的书。你要是看到更多人因为工作，因为婚姻，因为酒精遭遇的困境，就会想着更努力，去追求自己想要的生活。”

因为说到了工作，吴自凡不知怎么谈到了他的父亲。他说他爸一辈子都在他妈的阴影下生活。“上世纪九十年代就出门打工，几十年了，就只会刨板，连开机台都不会。我妈这么说也不公平，毕竟我爸靠着这份坚持，硬是把我还有我弟弟供到了大学。我上大学那会儿一年学费就要八千块，好多政府工作人员一年工资也差不多就是这个数。当然，这也是我后来才了解到的。我平时也很少想起我爸，只有我妈埋怨的时候，我才会想起那么一幅画面，一个中年男人成天往机台上抬木头，一抬就是十一二个小时。”

或许正是从小因为朝不保夕担惊受怕，听说他都进了有编制的事业单位，还想着考公务员时，他妈说：“现在不是挺好的吗？也稳定。你成天在单位不好好工作，还一心二用，不怕领导对你有意见？”他学着他妈的语气，好像还在纳闷她为什么会如此容易满足。

他说他这辈子可能也就这样了。不过他为他的弟弟骄傲。一个毫无背景的人，上了山东理工，毕业了又考到气象局，因为专业素质过硬，很快得到重用。“还娶了个漂亮的媳妇儿。我弟可比我脑子机灵多了。他们气象局也没什么事，青岛不是靠海嘛，他又搞微商，卖海鲜干货，好家伙，收入比工资高得多。好几回，我跟他说起考公务员这本经，他就说，‘哥，都什么时代了，你怎么还想着什么铁饭碗。’和我弟弟一比，我感觉自己太没出息了，年龄越大，就越是恐慌，生怕一辈子就这样了。”

这个时候，罗蔓才意识到，吴自凡过得也不容易。她能说什么呢？她想象不出来他的挣扎。后来两个人又说了些别的，不过，临下班，她又鬼使神差地登录京东，买了本《革命之路》。

她对外国小说并不怎么喜欢。主要是那些长句子，拗口，费劲，就像沼泽地里的藤蔓，远远一看，倒也清爽，等到自己上手，想要理出个头绪，并不容易。收到《革命之路》，她也就翻了个开头。翻完开头，她想法不少，一心想找吴自凡聊聊。谁知几天不见他来上班。和罗天昊一说，才知道吴自凡家里出了点事，他爸的三个手指头被机器切掉了。

过了两星期，吴自凡才回来。他说起单位制度的不人性化，成天正事没有一件，还要把人像囚犯一样套着。罗蔓没怎么听见他说粗话，这回听见他抱怨，还有些不适应，好像只有在他如此直露地问候祖宗八代时，才清楚地看见了他的出身。又过了一段时间，大概是他缓了过来，看见了她桌上摆着的《革命之路》，才说起他爸的事。

“我一直想去我爸打工的地方看一看，上学的时候没钱，等到上班了，又没时间。我爸其实年龄早超了六十岁，按道理，交不了保险，就没法儿打工了。可我爸呢，又不甘心在家待着，就办了个假身份证。年龄是改小了，毕竟上了岁数，反应大不如从前，结果就出了事。这回我去他所在的工厂一看，完全超越了我的想象。照我过去的理解，都二十一世纪了嘛，那工厂不说多么干净讲究，至少也规范，去了漳州才知道，郊区密密麻麻的，全是厂房，不是刨板厂，就是晒板厂，只是每一个厂房都非常简陋，石棉瓦房下摆两台机器，每天大卡车拖来一两车木头，电闸一开，工厂就算是运转了。我爸就是在这样的地方待了三十来年。成天听到的都是机器切割木头的轰鸣，下了班，吃完饭，根本不想再多说一句话，还得攒着力气，准备第二天继续锯木头。我觉得我爸都快成一根木头了，每回给他打电话，就是问，吃饭了没有？你那边天气怎么样？好像天气实在是太重要了。不过对于刨板的人来说，天气确实重要。一下雨，刨掉的板晒不干，就没法儿继续干活。不能干活，就少挣一天的钱。只是你能想象吗？我爸在我心目中，不说多能干，也算是一个顶天立地的当家人，可他竟然在一个又一个类似的工棚里刨了三十年板。结果到最后，十个手指头还被机器锯掉了三个。我爸看到我时，还不让我找老板理论，说要是老板发现他的身份证是假的，指不定还会怎样找他的麻烦。我爸就是这样一个人，一辈子老实得像个阿弥陀佛，老到五六十岁，手指头都被锯掉了，成了个残废，想的还是怕给别人带来麻烦。”

那段时间，只要单位有人叫喝酒，吴自凡都会答应。好几回，他像是为了答谢，还主动约人。有一次，罗蔓也跟着去了，就在门口的苍蝇馆子里，五六个人就着面目不清的盘子，喝完两瓶白酒，又叫啤酒。吴自凡并不能喝，就是胆子大，不管是谁和他碰杯，都是仰口一脖子。白酒怎么能这么喝呢？罗蔓看着也揪心。结果就多了。喝多了的吴自凡，有些喜怒无常。高兴的时候，会滔滔不绝说中午碰到的某个人如何有趣。好像有段时间大家都知道他正和老婆闹矛盾，碰了杯，那个六十来岁的老男人还说，“有什么好死缠烂打的，大不了离了，再找个小的”。紧接着，就对另一个老头说，“不行，把你家姑娘介绍给我们小吴，你家姑娘不也三十好几了？”介绍的人说完，又对吴自凡说，“到时候你真娶了他姑娘，就可以带着你岳父一起去嫖娼，你岳父是老嫖。”旁边的老头就说：“要真娶了我家姑娘，嫖娼的事可不能干。”老头说得那么认真，好像真把他当成了女婿候选人。

不知道是喝了酒高兴，还是知道自己的婚姻还有无限可能性，喝完酒，吴自凡又跑到办公室和人到处描述他喝酒的情形。罗蔓不太喜欢吴自凡不自重的样子。更可怕的是，要是哪一回喝得不高兴，他有本事在单位皱着眉头骂人。那一回也不知道他是不是又和老婆吵架了，反正喝完酒，凶神恶煞的，像是要杀人。骂完了人，他还冲过来想搂她，幸好单位又进来人，罗蔓才躲过他的骚扰。

知道了吴自凡酒品不好，下回再叫一起小聚，罗蔓就不去敷衍了。她想，这个吴自凡要是如此不知节制，恐怕很快就会醉生梦死，堕入稀里糊涂的中年生活。就是这个时候，她也压根儿没想过要担心自己的安全，还在为吴自凡的未来困惑。

罗蔓也没多想就拨通了卫中正的电话。“我跟你说过那个跟你长得巨像的胖子吗？就是我办公室的吴哥，那个一心想考公务员的。我怀疑他是不是自暴自弃了，平时那么自律的一个人，现在成天都在喝酒。”

“中年男人的社交嘛。”

“社什么交啊，他成天就在门口的苍蝇馆子里。”

“他可能有什么坎过不去了。”

“你知道他老婆是怎么抱怨的吗？她说她知道他是个凤凰男，也许平日里在单位是不容易，那也不应该一下班就往沙发上挺尸，不是看

《刘老根》，就是看《乡村大舞台》。吴哥还反问他老婆，那他应该看什么？结果两个人因为出身问题又吵了一架。他第二天到了办公室，还要把这些话讲给我听，搞得我都不知道该怎么接话。”

“兴许他对你有那么些意思。”

“还能不能愉快地聊天了。我跟你说，我特别讨厌他喝多了还毛手毛脚。”

卫中正邪恶地笑了起来，好像眼前出现了一个胖子欺侮她的场景。电话里闲聊总是这样，聊着聊着，她就被他带到轻浮的地方，感觉整个人都不清不楚起来。和上班多年的他相比，她还是生涩了些。她以为看到了一些生活的真实，就能和他找到一些共同的话题。好多时候，她还会嘻嘻哈哈地跟他开玩笑，说，“正叔啊，我要是在高邮混不下去了，还得去太原投奔你”。卫中正怎么说呢？卫中正总是说好。他说得那么好听，好像他早就把前妻孩子那堆问题解决掉了。

罗蔓有时候为自己竟有这样油腻的想法感到恶心。她在感情上从来不都是嫉恶如仇的吗？怎么吃了一回亏，还想吊着老男人的膀子呢？

到了秋天，大姨给她介绍了一个对象，说是药厂的车间主任。她一听到这四个字就想把电话给砸了。她不是讨厌工人，只是想起母亲当年的遭遇，好像一下就看到了失败的过往。大姨问她见不见。她怎么愿意呢？她给卫中正写信，自嘲，说她怎么说也曾经是高级知识分子的女朋友，怎么一下子掉了这么多档。她时不时把这些话说给卫中正听，好像只有他能理解她的困境。

春节期间，罗天昊又进了一批货。罗蔓和罗光皓从早到晚都在门口站着，帮着看摊。卖得最好的是对联。对联看上去也普通，不过都是好话，像什么“接财接福接平安，迎春迎喜迎富贵”。看到这样的话，她还顺手拍了张照片给卫中正微信了过去。她说这么俗套的一句话，她家二妈挂了整整二十年。果真应了这祝愿，孩子也考上了公务员，媳妇也生了个大胖小子。她说她也开始迷信了。原来美好的祝愿会成真，有心则灵。她说，“过年了，不在你身边，没资格问你吃喝，就祝你平平安安吧”。

卫中正回得很慢，却也表现出了好奇，好像她们家的生意实在有意思。罗蔓枝枝蔓蔓地讲，她们家卖春联的历史可以追溯到她出生前，刚开始只是卖卖红纸，到后来，罗天昊自己写写对联，再后来变成了杂七杂八卖一堆。当年买的人远没有现在多，最高峰的一年她们家卖过一万多元。站在门口，每天吹得冷飕飕冻兮兮的，却也能接触到各种各样的人。看见他们挑选春联的时候，罗蔓就在想，这些人，有些抠门儿，有些幽默，有些随和，有些吹毛求疵，即便如此，他们的目的都是为了来年生活得更好。她像是轻声对着卫中正说：“我们所谓的理想，也不过是像他们一样好好地享受最世俗的幸福，你说呢？”

天太冷，里三层，外三层，她恨不得把衣服全堆身上。笨是笨了些，她却也有小小的欢喜。风吹得她的羽绒服胀起来，如同鼓满了风的帆，好像和卫中正漫无边际地说些话，心就暖和起来了。

这一年，她二十六岁，研究生毕业一年半，工作遥遥无期，还在一个不知道该怎么描述的办公室实习，心里泼烦，却也暗暗地期待着什么。

过完春节，她穿着一身从太平鸟买来的玫红色新大衣，来到单位。看着自己置身的办公室，还是几十年前配置的办公桌，屎黄色，漆也起皮了。面积倒是大，只是要这么大有什么用呢？吴自凡还摆了一张沙发床，时不时地把偌大的身躯往上一躺。有一回，她困极了，趁他不在，也想在上面午休一下，结果被上面的气味熏着了。

“这是不是太荒诞了？难道我命中注定就该一辈子窝在这儿？”

她这么问卫中正，其实并不是希望得到对方的鼓励，她什么都知道，就是希望对方配合她，做出一点点反应。她那么说的时候，还为去年的自己感到脸红。她竟然年纪轻轻，就渴望找个地方安享一生。

七

有一天，她看到吴自凡桌上的《国家公务员考试教材》，拿过来翻了几页，竟然一下子看了进去。过去，躲在自己的小世界里，以为熬过时间，就能逃避世事，只是她还得时不时地看望李晓妮，只要在母亲跟前待上一阵子，罗蔓马上就意识到自己的想法多么愚蠢。李晓妮从不评价自己，但却总能一眼看透别人的不是，总结起来就一句话：世人困守在原地，却浑然不自知，都是一样的愚钝。她怎么能竟然习惯这一切呢？突然决定全副身心地投入考试，罗蔓整个人精神了不少。她写计划，做笔记。罗天昊见了，也暗暗骇异，好像没料到自己稀里糊涂的女儿，会突然成为一个明白人。劲头是不小，就是碰到数量关系时，她头疼得很。有两天她傻傻地坐在电脑跟前看数量关系的视频，没来由生出一股困惑：学了快二十年，也没把数学学好，就这么胡乱做一通题，会有效果？

有那么一阵子，她做不进题，望着对面的吴自凡，在想这些中年男人到底有怎样的纠结和不甘。他四仰八叉地躺在沙发上，好像什么都不顾忌了。

这一年春天，卫中正说他打算辞掉目前的工作。罗蔓在太原的时候，卫中正就说过他厌倦了现在的生活，想回乡下去。问去乡下干什么，他说去养猪。当时罗蔓听了，心里急，说干什么不好，非要去做杀生的营生。结果，男人也只是说说而已。后来，她明白，男人和她讲这么些丧气的话，也无非是表演给她看的，好让她更加决绝地离开。所以，这回男人提起辞职，罗蔓想也没多想，说，“辞吧，别成天抱怨了，你还那么年轻”。卫中正说，差不多快定了。一个挂靠在三本院校的民营学院，要招一批老师。他本来口才一般，又容易紧张，去试讲了一次，基本上没戏了，谁知有个主管领导看到了他的简历，竟然做主把他聘上了。罗蔓说，“这是好事啊，还能接触到更多年轻人”。要是换从前，罗蔓肯定会一惊一乍，为他有一条更好的出路欢呼，可现在呢，两个人的对话寡淡如水，她不知道是不是吴自凡的提醒让她变得聪明了些。卫中正好像还很激动，他说只要去了学校，拿到年薪，他就不会像从前那般窘迫。罗蔓不知道这算不算是一种委婉的暗示，还是在为他过去的委琐致歉。到了最后，她仍是很礼貌地说：“这下你有假期了，有空了来高邮看我。”她知道他不会来，她呢，也就是顺口一说。

这天，她正在做题呢，一个四十来岁的女人走了进来。罗蔓起先没看出她的不正常，见她对着自己笑，也跟着笑了笑。那女人像是来过无数次似的，走到吴自凡的办公桌前东翻西翻，过了会儿，就扭过头来和罗蔓说话。

完全是控诉了。她说吴自凡不负责任，太自私了，孩子生下来，就没怎么操过心。吴自凡也说过他们结婚的时候过于匆促，只是理由一经他的妻子说出口，要更沉重。“要不是婚前怀孕，我肯定不会那么草率地走进婚姻。”

结了婚，她本来也想认了命。谁知吴自凡却总想着考公务员。还不能说，一说他就讲适应不了南方，精气神全不在这里。还口口声声称被她套在南方完全是因为责任，是因为习惯，是因为家里的压力。他有什么责任感？家里的大务小事，全不用心。她是想着好好教育孩子的，从三岁到十八岁的规划，她都做了。目的自然是不想让孩子重复父辈的老路。谁知她才起了个头，吴自凡就没有耐心听进去了。他认为她太法西斯，没有考虑孩子的感受。很多问题都达不成一致。看到两口子吵得这么厉害，好多亲戚都听不下去，劝他们索性离了算了。她也真的去咨询过律师，谁知道她再次怀了孕。

罗蔓看了看她的肚子，在想该怎么接她的话。

“你不知道吴自凡好多次酒后都提起过你，他说他们办公室新来了个姑娘，说话温柔，又有上进心。”

罗蔓根本没想到一个女人会当着完全陌生的人如此鄙视自己的丈夫，她听得心惊肉跳。等到再见到吴自凡的时候，她几乎是大松了一口气，说：

“恭喜啊，吴哥。”

吴自凡还没反应过来，好像闹不明白有什么好事值得庆贺。又听罗蔓说刚见过他的妻子，吴自凡马上就来了一句：“她是不是又跟你说了我的不是了？”罗蔓还没回答，吴自凡又说：“我算是把她毁了。你不知道，当年我们结婚时，其实并没怎么想好。我压根儿不知道她的性格那么极端。比方说，平常恋爱，要是知道对方还跟异性说话，嫉妒也算正常，问题是我们结婚这么多年，她还是这么一副态度。她总认为我每天在办公室复习并不是真的在复习，而是背着她，和别的女人有来往。刚开始，我还会辩解几句，后来见她如此固执，也懒得解释。这几年来，她确实对我很好，人也还不错，为我付出了很多。但感情的事真的是不能勉强，我好像对她始终没什么热爱和激情，也不喜欢这个城市。这些年来，争吵，泄气，很消磨，很疲惫，连感恩的心态都快被消磨掉了。我们年纪这么大了，不能再拖了，再拖就是害人害己，全军覆没。我一定要考上省里的公务员，要不然我们就完蛋了。”

吴自凡虽是这么说，但罗蔓却疑心他的妻子怀疑上了她。难道我天生就是当第三者的命？她终是没忍住，和卫中正说起这摊糟心事，卫中正还笑话她，说，“真是没想到啊，真是没想到你怎么净遇到些烂桃花”。罗蔓却是一点也笑不出来。

国庆前一个星期，罗蔓接到卫中正的电话，说是他所在的国学堂到南方交流学习，他临时开小差，跑到高邮来了。他没来的时候，罗蔓还幻想过他突然到来，只是这回来了，她又有些措手不及。她在高邮生活多年，也没觉出这里有什么可玩的地方。后来不知怎么想到了竺家巷。她说去汪曾祺故居看一看，卫中正却暧昧地说，“看不看什么故居不重要，能看看你就好了”。话虽是这么说，骑上电动车带着他往竺家巷拐时，他也没反对。巷子比她想象的要更破，更窄。潮湿的墙壁上铺满了苔藓，跟她生活的小区简直不像是一个世界。谁料到会在这里撞见吴自凡呢？他套件松垮的白背心，一手抱着孩子，一手往绳子上晾衣服。吴自凡也看到了她，喊了一声，抱着孩子走出来。看到电动车背后的男人，吴自凡略微迟疑了一下，扭过头问罗蔓：

“这是？怎么不介绍一下？”

卫中正伸出手，说他是她的朋友，路过，顺路来看看她。吴自凡本能地伸出手，结果孩子从背上滑下来，他又连忙去搂孩子。

“到屋里坐坐吧。”

吴自凡的妻子歪在沙发上，电视里放着《甄嬛传》。见他们仨进来，往里让了让，又指挥吴自凡找杯子泡茶。泡好茶，她开始埋怨吴自凡，说他不管家里的事，有空就往外跑，乱七八糟的事快把她压垮了。她说起吴自凡的不是时，头头是道，一点也不觉得别扭，压根儿没意识到同样的话，两个星期以前刚和罗蔓说过。她好像一点印象都没有了。

出得门来，罗蔓继续往汪曾祺故居骑，进去一看，里面住着好几户人。坐在天井边打盹的老人，见他俩在门口探望，看了一眼，又低下了头。罗蔓伸过脖子往里扫了两眼，感觉也没什么可看。门内挤挤挨挨地放着沙发、茶几、柜子。卫中正说，“不看了，不看了，我们吃点东西去吧”。罗蔓说，“想吃什么？”卫中正说，“随便”。罗蔓就说，“带你去吃我们这著名的阳春面吧”。卫中正说，“去年还说我来了请我吃小龙虾的啊，怎么才一年，待遇就降得这么快？”罗蔓说，“你不是有哮喘吗？做一回爱都几天缓不过来，不怕吃这些刺激的东西把命丢在高邮？”罗蔓说得如此直接，卫中正的面色都变了。他像是被她拿住了短处，求饶似的，说，“你说怎么办就怎么办吧”。吃了面，卫中正像是若有所思地来了一句：

“刚刚我们碰到的那个神经兮兮的男人，就是你天天和我说跟我长得巨像的吴哥？”

“他不神经，神经的是他的老婆。”

“那是你天天和他在一起。”

“什么呀，他学的是科技哲学，心理建设可比我们要搞得更好。”

眼看着就要闹崩了，卫中正才讨饶似的说：“带我看什么汪曾祺故居有什么意思呢？你不是常说你爷爷的纸扎店吗，带我看看你的别居吧。”

罗蔓带着他远远地走了一圈，卫中正还在那里胡说八道，他说他还是喜欢她在信里描述的一切，是琐碎了些，却也给人想象。什么话？明显是说来了一趟反而失望了。罗蔓说，“高邮太小了，真没有什么可看的”。

后来又说到了工作。她说目前做的任何事情都找不到尊严，只要提起这回事，她感觉就像吃进了无数苍蝇。“问题是还吃不进去，苍蝇的翅膀还在你的喉咙里刺啦刺啦地扑腾。”

“意思是你准备一个人跑掉，还是跟着别人一起走？”

“什么意思？”

“你不是说吴自凡也在筹划着离开他老婆吗？”

“你真是没劲。”

卫中正讪讪地还要说些什么，罗蔓也不问他的意见，径直去了汽车站。到了汽车站，罗蔓突然来了一句，“这就是我当年搞对象的地方，你知道，做学生的时候又穷，又没地方可去，我和男朋友就在这里一待一整天。那个时候，我们好像有很多话，又好像一句话也没说，可是在一起，轻松得很”。卫中正说：“和我在一起不轻松吗？”罗蔓说：“你明白的，这种感觉完全不一样。我不见你的时候，还很想你，可看到了你，一切都糟糕透了。”

卫中正打车去了宾馆，罗蔓就骑着电动车走了。背后少了个人，她顿时感觉轻松不少。雨越下越大，她挤在一个商场的门脸下避雨。狂暴的风扭打着树枝，揪扯着卖房的巨幅广告招贴。罗蔓庆幸及时地躲到了屋檐下，要是晚来一步，恐怕就被淋着了。她听着人们谈论一些琐琐碎碎的事，好像眼前的暴虐景象完全不用担心。

果真，没过多久，先前还雨气蒸腾的街面，一下子清风阵阵。她推出车子，继续往前走。之前很多回，走在回家的路上，总会有些恍惚，她总是幻想那个喜欢她的老男人叫着她的名字，然而现在，她耳根清净了。

八

查分那天，罗蔓紧张得要死，看到自己连初试都没过，她反倒松了一口气，好像从此不用再在这上头纠结。有什么好纠结的呢？她本来也没怎么认真准备。或者说，她认真准备了半天，也没怎么复习进去。总是不能集中精力，效率低得吓人。人总该在适当的时候有紧迫感，为了梦想，是该努力的时候了。这些道理，她都懂。问题是，她总感觉没什么希望，闲时看看杂书，刷刷微博，胡乱看看，时间就过去了。她甚至都有些悲观，想着死亡不过是迟早到来的节日，那期间的经历，又有什么意义？那时，她还没看到爱因斯坦的话，年纪轻轻，就思考人生终极，结果活活把自己弄得快抑郁了。好在她读了些书。因为多读了些书，又像是说服了自己，及时跳脱出来。给吴自凡打电话，他说他进面试了。罗蔓恭喜完他顺利入围，又向他讨教经验。吴自凡还是平静地回答："没事，多练练，你还年轻。这种考试，也就是个熟能生巧，多考几回，自然就能找到规律……"

挂了电话，罗蔓走到院子里，和罗天昊说自己考砸了。罗天昊放下篾刀，说："姑娘啊，你能考上，有个稳定工作，爸爸自然高兴，但没考上，也没什么好担心的。人这一辈子短暂得很，重要的是，你得知道自己能干什么，想要干什么。"

罗蔓差点想说自己的梦想就是做一头猪，混吃混喝，又感觉这个时候油腔滑调，太不正经。她想父亲肯定是在安慰她，才说这么些冠冕堂皇的话。后来说起了吴自凡，罗天昊说吴自凡为了考试，请了一星期假，结果又被人参了一本。

说了一阵子话，罗蔓还是无法缓解焦虑。和闺蜜们在微信群里聊天，得知好几个人都闪婚了。她说她这个不上不下的年纪，太尴尬了，就是想找个结婚对象，待在高邮也不好找。结果李娅来了一句：

"来北京吧，北京的大龄男青年多得是。"

很难说是不是因为朋友的这句鼓动，罗蔓执意去了北京。

高邮还是春天，桃树的花骨朵儿都开了，北京的风仍硬硬地刮着。拖着箱子走在北京的地面，她还是感觉发飘，好在倒了两趟地铁，终于找见了李娅的住处。

在北京生活是难，不过，也没想象的那么恐怖。先是跟李娅租住在通州，连工作也是李娅介绍的，在《民族风》杂志做一名编辑。最难熬的是头两个月，跟李娅挤在一起，许多年没见，开始还好，有说不完的话，时日一长，两个人下了班，基本上就回到各自的小房间做自己的事。起先她想这样也不错，至少有时间做自己的事了。等到一个人坐下来，偶尔听见隔壁李娅和男友弄出来的响动，隐秘，又压抑，好像时刻都在提防着她，她又不自在了。她戴着耳机看《马男波杰克》，看《丑陋的美国人》，看《无耻家庭》，感觉又把高邮的生活习惯直接复制到了北京。

有一回趁着李娅和她男朋友睡着了，罗蔓没忍住，拨通了卫中正的电话，响了半天，也没人接。幸好没人接，她其实也不知道该说些什么。翻了半天微信微博，仍是无所适从。却又从窗台上捡起库切的《福》翻了一阵子，不知怎么就被一句话击中了："我沉默不语，但是心里却想着：我们每天都在被惩罚。这个岛屿就是对我们的惩罚，我们注定要待在这个岛上，互相伴着对方，一直到死亡。"她愣怔了半天，到底什么也没读进去。又拿起手机，删掉了手机里好多无用的APP。然后，开始墩地，收拾东西。她没想到才来北京这么一段时间，竟然攒了这么多东西，都快被垃圾包裹了。

看到那么多无用的东西都堆到了门口，她长吁了口气。瘫在床上，顺手打开手机，又过了一遍通讯录，好多人一点印象都没了，她全删了。放下手机前，她找到卫中正的电话，直接删除，心里这才痛快了些。

五月份，她开始独立做完一期采访，闲了下来，听见人们又在热议国考。她点开网页，看见这一年公务员面试的真题，多了一道即时追问环节。追问等于即时提问，最考验人心理素质。她也没多想，拨通了罗天昊的电话：

“吴哥怎么样？他进了吗？”

“差一点，比第一名少 0.05 分，惜败……”

罗蔓听完，心里好像有一根针掉下来，很疼。

“还有机会吗？”

“35 岁截止了吧。”

窗外，霞光透过暗黑色的云层，像是马上就要炸裂开来。她不知怎么想起吴自凡说过的一句话：“人这一辈子，怎么活都是一辈子，要是细细算下来，最好的光阴怕也屈指可数。”她脑子里尽是他那张方方正正的脸，想不明白时间是怎样把人折磨成这副模样。她嗓子发干，半天嚅出一句话来。

“他还好？”

“一直在说，差一点，就差一点。”

罗蔓没勇气给他打个电话。她总想着，打了，也是白打。人生就是一场苦熬，那些孤寂，还得他自己去承受。

罗天昊在那头问她最近怎么样。她说挺好的，最近换了个房子，比以前大了些，“能洗澡”。好像能住到一间带沐浴的房子真是幸福。她又问妈妈怎么样。罗天昊还是淡淡的，说：“好着呢，我不知道我是不是老了耳背，还是她没以前那么唠叨了，我好像越来越听不清楚她在说什么了。”

罗蔓笑了起来，她想着妈妈一直唠叨不停，而爸爸默默忍受的场景，也并不是从前想象的那般难过。她本来还想问问他们复婚的事，可又感觉这些又并没有想象的那么重要。

采访的时候，认识了个同行，聊起来，竟离高邮不远，算是半个老乡。有一回，单位组织大家去军区俱乐部跳舞，她问他去不去。结果他说，去那儿干什么啊，我们自己去唱歌吧。结果到了歌厅，他号完一曲《要死就一定要死在你手里》，就抱住了她。那个时候，她在想自己是不是应该挣扎一下，表明她不是个随便的人，不知为什么，等到他毛手毛脚，她也忘了想要反抗，好像是要睁大眼睛看看这个男人还会做出什么更无下限的动作来。只是见他不知足，她才咬了他一口，低声喊道：

"不行，这里不行，到处都是摄像头。"

再后来，又结识了几个男人。认识的人多了，她给自己定了一条规矩，不找同行了。别人问起来，她理直气壮得很：

"我都这么神经了，再找个文艺青年，日子怎么过？"

这么说的时候，她倒不是完全否定过去的生活，她就是想找个人踏踏实实过自己的小日子。北京是足够大，只是她要求的也不多，有一个人天天守着，就行了。

有一回，她正和介绍的男人吃饭，手机震动了，信息里没头没脑，尽是暧昧的话。不过她还是分辨出来了，是卫中正。她头一个反应是怕旁边的人看见，就借故说是要去洗手间。到了外面，想着把她拉黑算了，不料他又打过来电话。那就直接和他说吧，难不成她还害怕他吗？她一副公事公办的样子，问，什么事。卫中正说他在北京，问她有没有空，最好晚上见一面。他说得那么理直气壮，好像她活该就应该去为他服务似的。她本来没那么大气，知道他还惦记她，心里还有那么些满足，只是听他这么一说，又忍不住生气。他把她到底当什么了？一个性工具？关于过往的羞辱，懦弱，全都叠加到了一起。她冷冷地说：

"不要再骚扰我了，我有男朋友了。"

原先她爱哭，这个时候，她竟然没有哭。做了那么多不正确的事，她头一回认为自己总算做对了。她感觉自己不再是那个懦弱的小胖子了。不忙的时候，她就窝在家里看书，说是要节制些，乱七八糟的书可没少看。听到单位领导说读书就如同走亲戚，有那么几家心里就踏实了，可她还是看到微信上、微博上别人的推荐，忍不住就买来，好像只是为了验证一番。偶尔读到头疼了，就坐在飘窗前抄古诗，有一回，抄到杜甫的“飘飘何所似，天地一沙鸥”，整个心仿佛也真的腾挪到那虚空的境界里了。

每天下班，仍是不紧不慢地走，有两回像是特意试探，她绕了一截远路。看起来是多走了几步，心底却有小小的欢喜。那些红底白字的广告牌，那些走路的人，和原来的路，区别不大，感觉却是不一样了。为了徒步更舒服，她咬咬牙，买了双哥伦比亚的跑鞋。平日里，她走在路上，也喜欢往空阔的地方跑。有时候戴耳机，声音开到最大；有时候就是空手，看到菜市场了，也愿意进去游荡一会儿。夜色悄无声息地裹过来，她仍是慢吞吞地走，好像尽量用自己的步子丈量，要竭尽所能拓展自己的空间。

过年没买到高铁票，和李娅坐了趟慢车，挤回高邮。路上李娅问她，一起处的几个男孩，最满意哪一个。罗蔓这才想起来，她没心没肺的，把卫中正、吴自凡、刘雨坤都和李娅说过。她说得那么兴奋，很容易让人误会，以为她对他们都有那么点意思。罗蔓就笑，说，我妈对他们都不满意。说完了，好像又过于决绝了，又补了一句，“我妈倒是看好刘强，就是那个比我大好几岁的同行。我妈就是那样一种思想，总想着男人大几岁，会让着女人点。何况还都在北京。也不知道我妈是从哪里得到的这些经验。”她说完了，心底又暗暗骇异，没想到自己会把所有的责任推到母亲头上。

铁轨哐当哐当撞击着，她看着起伏的芦苇，看着芦苇在金黄色的阳光里起伏，看着不断闪过的湖面，才意识到火车到了南方。她想起之前的懦弱，委曲求全，竟然把那么多时间用在埋怨，用在指望男人身上，长吁了一口气。她感觉背有些疼，站了起来，双脚打开，双手吊在行李架上，还是不得劲儿，又塌下腰去，双手像是要竭力够住地面。她能感觉到自己的心脏在嗵嗵跳动。

到了家，罗天昊李晓妮有说有笑的，那么多天，也没再为什么事争吵。偶尔李晓妮的声音高了些，罗蔓听得不自在，罗天昊倒是坦然得很，说，“你又不是不知道你妈，一辈子了，就是个这。”他现在就连什么纸扎非特质文化遗产也不多想，说都是虚妄。

有空的时候，他仍会在纸扎店忙乎上一阵。先前他还担心他们家的本事没人继承，现在却想开了：

“据说都有了3D打印技术，做出来的东西比我们弄的要好得多。时代就是个这，干吗非要跟自己过不去呢？”

“你不是惦记这些都是文化，是历史，是情怀吗？”

“那也没必要天天自己把自己压着。”

正说话呢，来了两个剃着平头的年轻人，说是要买个花圈，扎几个小人。问做什么用，说是要扔到欠债人的窗前。原来是放高利贷的。新年大吉的，把这么些东西摆在人家门口，造孽啊。可客人提出了要求，罗天昊也不好说不卖。罗天昊和他们聊了一阵天，年轻人说，也是被逼得没有办法了，才想出这么个计策。他们谈论了半天鬼神，又说起几千年来的规矩。

罗蔓远远听了一阵子，踢踢踏踏走了过去。罗天昊收拾完屋里的一切，进得门来，也坐下看电视。期间，罗蔓提了一句，问：“吴哥最近怎么样？”罗天昊看了她一眼，说：“你是说吴自凡吗？还不错啊，我们单位不是分了一套福利房？一百五六十平米的房子，就在市中心，一平米才要四千。他贷款买了一套。就连他爱人也不说他的不是了，两口子忙得，开口闭口都是怎么装修房子。”

罗蔓掏出手机，编了条“过年祝福”的短信，群发了出去。本来还想问候吴自凡一声，却死活想不起他的电话了。正琢磨要不要上网查从前的通话记录，窗外细细碎碎的烟花开始爆响。说是今年禁炮，她所在的城郊，还有更远的山野，到底有人按捺不住。一家大小都跑到院子里去看。

她本来百无聊赖，这个时候听见外面人们的谈笑声，还有口哨声，也套了件羽绒服，走到街上去。在屋子里渗透进来的喧哗和热闹，勾起了她那么强烈的冲动，不承想，出来才觉出，星空寂寥，只不过是些稀稀拉拉的响动。她凑过去，观望了一阵，又把拉链往上拉了拉。也是拉的时候，才想起，这衣服还是从卫中正那里拿的。当时从太原逃离，正下雨，她穿个半袖，冻起一身鸡皮疙瘩。卫中正说，“穿我的衣服吧”。有好几年，她给他打电话，都会说起这件衣服，她说她整个人套在里面，就像是被他抱着一样，特别地温暖、踏实。她没想到，过了这么多年，这衣服居然还在家里面，还放在她触手可及的地方。衣服终是旧了，拉链都拉到了脖颈儿上，感觉风还是没遮没挡地往里扫荡。冷风灌进脖子，她窝着胸，只是循着烟花的动静，高一脚、低一脚地奔走。

到底还是转了回来。又听见不知什么人大号了一嗓，她像生怕错过什么一样，又趴到窗前，跪在沙发上呆望了一阵，烟花把黑沉沉的孤独撕开几道裂纹，她都没来得及看清它们的样子。陡然想起小时候，一大家子人，好像什么也没有，为一碗阳春面也吃得嘴角溢香。过往片段似乎跟着烟花擦出星芒。那一刻，所有的抵牾消隐，整个世界都像是在母亲的哼唱里摇摇晃晃，而她贪恋这短暂的梦境，生怕一不留神醒来，就忘了眼前的一切。

看了半天，等到膝盖酸疼，才扭回身子。热水壶开了，响起尖利的鸣哨。她端来脸盆，放进凉水，又掺上开水，把酸麻的腿放了进去。她看了看膝盖，刚刚还是吓人的红印子，现在竟然又恢复了正常。电视里播放着雄安新区的新闻，专家正在热议，说到燕郊正在上涨的房价，她又挺直身子，多看了两眼。

简直像春天

一

每天下午，待在万邦国际的四楼，赵利民总是忍不住要走到窗前。

送快递的小伙子还是跨在他的三轮车上，大口喝着水，身着白色上衣灰色短裙的姑娘望着他，两个人一递一句地说着什么话。他们背后，是透着暖黄灯光的美滋美客蛋糕店。赵利民在停车场见过这对年轻人，男孩总是那个时间来接她下班。姑娘剪着齐刘海，乌油头发，高高的鼻子，两腮几粒雀斑若隐若现。不知怎么，留给他深刻印象的，却是她穿着一件薄薄的粉色毛衣，胳膊处撑开两个小洞，露出一圈白生生的肉。季节似乎突然到了夏天，两场雨下来，毛毛虫一样的杨树花开败了，满树披挂上亮黄色的圆叶，空气里到底还氤氲着凉沁沁的寒意。他们两个旁若无人地，自顾自地往前走。起风了，男孩脱下工作服披在姑娘身上。她小小的身体裹在暗色的大衣里。驶出停车场，他看见他们居然还没走远，就蹲在路口的烧烤摊吃着东西。

“真是疯了，你知不知道，我周围有两个同学在闹离婚。”

赵利民听见姑娘的声音从不太嘈杂的人群中渗过来。正是绿灯，前面接送孩子的汽车、电动车、自行车，搅拌在一起。不耐烦的司机长长地摁着喇叭。男孩像是说了句什么，女孩还是那么一副惊诧的口气："什么人到中年？他们还不到三十岁啊。好像离婚就能解决所有的问题似的。"男孩又说老板换了仓库，拉一次货得两个小时，工作时间更长了。话意都是抱怨，脸上却始终带着笑。姑娘脸色生动，看不出丝毫丧气。有几个路人朝着他们说话的方向看去。赵利民又望了一眼。那女孩像是接到了他的眼神，径直看过来。赵利民往窗外弹了弹烟灰，摇上了窗户。

车过新建路，又堵在了铁路桥下的涵洞里。自从五龙口海鲜市场搬到了附近，就没有不堵车的时候。正想着要不要给孙改兰打个电话，买点鱼虾回去，一列绿皮火车缓慢驶过。他的眼光跟着火车追了许久，直到火车完全消失，脑海里还是那个倚在窗户边读书的女人。

梗塞了半天的车流又慢慢蠕动了。

七点了，孙改兰还没有回来。拨过去电话，半天也没人接。打开冰箱，十字对开门冰箱填得满满当当，看了半天，还是取了罐黑啤，走到阳台上，又把正接的一桩案子重新过了一遍。犯人长着一张再普通不过的脸，难以想象，就是这么一个人，竟然自制炸弹，去了市政府。

窗外的北沙河两岸变成了一片繁忙的工地，往昔破烂不堪的平房不知什么时候推平了。好些年了，他一直和孙改兰说，要是住的地方有个公园，他就能跑步了。看到正在改造的北沙河，他在想，这是不是一切都在变好的征兆。

孙改兰进门，看见歪在沙发跟前的赵利民，又看了眼电视。电视里正放着纪录片《荒野求生》。孙改兰说，"回来了"。赵利民看着电视说，"哦"。赵利民又问，"吃饭没？"孙改兰不紧不慢地脱外套，说，"哦"。赵利民眼皮直跳，声音高了些，问她怎么电话也不接。孙改兰说单位要整改，账对不上，重做了几本，这才把账平了。

“你说我可可怜怜挣这么两个钱，图个什么？成天提心吊胆。”

“我不是说过让你辞掉工作？你又不愿意。”

“我工作也不全是为了钱，好吧？”

不知道从什么时候开始，两个人对话都是带着质问。赵利民又说了阵北沙河改造的事，他好像对即将到来的前景特别期待，说：“到时就可以跑步了。我们一起跑步好不好？”

孙改兰却像是疲惫得不行，一点都不照顾男人的情绪，直接就回绝了。“一点都不好。你以为人人都像你，成天无所事事，在法庭上说点人话鬼话，钱赚上了，回到办公室，还有女秘书跑前跑后招呼？”

赵利民半天缓不过神来。结婚之前，他对孙改兰谈不上有什么了解，不过是因为两个人都在警校念书，除了读书，也找不到更有意思的事干，就好上了。真到了谈婚论嫁，孙改兰爸妈却嫌他是村里的，在太原连个房子也没有。拿什么结婚？天天喝西北风？即便是受到了岳父岳母的歧视，赵利民的情绪却没有受到多大影响，至少他没有表现出丝毫不满。他知道女人怀上了他的孩子，他都快要做父亲了，怎么会和两个毫无远见的中年男女一般见识？他骑着自行车，带着孙改兰大街小巷地乱转。看见鸣笛驶过去的桑塔纳，他回过头说：“老婆你等着，不需要几年，我们也会坐进那样的车里。”孙改兰什么也没说，只是把头贴在他的腰上，手呢，伸进他的衬衣里，轻轻揉着他的乳头。他浑身充满干劲，恨不得把自行车踩得飞起来。这才过了多少年啊，他都差点忘了这些年怎么过来的。等到车子、房子都有了，他和孙改兰却没什么话说了。

又看了会儿《荒野求生》。接下来，怎么睡着的，他完全忘了。

早上他被厨房里豆浆机的声音弄醒，发现身上盖着毛毯。女人可能怕他掉下来，还把茶几移到了沙发旁边。孙改兰蒙着黑面膜从厨房里走出来：“用不用炒个菠菜什么的？”端来豆浆和全麦馒头，孙改兰又说：“我有没有和你说过，我们单位的钱润平真是不要命了，天天喝酒。没完没了。”赵利民看了女人一眼，想听听女人还要再说些什么话。女人却没再继续。赵利民知道这个时候完全不说话也不对，便接了一句。

“焦虑呗。人到中年，就跟你们女人的更年期一样，那是病，由不得自己。”

“少把自己对生活的无能为力归结为人到中年的焦虑。”

赵利民不知怎么笑了起来。好像看到女人还是像过去那样鄙视他，处处反对他，一点都没把昨晚的争吵放在心上，他这才踏实下来。

到了事务所，赵利民把包扔在桌子上。祁可进来给他倒了杯茶，又问有没有什么别的安排，他摆了摆手。他掏出手机，看见卫中正给他转发了条信息。不知是谁用他的案例写了篇文章。他倒没有为里面的内容感动，只是不明白这信息是怎么做成的。他打过去电话，问了半天，卫中正说：

“这个简单啊，就是个微信公众号。你想要的话，我也可以给你申请一个。”

等到卫中正过来，拿着他的手机一通折腾，又让他设置密码。过了会儿，卫中正问：“起个什么样的名字？”

“不玩花哨的，就用事务所的名字，利民。”

“不加律师事务所？”

“两个字就挺好。”

接下来的大半天，赵利民就在那里琢磨微信公众平台上的模板。他先是想着发点平时接过的案子，把自己写的辩护词贴上去，却又感觉太冷血了些。他让祁可把过去事务所接过的案子都翻出来。他回想着过去为当事人奔波的情形，将期间曲折的过程清清白白地敲在了电脑上。写的过程当中，偶尔也忍不住夸大自己的功劳，只是，多数时候他感觉自己像是陷在泥泞里。等到老老实实讲完，才意识到，这几十年来，他光顾着索要辩护费用，很少考虑到当事人的困境。写完了，他也没做多少修改，就贴到了网上。

卫中正发过来微信，说，“赵主任，你可以嘛，现在没几个人对当下的生活有反省意识。你的境界可不一般”。赵利民说，“比起你们专业人士来，还是差一截”。两个人客气了一番，见卫中正后来话少，只是不停回些笑脸，他也就放了手机。顺手拿起案卷，想再写点什么，到底毫无头绪。想到自己就因为卫中正说了那么几句话，竟然还飘飘然，赵利民又叹了口气。

二

“二哥，李奎他们出来了，想请你出来坐坐。”

赵利民在盘古和律协一帮人喝酒，说是走不开。老四说，“那喝完了过来，一起宵夜”。挂了电话，赵利民又接着谈论玉石。有那么两年，他喜欢玩石头，从买回家里当摆件的欣赏石，到玩玉，他在这上面没少投资。他从腰间解下来一块白亮的玉石，说，“你们看看这做工怎么样？”每个人把玩了一遍，又传回他手里。赵利民不停地捏摸，说，“真正的好玉，就是你怎么摸，看上去都不会脏。这是正儿八经的和田子料”。在座的一个女律师就笑，说，“终于知道在什么地方打劫赵主任合适了”。赵利民还好奇，问了一句。女人就说，“等你上厕所解开裤带的时候”。说完哈哈大笑，众人也笑，好像都听懂了她话里的暧昧。赵利民也笑，笑着笑着，脸上就有些僵。他还想说说玉，见众人话题拐到了女人身上，也就闭了嘴。喝了酒的男人似乎浑身都长着鸡巴，说起勾搭女人的经历，一个个唾沫横飞。不知是谁提到了那个年过五十还没结婚的女法官，说她固执，不好打交道，结果有人就跌出一句：

“用老四的话说，女人就得闹，不闹肯定会出问题。”

赵利民没喝什么酒，听到后来就有些不自在。他站起来往卫生间走，卫中正也跟了过来。洗完脸，赵利民看了眼镜子里的男人，好像完全不认识。扭过头，见卫中正站在身后递给他湿巾，说：

“一会儿到天地人间唱歌，你也去。”

卫中正没吭声。等到老四到楼下来接，卫中正又客套了一番。老四大牙一咧，说，“你不深入生活怎么能写出来好东西？研究国学的？怎么国学就不用和人民大众打成一片了？”卫中正好像被这么一句话说服了，便上了车。

刚进包厢，就见一个蹦跳着的男人从茶几上冲下来拥抱赵利民。闪烁的灯光打在他满是文身的背上，卫中正看得暗暗惊心。赵利民介绍，“这就是著名的李奎”。李奎又接着唱崔健的《一无所有》。

“李奎在监狱十几年，成天只做两件事，唱歌，做俯卧撑。”赵利民扭过身来和卫中正闲说。就因为有这么个特长，还进了乐队。监狱长挺高兴，把他当成改造好的典型，来人参观，就把他们集合起来表演。旁边的老四听见了，说他也进过监狱。卫中正问是哪一年，老四说是一九八三年严打。赵利民就笑，说，“老四，谁让你要流氓？”老四忙不停辩解，“什么啊，就是因为谈恋爱，好过的姑娘后来认识个公家人，人家嫌我追过他的女人，就利用严打把我拷起来，搞了个强奸罪名，劳教了老子五年”。李奎过来敬酒，独听见这一句，就说，“老哥我不管你有没有强奸，反正你进了监狱，咱们就是同道中人”。老四杯子举起来，也没喝，接着说，“我进了监狱，就是天天读书”。卫中正说，“监狱有那么多书？”赵利民说，“那个姑娘可能良心上过不去，常去看他，带的全是书，就是想让他好好改造，好像生怕他出来再祸害别的女人”。老四说，“什么啊，都是家里给寄的”。说起监狱生活，老四话多了。他说他服刑的地方是个砖场，不做砖的时候就读王阳明，读尼采。卫中正说，“感觉你们都不是去服刑，倒是又念了个大学”。大家喝得高兴，包厢里又杂乱，渐渐地，谁的话都听不清了。赵利民和卫中正挨着，两个人交头接耳，说些无关紧要的话。卫中正正听得惊讶呢，门打开，来了一溜姑娘。众人消停下来，都推让，说正哥先挑。赵利民来回睃了两路，见推不开，点了个头发卷曲身着旗袍的女孩。

几圈啤酒喝下来，赵利民坐不住了。他跟人打招呼，说是要先走一步。卫中正大概喝多了，坐在车上就打开了呼噜。到了敦化小区，赵利民又问他要不要紧。见卫中正歪在副驾，开门都不利索，赵利民到底是不放心，把卫中正搀上了楼。家是新装修的，只是堆满了书。

“怎么连个电视都没有？”赵利民好像完全无法想象一个家里没有电视怎么过得下去。“一个人也要把日子过起来。”

第二天下午，夏普售后打来电话，问他的地址，说是要送一台电视机。没过多久，赵利民又打来电话，问电视送到家没有，还说他有一个硬盘，里面拷满了《越狱》《权力的游戏》之类的电影，要给拿过来。

等到《越狱》的画面在房间里响起来，赵利民像是了却了一件心愿，这才坐下来。卫中正又是烧茶，又是掏烟，说些感激的话。赵利民说，“也没花几个钱，家里有点动静，日子也不至于那么孤单是不？再说，也不是白给你做这些，有正事求你呢”。

卫中正这才知道，前些日子赵利民回了趟老家，一个表兄为母亲写了本传记。书印得好不好，内容写得感不感人另说，赵利民只是纠结，为什么这么一件事，不是他先做出来。等到表兄做了这件事，他想，要是自己还是写点回忆和旧闻，就毫无新意了。这个时候，他想到了卫中正。要是找个国学大师去自己的家族里采访一圈，内容是不是会更饱满一些？一想到自己的母亲有专业人士来写传记，赵利民认为自己总算做了件正经事。卫中正听了，忙说自己没经验。赵利民说你不要谦虚，写完少不了你的好处。卫中正就笑，说，“也不是什么大事情，只要能做到让你满意就好，再说别的，就见外了”。

清明前一个星期，赵利民又打来电话，说是一起去平阳路的友谊肥牛喝个酒。卫中正以为还有别人，去了才知道，就他们仨。坐在赵利民旁边的女人看不出具体年龄。卫中正一时尴尬，眼睛不知该往什么地方放。赵利民说，“来，我给你们介绍一下。这位是狄曼，我刚认识的朋友”。又说卫中正是他的好兄弟，研究国学的，也写诗，汶川地震、赵家岭矿难，他都写过七言长律。在那么局限的格律诗里，要展现举国上下精神团结，可不是一般人能做到的。卫中正说，“那时候太年轻，什么都不懂，其实我更应该关注那些埋在地底下的人”。狄曼说，“都是功德”。赵利民说他平时爱看《新华文摘》《小说月报》，学生时代也做过作家梦。就是现在，读到好看的小说，也会给他的女人看。说到动情处，他好像有些失落，好像要不是这么些年弄材料，写辩护词，废掉了他的才华，这件事情他自己也完全有能力做好。又掏出一个牛皮纸信封，说里面都是关于他妈的资料，让卫中正提前看一看，熟悉熟悉。

狄曼一直给赵利民夹菜，赵利民呢，坦然很得，女人夹什么到盘子里，他就把什么塞到嘴里，一刻也不停，像是刚做完什么劳累的事。当然，也没忘记劝卫中正也多吃点。他的跟前汤汤水水，哩哩啦啦，弄得到处都是，芝麻酱还溅在了白色衬衫上。狄曼又连忙扯纸巾帮他擦掉。

卫中正心思不在吃饭上。赵利民从盘子跟前抬起头来，喝了口西瓜汁，说，“卫中正还没结婚呢”。他问旁边的狄曼，“你有没有还没结婚的朋友？有的话，给卫中正介绍一个”。卫中正本以为是要谈采访赵利民老母亲的事，不料话题到底还是转到了自己身上。狄曼笑了笑，“有是有，问题是你们都在太原，离我们大同三四百公里，远水能解得了近渴？”赵利民嚼着一口生菜，好像突然才反应过来，说，“你就没结婚啊”。狄曼脸腾地一下就红了，说，“你要死啊”。卫中正见这俩人旁若无人地说笑，眼神没个放处，坐立不安，净想着快些结束。

到了家里，他把牛皮纸信封里的光盘塞进电脑，原来是老太太出殡时的碟片。葬礼办得风光热闹，小车挨挨挤挤，塞满巷口，花圈排到了村外。赵利民出现的镜头最多，胡子拉碴的脸上，看不出有什么表情。一张碟片快进完，卫中正没找到想要的信息。

三

清明前一天，卫中正跟着赵利民去了趟洪洞。

在车上，赵利民就给弟弟打电话，说是帮他买两束鲜花。到了市内，拐进一消防器材公司，赵利民说是他家老九的摊子。坐在办公室的人纷纷过来和赵利民打招呼。赵利民坐在转椅上也不看他们，抓起瓜子就嗑，直问老九在哪里。晚上吃饭的时候，老九出现了会儿，喝了杯茶，又着急要走，说还得去应付个客人。

第二天，车往洪堡村走，说是清明去上坟。听介绍，不大的村子，先前竟有三座煤矿。现在都停产了。下了车，赵家老九就问人今天有没有去给树浇水。几个看守坟山的人把两辆洒水车从车库里开出来。赵利民就指着对面的一座山，说那山上全是他们家老九栽的树，雇了四个人常年看守陵园。

原先的煤矿设施也没拆除。赵家的祖坟山下面就是座煤矿。赵家老九一直想把这地方全买下来，都种上松柏，却始终没谈拢，对方认为他保护祖坟只是幌子，其实是想吞并更多的矿山。

光天化日之下，几朵白云飘在不远处。山里安静得很。老九媳妇忙着给众人煮面条。卫中正不知该如何插话，只是蹲在院子里逗两只半人高的看门狗。赵利民问老九的女儿想不想当律师，有心的话，他在司法系统可以帮着想办法。小姑娘说不想成天坐班。赵利民又问了些别的，姑娘只是看着手机，也没怎么接话。

吃完面，众人往山上走，卫中正也跟在后面。赵利民捧着鲜花，往父母坟前放了一束。赵利民父母的坟前碑座阔大，祭台中正，衬得后面列祖列宗的坟堆单薄。族长一声叫唤，众人双膝跪地。卫中正不知所措，站着似乎也不对，便也趴了下去。鞭炮放了半个小时，卫中正捂着耳朵退到墓园外。对面的荒山里，也有上坟的人，放着稀稀拉拉的炮火。

随后几天，赵利民叫了个晚辈陪着卫中正去采访自己的家人。当地话并不好懂，人人聊起来，多是感激赵家老九，说是平时对他们帮衬不小。卫中正问他们对赵利民母亲的印象，都说她心地善良，出了名的孝顺。到了最后，卫中正明白了，这真是一个不容易的传统家庭妇女，为了这个家，她完全把自己牺牲了。

回太原前的晚上，赵家老九才又露面，穿条暗灰色的阿迪达斯运动裤，说是辛苦卫中正了，带他去洗个脚。进门就有旗袍开衩到大腿根的年轻姑娘问好。老九问，罗老板在不在。姑娘挺得板板正正的，在前面带路，一边喊贵宾三位，一边应答着老九。老九说他平日也没个什么爱好，打麻将输个三百五百都心疼，有那工夫还不如来这里放松放松。老板他也认识，还给了他一个会员金卡。捏完脚出来，赵利民又交待老九，说明天走之前给卫中正准备点土特产。老九含糊应了一声。本来还要采访老九，老九说，我妈的故事，哥哥姐姐们都讲了，我就是个总后勤，也没出什么力，你先写吧，完了有什么补充的，我想起来再告诉你。见老九不愿讲，卫中正也不好再多问。

卫中正也没做什么修饰，就把谁谁谁怎么说的，谁谁谁又是如何形容，一五一十记了下来。整理完，直接就发给了赵利民。

这天，赵利民打来电话，问怎么把手机微信里的照片拷到电脑上。卫中正说，下载个微信网页版啊。赵利民还是不会如何操作，卫中正问他在哪里。打了个车到万邦国际，接过赵利民的手机在电脑上登录了，并演示了一遍。

正说话呢，有人打过来电话，赵利民拿起手机一看，连忙走到里面套间。卫中正坐在转椅上无所事事，听见电脑里有动静，点开一看，是狄曼在说话。他慌乱中看了几条信息，也没什么出格的话。鬼使神差地，他点开了她的头像，记住了她的微信号。

提着赵利民给的一大包相册回到家里，翻看了一阵子，又走到窗户跟前透气。楼下，一堆人还在打着扑克。

卫中正昏天黑地混想了一回，又沉沉睡去。被尿憋醒，却也没着急起来，摸到手机，一条信息也无。蹲在马桶上尿完，才感觉有些饿了。

走到厨房看见还有一根已经皱了的胡萝卜，又翻见两截火腿肠，一起切了。孩子们奔跑的欢笑声透过窗户溢上来。盛上饭吃了两口，看见书桌上的电视，起身摁开。看了半集《权力的游戏》，仍是心烦意乱，索性抓过手机，直接就在微信里搜到了狄曼。没头没脑的，他发送了一条请求：

“有没有人说过你脸色绯红的样子好美。”

又等了半天，她没有通过他。半夜醒来，他看见手机上有条未读消息。问他是谁。我是谁呢？仰着头往玻璃窗外一看，只见月色清幽，几颗星星点缀在旁边。他又回了一条信息，说，我是谁不重要，重要的是我在想你。狄曼竟然没睡。她说，无聊不无聊。显然是嫌弃他不是个正经人了。卫中正呢，不要脸了，撩逗的劲头上来，摁都摁不住。他又发了一条，怎么会无聊呢？我只知道我现在一点一点想你，只知道想你的时候是真实的。

他通过验证，成了狄曼新的朋友。

四

做完早课，亮光从厚厚的窗帘间隙一点点透进来了。

洗了脸，她敷上黑骑士精华面膜，又跑到厨房打豆浆，热上馒头和红枣。豆浆机时不时地发出低沉的轰鸣。路过餐厅时，她还摁了下 BOLAND 立式钢琴。Mozart 的《A 大调第十一号钢琴奏鸣曲》谱摊开着，好像等她随时坐下来练习。她双腿盘在沙发上，拿起一本《内衣设计》漫不经心地翻起来。好像又有了新的想法，又起身到书房，坐在书桌前画内衣设计图。一个又一个想法飘出来，好像只有这个时候，她才能感觉到真实的自己。

九点多，她懒懒地走进办公室，正说着闲话的同事，却突然闭了嘴。过了会儿，听见开发办主任在隔壁喊她的名字。她以为又是要提醒她上班迟到了。谁知坐在转椅背后的男人也没什么多话，只是递过来一份报告，说是有人在举报她吃空饷。

她拿着那两页举报信，回到办公桌前，浑身都在发抖。她想不明白到底得罪了谁。

有一天快下班，她站在窗户跟前，看见分管人事的副书记下来，想着自己是不是应该去找他说道说道。有了这个念头，等到上班的时候，她就站到了书记的办公室门口。通讯员见过她几回，问她有什么事。狄曼看了他一眼，见他眼神不停往自己身上扫描，便把自己的遭遇一五一十说了。通讯员就说，书记太忙，只怕管不了你这么个事。那怎么办呢？通讯员好像也为她的事着急，出了几个主意。虽然没一个主意靠谱，她却被他的热情打动了。

就是这样，吃空饷的事还没解决，她稀里糊涂，成了通讯员的女朋友。好几回，她在他耳边琐琐碎碎地念叨，说自己的问题不能拖了，能不能瞅机会和书记说说。通讯员却支支吾吾，总要把话题岔到别的事情上。再到后来，眼见得男人为难，生怕男人嫌弃，也不好再多说什么。

"那你帮我打听打听，我们单位还有谁的情况和我类似。"

"你要干什么？"

"我就不信只有我一个人有问题。"

这天，正在那里玩手机呢，她想起这事光自己瞎折腾，完全无章法。为什么不找个律师咨询一下？她就在微信里搜律师，一页页翻下去，就看见了赵利民在公众号里发布的文章。连着追了一段时间，她认定他和别人大不一样。便按着他留下的邮箱，写了封求助信。

她是花了些心思的，太突兀地把自己的情况讲出来，只怕他也不会搭理。她说读了他的文章，没想到世上还有人坚持自己的理想。说到理想，她掩饰不住自己的失落。她说她本科念的是外语系，本来在上海一家外贸公司做得挺好，父母却硬生生把她叫了回来。结了婚，因为丈夫家暴，想离离不了，就偷偷考了个研究生，跑到杭州读服装设计。说到县城的不适，她用了个例子，"连个喝速溶咖啡的星巴克都没有"。她甚至提到了外婆。当年生活在乡下的外婆，做梦都想去县城一趟，外公却反复说，你去了，谁帮你喂羊？服装设计读完，丈夫倒是同意离婚，她却还是没有能力甩掉县城生活。这一年母亲病了，她只好回来，还是前夫帮她找下的那家单位。她挑挑拣拣地说了一些，然后就把事情转到了正题上。就因为读了三年研究生，结果被人举报，说她吃空饷。单位里不上班的人多了去了，怎么独独把她拎了出来？她想不通。

起初，她每天都会看一眼邮箱，或许平日里她跟人联系少，连封垃圾邮件都没收到。然后，她就有些气馁。是啊，谁会把她的这点麻烦放在心上？谁知过了两个星期，赵利民竟然给她回了一封信。他先是抱歉了几句，说最近为一个谁都知道要败诉的案子奔忙，都没顾上上网。当然，狄曼也看出来了，男人在信里掩饰不住兴奋，说没想到随意写下的案例，竟真会有人读得如此认真。关于她吃空饷的问题，他也没提到具体的解决方案，只是说到了形势的变化，最有自尊的生活莫过于自立自强。

县纪委又来查了两回。单位内部也差不多达成一致意见，狄曼就是吃空饷的典型。狄曼坐不住了，径直闯进办公室找了回书记，书记没给明确答复，只说这样的事组织会调查清楚的。她又去找组织部，把自己的请假手续都给了过去，也没什么结果。要处理她的消息同事都知道了，每个人看她，神情都像是模棱两可，不怀好意。

她完全没想到事情会发展到这一步。要是由着别人这么随便拿捏，哪里还能活人？她没多考虑，就坐在电脑跟前，原原本本把自己的情况写了封公开信发到了百度贴吧里。生怕分量不够，又把听到的单位内幕，有名有姓地，全附了上去。

没过两天，上级纪委也介入了。调查了半天，给出的意见是，她的情况够不上吃空饷。狄曼在自己的公开信里写到自己那两年因为离婚、父母生病，接二连三的打击导致她抑郁。生怕人不信，还把去山西省精神卫生中心的单子也附上了。单位人都知道不能轻易惹她，主任还特意交待，单位也没什么事，她完全不用天天坐班。只是狄曼好不容易才摆平这件事，怎么能再给人留下把柄？她每天去得比谁都早。尽管没人给她安排事情做，她还是规规矩矩地坐着，要么看看设计的书，要么戴着耳机看电影。她兴奋了一段时日。人一闲，也容易发慌，可又能干些什么呢？她念的是外语，是设计，可现在，她陷在虚妄的执念里，竟然想着要和这么一帮人斗个输赢。太糟糕了。

“我喜欢法国女人，她们忠于自己，优雅中带着随性。怀孕了，就是怀孕的模样，老了，就是岁月爬上眉头的模样。”那是二〇一五年三月，巴黎埃菲尔铁塔前，上千个女人跳着热舞，把内衣抛向天空。好多女人的身材并不好看，却是真实的自己。为什么不能做自己？

在给赵利民的信里，她说她终于明白自己要做什么了，那就是做一款满足自己的内衣。赵利民好像不太习惯和人讨论女性内衣，不过他的话里仍然在暗示，说他简直想象不出来她穿上一款那样的内衣是什么样子。狄曼却没有按着他的思路往下走。她说她现在穿的是一件特别简单的白T恤，隐隐还能看见黑色蕾丝内衣，肩带露在外面。她说，难道穿成这样，你们男人也有兴趣吗？明明随性又慵懒的话，她却表述得一本正经。比起取悦男人，她坚信取悦女人自己更重要。她还飙了一句英语：The most elegant thing is to be yourself。

赵利民也像是被她的郑重其事震住了。他说没想到她会有和他类似的想法。他说他平日里说是做律师，为原告和被告的事四处找人，尽量把当事人的麻烦降到最低。但人只要一惹上官司，怎么可能少得了麻烦？连他自己也成了麻烦的一部分。好多夜晚，他醉醺醺地回到家里，冲完澡，看着镜子里日渐隆起的肚皮，吓人的黑眼圈，不由自主地唉叹：

“打官司的人越来越多，我是挣了些钱，问题是，怎么感觉自己越活越可悲了呢？这就是我想要的生活？”

大概是好不容易找到了共同话题，一来二去，两个人的信就越写越长。她讲她平日的生活，说她爱读经，钢琴也过了十级，处处都昭示着，她是个热爱生活的女人。她一个人，也活得有板有眼。他呢，说工作的苦闷，厌烦了，也跟朋友们徒步穿越库布齐沙漠，看秋天的胡杨林。聊了那么久，谁也没提见面的事情。终是她忍不住，说，过两天准备去太原看个朋友。赵利民过了几天才回复，很不情愿的样子，说，好啊，好啊，来了随时联系。

怎么联系呢？他不知道是故意，还是因为事情太多，电话都没有告给她。

五

“只有这些吗？”卫中正总是这么问她。

“那你认为我和他还应该发生些什么？”狄曼脸色一变。

说些好听的话都来不及，干吗非要揭人的短处？但事情就是这样，开始的假装吃醋，演变到后来，就无端蒙了层狰狞。卫中正生气的，也不知道是女人的无谓态度，还是为自己的窝囊。说起那段经历，没有一点羞愧也就算了，当他表现出一点嫉妒，她居然还要为赵利民维护。

女人卧在另一张沙发上看书，卫中正凑过去。狄曼说，“别这样，我们就不能安安静静待会儿吗？”卫中正说，“你不知道时间有多宝贵”。他话是这么说，却也生怕惹恼她，便退回来翻沙发背后那些厚重的时装设计。中间夹着一本库切的《凶年纪事》，他没怎么读进去，倒是被其中一句话勾住了：“耻辱是突然降临的，一旦它找上某人。”他看了眼狄曼，女人盘着双腿，板板正正地坐在沙发上。他又捡起奥修的《禅宗十牛图》复印本。狄曼说是淘宝上买的。也不知是不是无聊，卫中正竟然读进去了。廓庵禅师说："在这个世界的原野上，我不停地拨开高高的草丛寻找公牛。"他拿起手机百度了半天原诗，发现还是喜欢翻译过来的版本。他原先读些社会学、人类学、历史，野心勃勃地，好像要穷尽人类的智慧。等到年过三十，记性越来越差，每一本看过的书都像从没翻过的一样，他开始感到恐慌。这回坐在狄曼的房子里，读起经书来，百感交集，想着，这么多年，他都干了些什么？

"佛经没有你想象的那样消极。你要是认为这样就可以逃避现实，还是误读了。"狄曼像是听见了他内心的狂乱。

"你说为什么近些年来我认识的人不是父母信佛，就是自己皈依了？"

"说明你跟佛有缘。"

"那你是更喜欢佛还是我？"

"这怎么能比较？我从来没有像爱你一样爱过一个男人。卫中正，你不知道……我多爱你。"

卫中正突然笑起来。狄曼问他笑什么。卫中正说："你读过福楼拜的《包法利夫人》吗？包法利夫人最后破产，万般无奈，又去求从前的情人罗道耳弗借三千法郎，说的话和你一模一样。"

"你的意思是，我和她一样，也是在卖淫？"

"天，你怎么会这么想？"

"我算是看明白了，卫中正，你成天说些阴阳怪气的话，就是故意虐待我。你是算准了我受不了这些话，所以才故意含沙射影地攻击我，对不对？"

"我只是在和你聊天，在和你分享些我读过的书。"

有一回，俩人差点谈到了未来，她说她去昊天寺专门问了师父，师父知道她的心事，专门送给她一句话，空想都是妄念，行动才是正道。她本来是要好好规划一番接下来的生活，卫中正的话却彻底败坏了她的胃口。

“所以你就只身跑到太原去找赵利民了？”

“他是我生命里一个重要的人，但不像是这么爱你。”

“爱？别上这些大词好不好？你不觉得我们这么大年纪的人，动不动就把这些词挂在嘴边，也挺硌硬人的？”

“你滚，你把我操了，我还敢说爱你，你呢？你一句承诺没有，反倒嫌弃我，你到底想怎样？”

“我想知道他到底是个怎样的人。”

“你不知道吗？一个有正义感的律师。”

一个律师，还有钱，还有正义感。趴在狄曼的身上，卫中正看着女人快要垂到地板的脖子，不知怎么又涌起更多的挫败感。他明明知道赵利民对他也不错，可就是无法消除没头没尾的嫉妒。事后，他没来得及听女人说话，就稀里糊涂地睡了过去。

醒来的时候，天色完全黑了下来。狄曼说她做了一个奇怪的梦，她赤裸着身体在庙里奔跑，那么多僧人来来往往，低垂双目，没有一个人想着借给她一件僧袍让她遮羞。说完，她好像不放心，又拿起手机百度，想知道做这样的梦到底有怎样的象征。

卫中正本想着现实的威胁只有一个律师，没想到占据她心灵的还有无所不在的和尚。他躺在两米乘两米二的实木床上，心慌意乱。到底了无睡意。又穿过几十平米的客厅去厨房喝水。除了尽量在床上折腾她，他对她一点把握都没有。平日里，为配合她的吃斋念佛，他也表现得事事看开，好像衣食够用即可，内心里，只有他能清醒感受到那种焦虑。他向往有钱人的生活。他从没和她说起过，好几回赵利民出差回来叫他吃饭，赵利民去上厕所，让他帮着提一下包，他透过没拉紧的拉链，看见里面全是一捆一捆的百元钞票。他简直想不明白，同样是人，为什么人会活得这样天差地别。

女人并不知道黑暗里他的真实想法，还在那里翻着手机，说梦见和尚是吉兆。卫中正说，“你光着身子在庙里奔跑，说明你为了追求信仰，想挣脱现有的枷锁”。

“什么是我现在的枷锁？”

“男人。俗世中的感情？”

她白了他一眼，说：“什么啊。”

“你不想到太原去吗？”

“你是说让我放弃现在的工作？好不容易斗争，才得到现在的一切，你让我就这样跑到太原重新开始？不是跟你说过嘛，给我点时间，等稳定下来，就去太原看你。”

“我知道。我理解的。我只是觉得悲哀。我要是像你认识的那些男人一样有钱……”

“不，你有钱了就不会在乎我了。我不需要你有钱。我对这些没什么欲望。”

俩人说着一些没边没沿的话，每一句话背后的意思，都要据理力争，好像不这样，就显示不出他们的认真。

下午俩人一直在做爱。死睡了一大觉起来，天色已经暗了。俩人就喝了碗稀饭。狄曼问想不想出去走走。卫中正说，“你不累啊？这么好的时间，干吗浪费体力，安安静静地待在家里不好吗？”狄曼白了他一眼，好像完全不相信他是个能安静下来的人。

出了门，狄曼直接到了地下车库。卫中正说，“不是走路吗？”狄曼说，“我带你出去兜兜风。白天的时候我很少出门，晚上烦闷了，就出来开着车跑一圈”。

到了火山口下，在并不平坦的乡间小路上跑起来，狄曼把车速提到了一百。卫中正双手紧紧把住拉手，直喊慢一点。狄曼说，“怎么，你不相信我的技术？”卫中正说，“大晚上的，在这路上飙什么车啊，多危险”。狄曼说，“我就是喜欢在谁也看不见我的夜里透透气儿，尤其是把音乐开到最大，在这路上跑两圈，整个人好像都不一样了”。说着扭开音乐播放器，哼着《My Way》的曲调。卫中正说，“有个男人陪着你更安全”。狄曼没多话。卫中正说，“有时候我特别讨厌太原，不管去哪里，只要不在太原就成”。狄曼看了他一眼，好像在琢磨他是不是话里有话。她说，“不会吧？我也讨厌大同，我们都这么讨厌自己生活的地方，下一步该怎么办呢？”

卫中正好像也被这个问题难住了，只是去抓她的手。车里的音乐开得很大，卫中正深吸了口气，感觉心脏快要爆裂了。

回到太原后，狄曼从没有主动和他联系过。倒是卫中正一天一个电话。有回拨了半天，对方还在忙。卫中正一下子慌了，不停地拨。又过了半个小时，终于打通了，他问：

“和谁说话啊？讲这么久？”

“能和谁说话？我妈啊。我妈身体不好。”

“还以为你又谈恋爱了。”

“你说话怎么怪怪的，谁又招惹你了？”

他本来设想过和她的婚姻，只是现在，他又泄了气。他一想到她并没有对他说实话，处处都在提防他，更是恼火。但他又没法儿发作出来，生怕她看出他的狭隘。他处处在她跟前展现的都是一个明白人的形象，一个与世无争的人，为的就是要与她的信仰相配。他怎么好意思隔着几百里的时空和她争执？

周末几个朋友喝了酒，说是要去东山爬爬山。走着走着，就到了赛马场。卫中正说，“上去喝会儿茶吧”。本是顺口一说，不承想其中一个哥们儿喝多了，说，“好啊好啊”。进了门，见家里地板如此干净，他们还纳闷，说，“没想到一个光棍的家里竟然收拾得如此干净”。另一个走到他的书房转了转，看见红色相框里狄曼的照片，又问，“这是谁啊？”

“我女朋友年轻的时候。”

“我操，你才分手多久，就又搞了一个。”

“不要说得那么难听。”

“来让我们看看你女朋友现在的样子。”

卫中正把手机递了过去。朋友还说，“哎哟，还开着JEEP呢”。卫中正却忙着解释，“那是她自己的车，一个代步工具而已”。送走朋友们，卫中正也没急着回家。楼道里邻居养的小鸡还在发出声响。这个搞装修的邻居总是养着什么东西，先是养了条狗，卫中正每天回来，它都狂叫。再后来，又生了第三胎。他们好像什么都不怕。装修的东西堆满楼道，完全把这不宽敞的空间当成自留地了。他轻轻合住门，又拿起狄曼的照片看。那是一张年轻的脸，如此姣好单纯，完全想象不到她接下来会遭遇到那么多变故。他也一样啊，年轻的时候，满脑子都是幻想和梦，以为自己的生活注定与众不同。他不记得曾经的决心，也忘了打算成为一个什么样的人，可以肯定的是，绝对不是现在这副模样。

酒醒后，卫中正还挺惭愧，想不明白自己为什么要急着解释。难道是怕被别人看出来他就是一个见钱眼开背信弃义的人？一想到自己并不是真的喜欢狄曼，而是带着那么多的欲望和目的，他对自己又多了几分鄙视。

六

要不是狄曼跑到太原来，赵利民以为也就这样了。

他陷在这乏味的生活中，就像流水线上分拣的土豆，由着机器筛选。过去他一直不太明白，为什么孙改兰明明厌恶财务工作，却偏偏干了一辈子。现在，他好像反应过来了。费掉大半辈子干一件自己并不喜欢的事，比起随心所欲地满足自己的梦想，是不是要更勇敢些？或者也不能说是勇敢，那些责任、隐忍和牺牲，不也是我们生命的一部分？类似的念头起来，他只是觉着麻烦，还不如去打台球，还不如找人喝几瓶啤酒。

狄曼说她已经到太原了，想到他单位见一面。当然，她用的不是见面，而是特别书面化的词：“晤面。”好像生怕他多心，还说并不是专门来见他，就是想着他和祁可在一个办公室，想着毕竟也通过信，正好见一面。他暗暗心惊，没料到她还认识祁可。

老远看见白杨树下站着一个姑娘，差不多有一米七，藏青色风衣，里面套件暗紫色打底。赵利民说，“你是罗蔓吧？”她像是有些委屈，说，“你把我名字都忘了？我叫狄曼”。赵利民匆匆说了句抱歉，就把她往办公室领。她坐下了，也没什么铺垫，他递给她水，她接得自然而然。能聊些什么呢？无非是问问她的工作，内衣设计工作室准备得怎么样了，最近有没有去北京听音乐会。等到祁可来，他才放下心来，走进自己的办公室松了松皮带。

两个女人聊得好像还挺开心，那种快乐的笑声隐隐渗过来。她们竟然有那么多话说。临走之时，狄曼又拐进来，大大方方地扫了他的微信。

期间两个人也聊过几句，也是不痛不痒，无非是他看到有意思的话题分享给她，她呢，读到有趣的文章也会和他说一说。有一天在中正国学传播公司喝多了，他捡起卫中正写秃了的笔，画了几笔王维的《相思》，拍下来，顺手发给了她。狄曼像是懂了她的心思，说有空一定还会再去太原。他肯定对她有了别的想法，平日里受到的刺激，孙改兰的种种不是，都说了出来。他以为她就是希望，什么都可以从头再来。

“想你，怎么办？”

她回了四个字：那来看我。连个标点符号都没有。

赵利民却犹豫了，说：“怕弄得你不好。”

“什么意思？”

“怕影响你的正常生活。”

“有你正常，没你无常。有你没你，都是妄想。”

像是打哑谜了。他贼心不死，又问，“你想找个什么样的男人？”

“不知道呢？看命运让我遇见谁。”

“我怎么样呀？”

“很好啊。看哪里都顺眼，哪里都有味道。”

“你是希望我做下错事吗？”

“我只是静待一切事情自然地发生。”

挂了电话，他就给孙改兰打电话，说是新接了个案子，得去趟大同。在卫生间洗完脸，他抬起头看着镜子里的自己，印堂发黑，没有一点精气神。他挤了挤眉头，又洗了把脸，好像不管不顾了。

开车太慢了，要不是拉了个顺风车，有个比他小几岁的女人坐在旁边不停说话，时间更难打发。女人说了些什么，多数漫漶，了无印象。看着窗外黄中泛绿的山野，他只是暗暗惊讶，几十岁的人了，竟然还跟个不经世事的年轻人一样。

狄曼在高速路收费站出口等着。见赵利民出来，还不太好意思，扑闪着大眼睛说，刚刚好险啊，差点撞见我们领导，他好像也刚从太原回来。他要是知道我接另外一个男人，没有去上班，可能会找我的麻烦。赵利民笑了笑，说：“他都翻脸不认人说你吃空饷了，你还怕他？”狄曼没接话，只是在前面带路。她的车停在不远处。

她特意带他绕县城转了一圈。到了乡间的路上，她告诉他，为了拖延回家的时间，总会尽量避开熟悉的街道。好像无意撞进的原野就能让她暂时忘却烦恼。他不太能理解她的苦衷。现在，看到大片大片的杏花，好像就为迎接他似的。他好久没有这么放松的感觉了，一切都特别的新奇。

进了门，坐下来喝了杯水，赵利民才看清一百三十来平米的房子里，空荡荡的。墙上到处都是她几年前画的水彩画，一张一张，贴满了电视背景墙。她说有一段时间，无事可做，就照着安德鲁·怀斯画画。她的画还不错，至少在他这个不懂画画的人看来，意境啊色彩啊都挺炫。只是这些画，边角卷曲，随时都要零落一地的样子。看得出来，这是一个无心收拾，时刻准备逃离，也不怎么热爱俗世生活的女人。

两个人聊天，东一句，西一句，既没有开头，又没有结尾，就像六月的风雨。赵利民其实是想抱一抱她。他想着或许这样，就能让她和他的关系更亲近一些。可他只要往她旁边一坐，狄曼都会躲开。

天一点点暗下来，狄曼站起来去拉窗帘，这回，他抱住了她。他嘴凑上前去，她却向外昂着头，一副凛然不可侵犯的样子，说：

“别这样，这样不好。”

能怎么样呢？到了这个年纪，赵利民早就没有激情非要去勉强一个女人，何况还是在她的家里。那就严肃地正经地坐着吧。两个人说了些什么？好像什么也没有说。谈了一些没边没沿的话题，从美学，说到人的自杀。终于快到十点，才把这最艰难的时间搪塞过去。

“累了吧，累了你就睡吧，你睡另外一间房子，平时我爸妈来也睡那里。”她忙着去铺床。

赵利民说：“我自己会铺的。”

她好像才反应过来，说："是啊，我又不是你老婆，干吗给你铺床。"

赵利民听了她的话，在黑暗当中脱得精光，躺下。心想，这样也好，这样也好，波澜不惊，总算是来看过她了，看了然后什么也没有发生，明天直接回太原，一切，就是这样。

隔着门，他能听见她的声响，听见她洗涮，能看见房间透出的光亮。听到她又跑去厕所，冲马桶的声响。迷糊中他还动过歪心思，心想，大不了，晚上再起来，就装作走错门，再进她的房间。那样犯浑，好像能为自己辩解一下。正没边没沿地胡思乱想呢，听到狄曼喊：

"赵利民，你还是过来睡吧。"

开了几个小时的车，又很机械地和她说了半天话，身体早就累了。可他不能不去。他要不去，岂不是显得太不中用了？他径直走了过去。她坐在床上。他的嘴找到了她的嘴，他的手找到了她的胸。这一次，她没有说她不喜欢这样。她什么都没有说。他的身体找到了她的身体，两个人都忘了眼前的问题，好像拼命获得的性爱可以暂时缓解他们精神上的痛苦。

早上起来，狄曼说要带他去看县里的风景名胜。她说，"我们这里是小地方，也没什么可看的，你别抱太多期待"。赵利民说，"和你在一起，去哪里不是风景呢？"狄曼认真看了他一眼，说，"这嘴，甜得都齁了，套住了多少年轻姑娘？"她也没听赵利民回答，兀自哼着歌往地下车库走。

去的地方就是昨晚准备上山的地方，昊天寺公园，火山口上。她说在那里可以找到她的师父，就是她信佛的师父。山脚下各种花都开了，大蓬大蓬的桃花、海棠、梨花。赵利民走路的步子也轻快了不少。还有中年女人挎着篮子，在草地里找野菜。两个人走了一圈，快到昊天寺，一个小男孩在阶梯上努着嘴吹肥皂泡。泡泡那么大，竟然飘到他俩跟前。狄曼用手去托没托住，还差点绊倒。赵利民抓住她的手，说：

“快看快看，泡泡里能看见我们。”

话音刚落，肥皂泡就落到了地上，连点水印都没留下。进了庙门，狄曼挨着在每一尊佛跟前跪拜了一圈，出门见赵利民趴在那看碑文，便问：“你说那些充军发配到此的犯人天天往这上面运石头不累吗？”赵利民说，“这简直就是阿尔贝·加缪在《西西弗的神话》写过的场景啊。我以前也不明白那个搬石头上山的西西弗到底怎么啦，可看到火山口这座寺庙，又好像有点理解了”。他好像不是证明自己随便一说，又掏出手机百度，找见一段话给狄曼看：

“这个从此没有主宰的世界对他来讲既不是荒漠，也不是沃土。这块巨石上的每一颗粒，这黑黝黝的高山上的每一颗矿砂，唯有对西西弗才形成一个世界。他爬上山顶所要进行的斗争本身就足以使一个人心里感到充实。”

狄曼说，“你看书真多”。赵利民说，“瞎看呢，卫中正你还有印象吧，有事没事喜欢给我推荐。也没工夫多看，不过是翻点名言警句，看到他人对自己的生活有所反思，好像整个人也能暂时从繁杂的法律工作中解脱。你想想，人不停地繁衍，不停地重复，到最后是在图什么？”狄曼说，“也不是等到最后才有所企图，人活着不是享受当下每一天吗？想什么终极，多累啊”。赵利民说，“你比我觉悟高”。

到了后山，赵利民双手捧在嘴边，大喊了一声。不远处像是有人在回应，也喂喂地传过来。

正是五月，藏青色的山岗铺排得无边无际。偶尔一片阳光从云层里漏下来，打下一地金黄。远远望去，县城一览无余。狄曼寻找着她住的院子。她没想到平日里感觉挤挤挨挨的县城，才这么大一点。

狄曼说，“去年你突然不理我，困惑得很，就去问师父，为什么在两个人聊天聊得很愉快的时候，突然就把我拉黑了。这个男人为什么要如此对待我？师父问，‘你们信里写了些什么？’我说，也没什么，就是寻常的话，可能也有一点点暧昧和一个女人对一个男人的倾诉在里面。师父就说，‘那你去太原找找他啊，有时候缘分是需要你主动一点的’。我说，我们肯定是有缘分的，要不然怎么会这么快见面，又这么快在一起呢？”赵利民听得心惊，他没想到，她竟然把所有的一切都坦白给了一个陌生的和尚。好在这念头也是一晃而过。烈日下，他听着她慵懒地讲述过往，好像曾经的事情竟经历了这么多波折，真的有了传奇中爱情的模样。甚至，他还喜欢她用佛法解读，好像这样一来，他和她的行为就显得不是那么疯狂。

七

靠街楼房两三层，被推土机一铲就挖垮了。

满天烟尘过后，露出房间的内部，如同屠宰场开肠剖肚的牛羊。捡垃圾的不要命了，拿着氧气罐正忙着切割水泥砖块中的细铁丝。一扇破门上，红色的对联只剩下一半：国泰民安家康健。三楼的柜子里还有粉红色的暖壶，卧室里的紫色壁纸像是刚贴不久。有一家竟然连巨幅婚纱照都没有带走。晾衣绳上，大红鸳鸯图案的床单还在风里缓慢飘摇。卫中正说，“有时候不想做饭了，来这里吃碗羊杂，买点狗粮，方便得很。现在呢，这些人全被赶走了”。

男人还在说话，狄曼却看见楼上几十米长的白布上写着一行黑色大字：强烈抗议强拆，誓死保卫家园。条幅还在，抗议的人却不知道去哪里了。唯一还在坚持的，就是楼角收破烂的一家人，大大小小的袋子塞得鼓鼓囊囊，都堆到了街边。乱七八糟的砖石把临街一棵泡桐刮得白皮外露，紫色的泡桐花仍是不管不顾地迎天怒放。楼下红色的“拆”字旁，写着一行歪歪扭扭的字：足疗店往西五百米。狄曼说，“你平时来这里只吃羊杂吗？”卫中正回过头看了女人一眼，像是在揣摩她话里的意思。

拐进崇善寺，先前的嘈杂完全不见了。

进到大殿，狄曼挨着佛像跪拜。卫中正看了会儿，就去了客堂那边。他坐在五观楼下，听屋檐下风铃阵阵。他举着手机，想录音，却只听到风声呼呼。狄曼过来，问他在干吗，举着个双手，怎么看都像是在投降。卫中正一笑，说，“这寺庙唐朝时候叫白马寺，明朝朱元璋儿子晋恭王朱棡为纪念母亲，才扩建成现在这个样子”。狄曼也拿着相机拍了几张照片，嘴上不忘应答，说了句是不是。

转出来，却见一个女人在庙门口脱开了裤子。女人骂骂咧咧的，好像是说庙里的和尚欺负了她，庙里也没人出去制止。几个穿蓝布长衫的僧人似笑非笑，说这个女人不知道被哪里的和尚害了，跑到这里来寻人晦气。狄曼心惊肉跳地看了眼女人大腿根部，不知道是害怕还是别扭，拉着卫中正往出走。路过女人身边，又脱下衣服，试图盖住裸露的女人，疯女人却尖叫着躲开了。狄曼拉着仍回头看热闹的卫中正，说，“怎么会这样啊，快走吧，郁闷死了”。

出了巷口，卫中正还说，“肯定庙里的和尚欺负了这些善男信女”。狄曼说，“你凭什么就说是僧人们欺负了她？一个女人发疯，难道非要别人欺负她才会做出这么变态的事？”

卫中正说，“那你对林奕含怎么看？”

狄曼说，“这能比较吗？我认真看过一段她的采访，她说，为何我苦苦挣扎着试图保持知、觉、行的一致，而你们这些混账老男人却不需要？你们学到的东西从不触及心灵，说出的话就像放屁，对他人造成的伤害从不细思，整个人活得支离破碎，自相矛盾，造孽无数，却还喜滋滋地把这些当作自己的人生成就。我要是总结是不是也应该说，男人都不是什么好东西？我不会那样说，我知道如果真有那样的遭遇，是应该站起来反抗，而不是认同你们腐朽甚至是疯狂的价值观”。

卫中正瞥了一眼狄曼，发现她说话的时候虽然语气笃定，嘴角下撇，脸上却没有任何表情。有一阵子，两个人没说话。狄曼本来牵着他的手，不知什么时候放开了。

他们抄小路，试着尽快回去。

刚从涵洞里走出来，一个男人气咻咻往前冲，后面一个姑娘哭着撵过来，还叫唤："杨武你给我解释清楚。"男的看都没看，顺手就是一巴掌，打得姑娘偏过去两步才站稳。卫中正还没反应过来呢，狄曼已经冲上前去，不停地喊道："小伙子你要干吗？你松不松手？不松手我报警啊。"男人说，"这是我老婆，我是她老公。"

"我不管你是老公还是老母，你打女人就是不对。"

男人往后退，想从围观的人群中躲出去，边退边说："和你有什么关系？你管不着。"

"嘿，今天这事儿我就管定了。不信你再动手试试？你信不信我报警？"

卫中正去拉狄曼的手，却被她甩开了。

"她太不给我面子了，我说任何一句话，她都让我闭嘴。不是一回两回了。"

狄曼说："你不要辩解了。你一个男人，你打了人，就是你的不对。对一个路人都不能这样，何况还是天天和你在一起的女人。"

男孩眼中闪出一丝寒光，手往兜里掏。卫中正见那年轻人长相不善，怕节外生枝，不停扯狄曼的衣服。狄曼纹丝不动，又说了半天。围观的人也附和狄曼。狄曼说，“真想不到现在的小年轻，怎么敢下这样的狠手”。又扭过身来继续说：

“我跟你说，年轻人，当年我老公没少打过我，我忍不了了才和他离婚，你要这么对女人，将来你女人死了心了和人跑了，你就好好哭吧。”

男人听见狄曼嗓门高，更多的人在往这边聚拢，才松开女人的头发。他整了下眼镜，好像还气不平。狄曼又说，“你快把她扶起来，这么脏的地”。男人又去搂地下的女人，女人仍是尖叫，不让男人碰她。

等到男人走了，狄曼才问身边的姑娘住在哪里，要不要给她父母打个电话。姑娘说，“平时两个人说笑惯了，谁知道今天就动了手”。她一副被打傻了的样子，站起来，不忘拍屁股上的灰，也没说个谢谢，又跟着往男人离去的方向走了。

“你知不知道，刚才把我吓坏了，你是没见那男人在兜里掏什么。我敢肯定，那是一把刀子。”

一列白色动车呼啸而过，淹没了卫中正的后半截话。

天色完全黑了下来。满树盛开的泡桐花在影影绰绰的灯光里闪现出紫色。两个人虽然还是你一句我一句地说着话，卫中正却是走神了。卫中正好像这才认识狄曼。他原以为她离过婚，早就自暴自弃了，没想到她还是这么讲求原则的人。他知道，别看他平日虚张声势，偶尔还仗着她的好脾气，挑剔她白色的发根，眼角的皱纹，甚至连她做内衣，弹琴诵经，也要带出几丝嘲讽的语气，其实，她和他不是一路人。现在，他甚至结结实实地感受到了什么是窝囊。他摸着下垂的肚皮，不由一阵羞愧。

冲完澡，见狄曼穿着平脚底裤歪在沙发上，卫中正直喊，“天哪，怎么窗帘也不拉？对面的人全看见了”。狄曼说，“怕什么，我又没做什么见不得人的事”。

卫中正听了，又扭了扭脖子。在地上做了几十个俯卧撑，喘着粗气，往她身上爬。

狄曼说，“你有没有发现，我们在一起，除了上床，就是上床，跟真正的奸夫淫妇没什么区别？”卫中正说，“你怎么能这样定义自己呢？我们明明是先有精神交流，才有了后来的一切，好不好？”说完，他像是表明自己是真的体谅她，不停地摸着她的头发。

“我只是验证下这么多年为你保持的童贞有没有点效果。”

“你恶心不恶心？你说白了就是嫌弃我结过婚。你跟那么多女人上过床，居然还这么恬不知耻。你知不知道我们这样未婚同居也是邪淫？”

“唉，我说的是马尔克斯《霍乱时期的爱情》中的桥段。一个老头喜欢一个女人，为了她，一辈子没结婚，没结婚不等于他没有性生活。老了，两个人终于在一起，老头说他为了她，保持了童贞。”

“你的意思是到现在你的精神还没被人操过？”

“操，你一个信佛之人能不能不要动不动把这些动词挂在嘴边？”卫中正好像严肃了。

卫中正说：“不行我们结婚啊？”

“结婚？你连个婚都不求，你是不是以为我是个二婚就得白送给你？”

卫中正也不接茬，还不尴不尬地笑，说，“我们这样的生活真像是老夫老妻了”。卫中正还在那里说他的懦弱，见周围的人得名得利在网上蹦跶，他也羡慕，却又不得其法。他甚至还在公司里成立了党支部，上面要求总结先进典型的材料，跟进“两学一做”的宣传，他也会全身心投入，甚至得到几句表扬说他做事认真，他也会拿出来和人说个没完。只是私底下，他又喜欢说些不合时宜的话，故作清高，好像鄙视他们，就能获得心理平衡，就能把他从苟且的人群中区隔开来。他渐渐成了个气急败坏的人。他说起对未来的恐惧，好像日复一日毫无变化的生活让他不堪重负。他渴望过有价值的生活，却不知道如何去实现。他甚至都没有怎么去努力。空虚时候，只是没头没脑追逐女人，至少认识她的动机就带有非分之想，以为她会是他生活的一条出路。

“我就是想挣点钱，可以让我，让我们过上更好的生活。”

“我都经历了一次失败的婚姻，几段不靠谱的感情，我渴望的是一种不需要法律约束的关系。如果我们真的能好好相处，肯定不是因为法律把我们束缚在一起。”

狄曼说了一半，她好像被自己的想法吓着了。她没有对卫中正说实话。他的焦虑，他的懦弱，都让她想到自己。她想起先前和赵利民好的时候，赵利民应该也反复权衡过吧。

好在卫中正只是翻着手机，并没有意识到她在说些什么。在灯光底下，她这回清晰看到了他黑亮的脸，满是烟垢的牙齿。后来她想，也许她放弃他，就是从那时候开始的。

八

赵利民惦记着去大同，一宿也没睡好。

天还没亮，就去冲凉。等到天色一点点明亮起来，又光着身子去阳台，等太阳把湿漉漉的身子晒干。从岳父的房檐下搬出来后，几十年了，每天早上，赵利民洗完澡总是喜欢去阳台，顺手捡起一本曾国藩的《经史百家杂钞》，或者《史记》，大声诵读。书里讲的什么意思，他也并不在意。孙改兰起初受不了他的怪癖，等到他解释，说是为了锻炼自己在法庭上的口才，这才慢慢接受。眼见赵子腾一天比一天长大，他早上洗漱完还是要去阳台念书，到底没敢脱个精光。又过几年，赵子腾上了大学，赵利民又放肆起来。孙改兰没少说过他，嫌他几十岁了，也不要脸。肚皮耷拉下来，都看不到鸡巴了，也好意思对着满天日光显摆。赵利民听了，也不生气，只是叹气，想着女人到底是从什么时候开始说话夹枪带棒，连点女人应有的羞耻之心都没了呢？

到得雁门关服务区，他想着得提前给狄曼打个电话，突然闯将过去，万一打扰到人可怎么办？不承想，狄曼却像是做了什么得意的事，在那头哈哈大笑，说，“我就在太原啊，在你家楼下”。赵利民说，“不是说好我去看你吗？”狄曼却在电话里不停坏笑，说，“我就是想看看你爱人长什么模样，刚刚我敲门，她给我开门了。和你描述的完全不一样，她保养得挺好的”。

赵利民像是掉进了深不见底的火山口，惊起满天蝙蝠在他脑中乱窜。

“你们说了些什么？”

“没说什么，我就问问你们这个月的煤气费该交了。你们在家做饭的时候挺多嘛，一个月走那么多字。”

“一点都不好玩，你太疯狂了。”

“怎么，你害怕了？”

“我的事情我会解决好，干吗把她牵扯进来？”

“呀，我看出来了。你还是爱着她。”

“这和爱有什么关系？你越界了你懂不懂？”

“我知道，我知道。赵利民，你不要生气。我是在太原，我哪里有胆量去找你爱人？我一个人可怜地在这吃王萍面皮呢。”

回到太原，已是下午。接上狄曼，赵利民也不说话。狄曼问，“还生气呢？”说着手放到了他的大腿上。赵利民说，“这样一点都不好玩”。

狄曼说，“哪个女人不喜欢看后宫戏呢？我们天生就喜欢把自己当成受害者。我也不是喜欢当受害者，问题是正好遇见这一出，我要是不这么表演一番，感觉自己不像个正常的女人。”赵利民叹了口气，说，“都是我不好”。狄曼说，“你别这么说自己，你要是不好，岂不是又在鄙视我没有眼光？”赵利民看了眼狄曼，问，“怎么穿这么一件衣服？”狄曼看了看自己一身黑色蕾丝，问，“不好吗？一般是重要场合我才穿的”。赵利民问，“你这回是准备参加什么重要场合？”

“准备去你家看看你爱人啊。”

前面的出租车司机别了他一下，赵利民恼火得不行，一脚油门上去，快要蹭到车尾，才刹车。狄曼双脚死死抵住。赵利民反超了对方，又骂了两句，气才顺过来。狄曼说，“开车赌什么气啊，万一出了事，难受的还是自己”。两个人都没有谈未来的事。他还专门解释他的车，说别看这么不起眼，好赖也是 Acura RLX，性能好。说到了他的车，男人的兴致才渐渐高了。

赵利民开收音机，说，“听首歌吧，上回你带我满大同转悠，一路上放的《My Way》我很喜欢，回来就让祁可给我下了五首，轮番播着听”。他好像这么说，她就能理解他对她的在乎。狄曼却仍是无动于衷地看着窗外。随着苍凉的旋律飘出来，气氛似乎正在缓解。

到了解放路，赵利民说：“一起去万达看个电影怎么样？”

进了商场，赵利民说：“给你买身衣服吧，还是休闲点好。”

等狄曼换上 PORTS 的棉布裙子，赵利民捉住她的手，又往四楼电影厅走。

看完电影出来，见对面一座老房子，狄曼问是什么地方，赵利民说是教堂。两个人也没说要去，脚却拐到了那个方向。一对年轻人在教堂跟前拍婚纱照。他们观望了一阵，又走到里面坐了坐。还不到弥撒时间，也有一些人安安静静地跪在那里。有一年平安夜，赵子腾还带着孙改兰来过一回，说在教堂的感觉如何好。赵利民当时在吕梁帮人打官司，根本没把妻儿的话放在心上。他翻开座位上的一本《圣经》，看了几页《箴言》，却见狄曼走到前面弹开了钢琴。房间里走出一个女人，对狄曼说，“这里只能弹颂歌和赞美诗”。狄曼讪讪地走回来。

出门时，赵利民说，“人总得信点什么，我要不是年纪大，也能对自己狠下心，到了这个岁数骗不了自己了”。狄曼偏过头，像是在琢磨男人是不是话中有话。好在男人除了白天超车让她受到一点惊吓，接下来所做的一切还算温柔。

事后，他蹲在马桶上刷微博。电话响起来，是一个多年没见的律师同行，说是有点事情咨询一下。女人在电话里说：“我们这里的人都是刁民，难缠得很，你能不能给点开放性的意见？”赵利民哈哈大笑，说：“我喜欢你说的开放这个词儿。就是，我成天待在太原这么个地方，人也跟着变得呆了。”女人好像完全明白他在暗示什么。不过，话题很快就到正经事上了。他说事情简单得很，还让她编个百八十字的短信过来，他会把她的诉求转给几个关键领导，事情差不多就能成。

出了卫生间，却见狄曼脸色肃然站在门边，赵利民马上意识到刚刚言谈过分了，忙解释，说从前一个厅工作的同事，这两年跑到北京去了，成了个会油子，到处给人讲课。狄曼说，“我又不是你老婆，你不用给我解释”。赵利民说，“我和她真没关系”。狄曼说，“你们有没有什么关系干吗和我解释？我就是想问你，你当着我的面故意和别的女人调情，你就是想故意刺激我你不缺女人对不对？”

“你怎么会这样想？”

“你这样背着老婆出来，就不害怕？”她并不是担心他，只是厌倦了没有结果的关系，才委婉地提醒，就这样耗着，终究不是办法。她年纪不小了，如果赵利民没有老婆，也是个不错的结婚对象。

赵利民说：“你让我怎么办呢？她都不愿意和我吵架。”

好像吵不起架来足以证明他们的婚姻还没有走到破裂的地步。他说他恨不得孙改兰无事生非，找他闹点别扭，他也好找到收拾这个烂摊子的理由。他那么讲的时候，也暗暗惊骇，其实他对孙改兰并没有厌恶到要离婚的程度。

狄曼站在水池边刷牙，没再说话。赵利民冲了马桶，去搂狄曼。狄曼抽出牙刷，递过来一句：“真没想到你也是这样的人。”赵利民看着镜子里的男女，说，“你不要对一个老同志那么没有信心”。狄曼吐了口牙膏，继续刷着她的牙。赵利民抱了会儿，又躺回床上继续看他的《荒野求生》。

狄曼走到阳台上，推开窗户，贪婪地呼吸了两口新鲜空气，又摸出一盒南京，点燃了一支。她努力想看清窗外被改造的工地，到底什么也看不清。高架桥上仍有车辆时不时地飞快溜过。远远的，似乎还有狗的叫声。清亮的天空里，一弯细月，几颗星星，照耀着这人世的一切。整幢高楼里，这个叫融田绿洲的宾馆里，大半夜的，只有她一个旅客把头伸在窗外。

九

孙改兰报了个威风锣鼓团，每晚都到建设路高架桥下敲到半夜。

赵利民有个小小的疑团一直没好意思问出来，孙改兰有一阵子没抱怨钱润平叫她喝酒了，莫名其妙地动不动又往建设路跑。建设路他每回开车都路过，想不明白一群中老年在车声嘈杂中敲锣打鼓到底图个什么劲。到底是什么吸引了她？回到家里，孙改兰择菜洗菜，仍不忘气沉丹田，有板有眼地嗷嗷哼唱。等熬粥的工夫，她坐在那里一页一页翻曲谱，规规整整摞在一起，又用订书机订好。窗外天黑地黑，河边的葎草被风吹翻，露出灰白的叶背。

孙改兰又是十点才回来。

“看来你和钱润平是真爱啊？”

“你说什么？”

“我想说什么你不知道吗？你以为我真的相信他是天天叫你去陪酒吗？”

孙改兰本来双眼通红，这会儿哀哀地瞪了男人一眼，说：“赵利民，你给我解释清楚，你到底想说什么？”

赵利民说：“如果你真的爱他，你们就应该结婚。”见孙改兰两眼空洞地看着他，好像在期待他的下文，他又说了一句，“如果只是平常的通奸，也没必要拆散两个家庭，我敢肯定，这么多年，你之所以一直没提离婚的事，就是因为钱润平离不了婚。我也想明白了，他为什么喝酒，无外乎就是借酒浇愁。”

“我真没想到你是这么冷血的一个人。你是把我们的关系当成一件案例研究了吗？你研究了多久？是不是一直在想方设法把我弄死？”

架吵到后来，还是赵利民动的手。他气急了，一把搂过孙改兰，就往床上薅。可惜他一把没薅动。倒是孙改兰推了他一下，竟让他倒在了床上。还没订完的曲谱，散了一地。

赵利民卡住女人的脖子，热气喷到她的脸上。他呼哧喘着粗气，眼睛里像要冒出火来。他到底理智了些，想着不能打架。打架解决不了问题，得冷处理。想着这么多年，他和她形同陌路，却还绑架在一起，越发不是滋味。

他走进卫生间，顺带着把门反锁上了。洗脸池放着一把水果刀，那是孙改兰每天早上刮舌苔用的。他拿起来看了看，刀尖不知撬过什么硬物，都卷了。而她仍是平日用这样一把刀在舌头上刮来刮去，好像完全不用担心刀子的危险。突然把话挑明了，整个人是轻松，却也有一种毫无来由的恐惧，接下来的生活该怎么办？离婚吗？他为别人打了那么多年官司，却从没想到类似的程序也会降临到自己身上。他总是刻板地在当事人双方之间说些大同小异的话，对于他们的痛苦，他从不在意。就是和狄曼在一起，他更多的也是为情欲的发泄感到满足。对于女人正在遭受的精神折磨，他从来没有放在心上。想到自己竟然是如此冷漠的一个人，他狠狠捣了一拳，本是想拍脑袋，不料出手太快，一下子杵在镜子上。玻璃瞬间破裂，坍塌一地。

“赵利民，你到底想干吗？”孙改兰晃着门把手。

听见里面半天没有动静，孙改兰又说：“赵利民，你想离婚，也可以，你先出来，我们把话说清楚。”

“我们没什么可说的。”

“你想好了，我们是不是明天就去办离婚？”

“求求你，别说了。”

“我知道，你一直以来都认为我疯了。你认为我不对劲，所以就从没想过要和我好好沟通。”

“沟通什么？沟通你和钱润平怎么干的吗？”

“你知道吗？钱润平今天早上出门的时候就感觉胸闷，不舒服，他还去建设路溜达，结果走了半圈就倒在地上。还没送到铁路医院就过去了。我不是因为他不在了，就想求得你的原谅。”

孙改兰听见卫生间又弄出一片声响。她疯狂地摇门，说：“赵利民，我们就不能坐下来好好谈一谈吗？就算我对不起你，你也没必要这么虐待，对我冷暴力吧？”

“你能不能把嘴闭上？你知不知道就因为这些破事儿，搞得我们的生活没了人样？”

“你到底想要我怎样？”

“把嘴闭上。”

赵利民看着沁在温开水里的手，红色的血液在水里一圈一圈浸染开来。散乱在洗脸池旁的玻璃碎片折射出他狰狞的脸。每一块玻璃碎片都有着他的一部分，却又无法拼凑出他完整的模样。他看见眼睛的时候，就只能看到眼睛，他看到鼻子的时候，就只能看到鼻子，他看到自己满是油腻的脖子上方，吊着一颗硕大无比的脑袋。他找了块没用过的白毛巾把手裹上。

这样大吵大闹的对话，之前在他们的生活中也出现过几回，甚至两个人都拿出了结婚证和户口本，准备去婚姻登记处再领一个蓝本，只是阴差阳错，不是他有事，就是孩子上学的问题，把这个问题暂时搁置起来了。

家里很安静。

女人侧身躺在床上，好像睡着了。他站在门边看了一眼，又走到另外一个屋，全裸着瘫在床上。好像生怕黑夜仍然有遮挡不住的光亮刺眼，他还戴上了眼罩。

孙改兰不知道什么时候进来的。她先是用手不停地抚摸着他的乳头，起初他还抗拒，想着这一回得铁下心来，至少戏码得往那个方向演。可阴茎却彻底失控了，它那么不知廉耻地竖了起来。孙改兰又趴在他的两腿之间。赵利民的双腿绷直了。她抬起头，拱到他跟前。赵利民说：

“求你了，不要这样好不好？”

十

“积善社区想挖掘村里的文化，做一本书，你有没有兴趣？”

“怎么挖掘，你可以有自己的思路。你想想糊弄下村里，对你写过几本书的人来说，还不是手到擒来？”

“谢谢赵主任。看了你妈的传记没有？有修改你随时告诉我。”

卫中正和村里的人对接上，又拿到《积善村志》，收集了几条线索。对方的意思是，村里的古建筑虽然都拆了，但也可以采访老人们。还给介绍正在修复的结义庙、龙王庙，说，“再过一百年，这些也是古董了，我们做文化眼光要放长远些”。风土民俗，好采访，兑点资料，看上去也充实，就是说到村里的几处老宅院，出了问题。好些人都提到村里的天丰院如何富丽堂皇，卫中正想着这是个典型，得好好聊聊。哪知道找上门去，碰了一鼻子灰。领路的人也算是个负责干部，说，“‘文革’期间他们还因为这个院子挨了批，后来平反，又把院子退回来，主人也不敢要。后来终于明白形势太平，住在里边的人陆续搬走，主人又住了进去。哪里知道没过几年，又赶上城市扩张，征地，好不容易收拾好的老房子又被迫拆迁。不提往事也就罢了，现在倒好，又掉头来揭伤疤”。主人见卫中正还揪着过去问个没完，就没好声气，“是不是你们想咋就能咋？”领路的说，他这是把我们当阶级敌人，几十年的怨气还没过去呢。我们也不过是为了干活，把气撒到我们头上算怎么回事？能有多大仇多大怨，怎么就不能往前看？

卫中正对于天丰院具体的形象没怎么描述，倒是把不少笔墨用在了房子的变迁上。书稿写完，送给积善社区，很快就印了出来。他还等着最后的几万尾款。不承想赵利民打来电话，说是积善党委书记有些意见和他沟通沟通。

正是六月天，又挤着公交车，堵了半天，才跑到积善大厦二十九层。书记半天没见着，人来人往的，听说是上面马上要来检查。快下班时，书记出来了，也没寒暄，劈头就是几句：

“你怎么一点觉悟都没有？还是不是党员？写出来的稿子都是些什么啊？你以为你表达下自己的观点就能证明你与众不同？”

“我没有自己的观点——”

“自己的观点都没有，就像你给老赵他妈写的传记一样，就七大姑八大姨的拼凑，要你做什么？”

“事实——”

“全是闲话和琐碎，挖坟有什么意义？”

“文化——”

“文化人就是酸腐。拿着我们的钱，我是让你给我们好好宣传正面形象，你倒好，成心给人添堵。大家都安安心心过日子不也挺好？到时候出了问题，大家都受制，你就开心了不是？”

钱还没拿到手，卫中正一口气就忍住了，连赔不是，说是一定要重新修改。

下得楼来，赵利民打来电话，问有没有空，说是看了他妈的传记，想再聊一聊。便约着一起去桃园路新开的一家江湖菜。见了面，喝了两杯啤酒，卫中正还没说他遇到的问题，赵利民就说开了。

“要是再提升一下就更好了。为什么年纪大的人爱抹口红？就是整个人没法看了，得化点浓妆，才得提起精气神。你看，我们洪洞这地方，自古都说‘洪洞县里无好人’，但像我妈这样的贤良女人却被一句戏文遮蔽了，她是不是能和中华传统美德联系起来说一说？写文章不都讲求文眼吗？这个立意还是得更高一些，要不然说了半天，我妈还是一普通妇女，费半天周折写出来，又有什么意义？读者看了又能有什么收获？”

卫中正说这样的纪念文章，过于华美，反而失去了原来的底色。见赵利民听不进去他的话，又说：“要不加点《论语》里关于孝道的论述？”他这么说的时候，突然想起那回清明节在赵家祖坟前跪拜的样子，孔夫子说“非其鬼而祭之，谄也”，更是别扭。

赵利民还在说着家风家教，说他遗憾的是，没有在父母生前好好尽些孝道，反而因为自己琐碎的事情让父母操透了心。他把卫中正当成了教堂的忏悔室，说得那么真诚，倒让卫中正感到一种无形的压力。卫中正想起父母来太原的那段时间，他没有好好陪父母。他总想着自己还年轻，有的是机会，哪里知道，不知不觉就快三十了。赵利民每说一句，都像是砍在他的心坎上。

“要不你去我前妻那里了解下情况，她和我老母亲生活的时间最长，平时我上班，都没她们一起朝夕相处得久。”

卫中正这才意识到赵利民离婚了。

“也不能说是离婚，就是我们两个人都认为应该分开好好想一想。你想想看，我们两个各自经济也独立了，白天不需要对方，晚上回到家也不需要对方，好不容易挤出来点热情，对方还横挑鼻子竖挑眼。”

说完正事，赵利民又随意问了一句：“最近怎么样？什么时候能喝到你的喜酒？”卫中正说：“早分手了。”赵利民说：“听你说过那么多回分手，这回是认真的？”卫中正说：“最近为写你母亲的传记，看了好多老书，也看了些佛法方面的书。”赵利民静待他继续往下说。卫中正讲：“突然发现佛法里好多东西早把人看得透透的。死缠烂打那段时期，她动不动就说我始乱终弃，种下不好的因，果报不好，会遭报应。老实说，听她说得多了，我也恐惧。倒不是渴望来世有个好去处，而是真的困惑，认为自己不是一个好东西。只是她说得越多，我越反感，搞得好像我成天在虐待她似的。也是读了些佛法方面的书，才明白，我们这不是好的缘分，好的缘分不会像我们这般扭曲。”赵利民快笑岔气：“天哪，你确定你读的是佛法，而不是《青年文摘》之类的鸡汤？”卫中正也跟着笑。赵利民说：“不得不佩服你们年轻人，你们原谅自己安慰自己的方法太绝了。开口闭口都是佛法，说得那么一本正经，还以为你会谈出什么不一样的心得，结果就用了这么个稀松平常的理由为自己的背叛和不负责任找到了借口。”

卫中正没说话。只是跟着笑。也是在笑的过程中，一阵绝望，还有难过，填塞到他的心头。

卫中正看着赵利民。他看着这张被狄曼反复摸过的脸，好像又看见了她。他什么时候才能变得像眼前这个男人呢？他听说赵利民在 798 旁边买了两套房子，现在价值将近两千万。他实在想不明白，他们怎么就可以顺顺当当得到这一切。

“世界跟我想的不一样。”

卫中正手里拿着羊肉串，半杯啤酒才喝掉一半，“我找不到自己的位置。”文绉绉的话吓了赵利民一跳，从佛法到世界的位置，这些言论似乎和烧烤摊的情境都搭不起来。赵利民甚至都能感觉到周围人说话的声音低下去，他们两个人凸显出来了。“喝吧。”赵利民举起了酒杯。卫中正却是意犹未尽，又说：“我突然对做什么都没有自信了，感觉成天都活在焦虑当中。”赵利民说：“因为没钱，还是因为婚姻？”卫中正说：“我想不明白人为什么要那样生活。我就是想过得简单些，可是太难了。”赵利民说：“推荐你看一本书吧，《冲动的社会》，或许读一读，能解读你的困惑。你就是小说读得太多了，结果多愁善感。应该多看点历史、人文方面的书。”赵利民说人都会有困难，他说起他代理的那件故意爆炸案，明知道这人精神有问题，可法律并不讲人情。

两个人有一搭没一搭说了一阵话，天色黑了。

和赵利民分开，卫中正拨狄曼的电话，接连打了十几个，都无人接听。快十点，狄曼发过来一条信息，问怎么啦？卫中正说，求你接一下电话。狄曼却说，有什么话，短信里说吧，现在不方便。卫中正有些泄气。他本来是想声讨一番狄曼，可又实在无力。他算她什么人？他编了长长一封信，没再追问赵利民离婚是不是因为她，而是把兼职的事情说了一下，他说他做这些就是为了能去CC卡美买个几克拉的戒指，体体面面地向她求婚。

狄曼再无消息。到了晚上，她才回过来一条，说是她最近在昊天寺做义工，每天抹灰糊泥。

她压根儿就没有接他的话茬。

卫中正想，看来她是猜透了，便压住了那些连自己都不信的话。

十一

赵子腾的声音低低的，怎么也不说多话。

赵利民连问了几句是不是出了什么事，赵子腾却哭开了。赵利民见不得人哭，声音高了些，问他在哪里。赵子腾说在肿瘤医院。赵利民还以为儿子身体出了问题，挂了电话就往肿瘤医院走。

到了病房，才看见赵子腾正在给孙改兰擦背。赵子腾抬头见了他，喊了一声爸，赵利民这才进去。手机里正放着音乐，《Prisoner of Love》。

说了几句话，赵子腾就找了个借口溜了出去。赵利民说，你儿子是不是对我有意见？孙改兰说，什么你儿子你儿子，难怪他对你有意见。见赵利民不太自在，孙改兰又说，明明是儿子长大了。赵利民说，难不成他这是懂事了，给我们创造一个独处的机会？说完也没听孙改兰说什么，若无其事地翻看病床边一堆处方单。孙改兰关了手机音乐，说，“别看了，我得的是不好的病。”赵利民说，“一个乳腺增生有这么夸张？”俩人说了会儿话，后来，赵利民就势歪在另一张病床上，拿起手机查乳腺增生方面的信息。

孙改兰挣着起来，走到窗户旁边，又顺势坐在了他旁边。赵利民看着宽大病号服里的孙改兰，瘦得快要脱了相，忍不住摸了下她的手。孙改兰缩了回去。赵利民说，“我没别的意思。”孙改兰说，“我知道。”赵利民又说，“真没什么，都这么老的人了。”

“我是个残疾人了。”

她说她简直不像个女人了。一个女人连胸都没了，还算什么女人呢？赵利民说，“别这么说。”孙改兰叹了口气，好像为了证明她不是胡说，抓起赵利民的手放到胸口。赵利民从孙改兰空荡荡的病号服里伸进去，女人的胸扁平，瘦得，能摸得见肋骨。赵利民的脸有些僵硬。

“别这么说。”赵利民像是安慰她，“外国有个叫安吉丽娜的还是什么叫朱丽的不也切掉了？都是身外之物，重要的是活个精气神。”

他抬头看了看门外，好像生怕人进来。

窗外杨树轻轻摇曳，满是尘土的玻璃滤掉了强光，筛进来一片碎影。他像想起了什么似的，说：

“你记不记得离婚前我们吵的那一架？我并不是真生气。我就是表演给你看的。”

孙改兰说：“再提从前有什么意思？”

“对不起。”

“又来这一套，酸不酸呀你？”

阳光从窗外打进来，赵利民就那么抓着，好像生怕一放手就伤害到她的自尊。等到赵子腾提着一兜水果推门进来，赵利民才就势放手，孙改兰也站起来，把散乱的头发往耳后抹了抹。赵子腾好像完全没有注意到父母间的尴尬，只是把荔枝一颗一颗剥给孙改兰，还不忘顺手给赵利民一把。

几十年了，他从没有像现在这般和她朝夕相处过，一天二十四小时都在一起。刚结婚的那段日子，也腻歪在一起，却只能叫作搭伙过日子。到了后来，孙改兰单位有了食堂，赵利民的事务更忙，俩人一个月也在家里吃不上几顿热饭。而现在，他给她擦背，看着她变形的身体，也会想起，当年俩人如何在岳父岳母的屋檐下，压低声音，贪婪地寻找对方的身体。甚至拉起帘子帮她端尿时，听见时急时缓的尿尿声，都会有一种久违的惬意。他许久没这么心安过了。那些久远的往事，简直像是发生在上辈子。

孙改兰精神好了些，俩人有一句没一句地说些家常。赵利民问，“刚生赵子腾那会儿，你和我妈生活过一段时间，你还能想起点啥吗？”孙改兰说，“当然，老太太那么好，我就想，你肯定不是她的亲生儿子。”赵利民说，“我知道你受委屈了，是这样的，我专门请人给我妈写了一本传记，也想听听你说一说咱妈，也算是个念想。”

“老太太不是信佛嘛，好几回初一陪她去烧香。我拿上三根就点，她拦住我，只让我点一根。还说，那么浪费干什么，点上一炷，心诚就行了。你说你妈信的是什么佛呢？烧三炷香，是供养佛法僧的意思，她都不懂。不过，后来我明白了，老太太是节俭惯了。她多仔细啊，你是没见过她过日子的样子。当年住筒子楼，她在楼下稍微有点空间的地方搞了好多盆盆罐罐，全种上了菜。多亏了她的精细，那两年，光这一项就省了多少钱。”

“这个好。改天见了来采访的人，你就这么说好了。”

“我说什么呢？你是你妈的儿子，你说不就行了？”

“你是你的角度。你是站在儿媳妇的角度。”

孙改兰竖了起来。

“搞了半天，原来是为这啊。这个时候想起利用我了。”好像说完不过瘾，又加了一句，“谁知道谁才是你妈的儿媳妇。”

赵利民叹了口气，说：“你看看你。你害病就是因为心眼太小。你白跟了我妈这么多年。佛家说，众生皆是佛。一想到我活在众生的世界中，感觉自己的运气也不算太差。”

孙改兰鼻子里哼了一声，说：“赵利民你老了，你真的老了，变得婆婆妈妈的了。”

有很长一段时间，两个人也没说话。阳光透过薄薄的窗帘晒进来，孙改兰鬓角的白发清晰可见。床头放着三卷本《加缪手记》，那是狄曼最后一回来太原送给他的，书脊上还留着她的口红印。他装作若不经意地拿起来翻了翻。孙改兰说，“那是你的书”。赵利民说，“我还有这书？我都忘了”。孙改兰说，“你每天人里鬼里周旋，怕有三头六臂也分不开身，哪记得这些”。

赵利民没说话，又给她掖了掖被子。感觉要困了，站起来，双腿岔开，摇了几圈屁股，又往卫生间走过去。打扫厕所的阿姨在不停地墩着地上的水渍。他踮着脚尖往里走过去。女人说：“没事，你放心踩吧，反正我一天得拖无数遍。”赵利民说：“就没想过要在这里放两块海绵垫子，得省多少麻烦。”女人说：“我的工作就是这个啊。花钱的事，我怎么考虑得到？”赵利民还想说点什么，到底一句话也没说出来。洗完手，他抬头看了看镜子里的自己。他嘴唇抿得紧紧的，猛一看，隐约露出一股女相。

孙改兰说赵子腾谈了个女朋友，准备带回家里。赵利民问哪天见啊。孙改兰说“要是让姑娘知道孩子是个单亲家庭，也不大好，你要方便，过几天，去你那里吧。”赵利民这才意识到她是在和他商量呢。儿子的婚姻不是个小事情。听说子腾对象爱喝咖啡，赵利民还打开手机，在春播上订了ILLY咖啡。想了想，又订了两斤松茸。

到了周六上午，他看到物流已经开始派件，忙给圆通公司打电话，说自己去取。结果刚上北沙河路，就下起雨来。他困在高架桥下，不知道是该回去，还是等雨停。在手机上东看西看，见到一篇文章说拉伸，无意识地想压压腿，肚子太大，裤子太紧，半天没低下去。

立秋了，新修的马路两边，刚栽的桃树，挨挨挤挤，树枝削减了，仍是蓬蓬勃勃。他很少注意到灌饱雨水的树枝，天地一片青灰，雨中的一切都透着亮光。到了敦化路巷子口，也不管积水打湿皮鞋，索性迎着细雨对着滴着水珠的叶子不停拍照，还不忘发到朋友圈里。

快递公司的仓库不好找，小巷里的路也破，污水横流，踮着脚往里走了一截，看见送快递的三轮车多起来。仓库里到处放着包裹。人们忙着装货。有个人过来招呼他，他说先前打了电话。来人问是谁打的。他说是李明。那人就说，“那你给他打电话，看看狗日的在哪里”。电话拨通了，却也没人接。赵利民又去问电脑前的姑娘。姑娘眼睛时不时看着手机里播放的电视剧，手上却也没闲下来，还在不停扫描包裹。问清楚他的住址，姑娘又往刚刚查看过的货架上翻捡一回，也没找见。先前和赵利民搭话的中年男人进来，又笑着说，“你看看李明的袋子里有没有”。结果姑娘翻开角落里码的一堆袋子，一个黑脸男人从大包小包的包裹袋里竖起来。姑娘说：

“李明，你要死啊，怎么睡在这里？”

李明揉了揉眼睛，没顾上辩解，只说没送的包裹都在前台放着。到了亮处，赵利民这才看清，这个李明不是别人，就是天天在他事务所下面接面包师的那个男孩。

赵子腾带着对象进门，赵利民还在那儿和孙改兰说快递的事。他说这个李明年纪轻轻，为什么要这么辛苦做快递员。这么耗下去，养得起那个面包烘焙师吗？看到男孩的处境，赵利民不知怎么就想起了当年的自己。他想着平日里一旦快递半天送不过来，他对这些送货人也没什么好脸色。他很少设身处地地为别人想过。孙改兰说谁不难了，谁都不容易。见儿子进来，孙改兰咽下嘴里的话，连忙端茶递水果。子腾对象有些受宠若惊，直喊阿姨别客气，我自己来。孙改兰递过水杯，子腾对象双手接过，也不喝，只是抱了会儿，又稳稳放在茶几上。孙改兰事无巨细，打听了半天。赵利民没怎么好意思问，时不时地翻一下手机。好多人都在他的朋友圈里点赞留言，说没想到太原的空气这么好，彩虹如此漂亮。赵利民这才发现，他光顾着拍枝头上的花，没注意到雨后的太阳和远处的彩虹。

赵利民拌了两个凉菜，又做了道清水煮南美大虾，孙改兰也围着围裙做了个烩菜。子腾对象说，别做多了，吃不完，浪费。等到菜上来，几个人也没怎么说话，能听得见上下牙齿咬合的声响。赵子腾说，家里太安静了，放点音乐吧。赵利民正准备起身，孙改兰说，让子腾去。又扭过脸对赵子腾说，书柜最下面一排有一张世纪对唱的CD。

Frank Sinatra的声音响起来，是《My Way》。子腾对象说，阿姨好雅兴，还听外文歌。孙改兰说，我哪有这品味，都是你利民叔叔见多识广。

赵利民脸色一凛，不过还是没有多说一句话。

送走对象，赵子腾回来说女朋友还羡慕你们两个的关系，几十岁了还那么好。孙改兰说，赵利民你演过了，不会人家姑娘每回来我们都得这么演一回吧。不行不行，我要回去喂我的狗了。

赵利民说，你看看，我都没有你的那条狗重要。孙改兰说，你怎么能和一个畜生比。狗什么都不说，我也明白它在想什么，你什么都和我说了，我还是不知道你在想什么。赵利民说，是啊，做人就是太累，下辈子投胎千万别做人。孙改兰说，“你倒是想得美。”说完，就低头穿鞋。

等到孙改兰和儿子出门，赵利民也跟着往楼下走。

稍微活动了下，就沿北沙河路走起来。膝盖隐隐生疼。他慢下来，掏出手机边走边看，看了会儿微信公众号“跑步学院”上推荐的文章，别的没记住，就记住了有一双跑鞋很重要。

走到了解放路，又拐向新建路。不知不觉间，又绕到了五一广场。他能感觉到背上渗出的汗珠正沿脊柱直下。满地树叶横飞。起风了。他拐进美滋美客面包店。围着暗紫色围裙的面包师走过来，笑着问他需要点什么。赵利民踮着左脚尖绕来绕去，脚底板打了个泡，太疼了。却也没好意思在店里脱下皮鞋处理，只是龇着牙，说，随便看看。

图书在版编目（CIP）数据

简直像春天 / 陈克海著. -- 北京 : 作家出版社，2019. 8 (2023.2重印)
（中国少数民族文学之星丛书 · 2019年卷）
ISBN 978-7-5212-0589-3

Ⅰ. ①简… Ⅱ. ①陈… Ⅲ. ①中篇小说 - 小说集 - 中国- 当代 ②短篇小说 - 小说集 - 中国- 当代 Ⅳ. ①I247.7

中国版本图书馆CIP数据核字（2019）第104163号

简直像春天

作　　者: 陈克海
责任编辑: 史佳丽　李亚梓
特约编辑: 陈　涛　杨玉梅　郑　函
装帧设计: 孙惟静
出版发行: 作家出版社有限公司
社　　址: 北京农展馆南里10号　　**邮　　编:** 100125
电话传真: 86-10-65067186（发行中心及邮购部）
86-10-65004079（总编室）
E-mail:zuojia@zuojia.net.cn
http://www.zuojiachubanshe.com
印　　刷: 固安兰星球彩色印刷有限公司
成品尺寸: 152 × 230
字　　数: 215千
印　　张: 17.5
版　　次: 2019年8月第1版
印　　次: 2023年2月第2次印刷
ISBN 978-7-5212-0589-3
定　　价: 38. 00元